KB169805

빌 브라이슨의 셰익스피어 순례

빌 브라이슨의 셰익스피어 순례

빌 브라이슨

황의방 옮김

SHAKESPEARE : The World as Stage

by Bill Bryson

Copyright © 2007 by Bill Bryson
All rights reserved.
Korean translation copyright © 2009 by Kachi Publishing Co., Ltd.
Korean translation rights arranged with The Marsh Agency through
EYA(Eric Yang Agency).

이 책의 한국어판 저작권은 EYA(Eric Yang Agency)를 통해서 The Marsh
Agency와 독점계약한 (주)까치글방에 있습니다. 저작권법에 의하여 한국
내에서 보호를 받는 저작물이므로 무단전재와 복제를 금합니다.

역자 황의방(黃義坊)
1969년 서울대학교 문리과대학 영문학과 졸업하고, 1969년부터 1975년
까지 동아일보 기자로 일했다. 1975년 언론자유실천운동으로 해직되어
현재 동아자유언론투쟁위원회 위원으로 있다. 「리더스 다이제스트」 주필
을 역임했다. 「건축가」, 「대륙의 딸」(공역), 「마오 : 알려지지 않은 이야기
들」(공역), 「세계를 더듬다」, 「12전환점으로 읽는 세계대전」 등 다수의
역서가 있다.

편집, 교정_권은희(權恩喜)

빌 브라이슨의 셰익스피어 순례
저자 / 빌 브라이슨
역자 / 황의방
발행처 / 까치글방
발행인 / 박후영
주소 / 서울시 용산구 서빙고로 67, 파크타워 103동 1003호
전화 / 02 · 735 · 8998, 736 · 7768
팩시밀리 / 02 · 723 · 4591
홈페이지 / www.kachibooks.co.kr
전자우편 / kachibooks@gmail.com
등록번호 / 1-528
등록일 / 1977. 8. 5
초판 1쇄 발행일 / 2009. 7. 20
    4쇄 발행일 / 2020. 9. 8

값 / 뒤표지에 쓰여 있음

ISBN 978-89-7291-468-6   03840

차례

핀리와 몰리에게,
그리고 메이시를 추모하며

감사의 말

본문에 나오는, 친절하고 참을성 있게 인터뷰에 응해준 분들의 관대한 도움에 감사드리고 싶다. 또한 마리오 알레포, 애나 벌로, 찰스 엘리엇, 윌 프랜시스, 에마 프렌치, 피터 퍼타도, 캐롤 히턴, 제럴드 하워드, 조나단 레바이, 재키 셰퍼드, 폴레트 톰슨, 에드 웨이스먼에게도 감사한다. 스트랫퍼드 어폰 에이번에 있는 셰익스피어 탄생지 트러스트의 스탠리 웰스 교수와 폴 에드먼전 박사에게 특히 많은 신세를 졌다. 이 분들은 원고를 검토하는 수고를 아끼지 않으셨고 고칠 곳과 수정할 부분에 대한 신중한 제언을 해주었다. 물론 남아 있는 잘못은 순전히 나의 책임이다. 집필 기간 내내 열정적으로 격려해준 제임스 애틀러스와 빈틈없이 친절하게 교정을 보아준 로버트 레이시와 수 르웰린에게 특별히 감사드린다. 언제나 그렇듯이, 누구보다도 내가 가장 큰 빚을 진 사람, 그래서 가장 마음에서 우러나는 고마움을 전해야 할 사람은 나의 사랑하는 아내 신시아이다.

1

∥ ∥ ∥

윌리엄 셰익스피어를 찾아서

버킹검과 챈도스의 2대 공작인 리처드 플랜태저넷 템플 누전트 브리지즈 챈도스 그렌빌은 1839년에 엄청난 돈을 물려받기 전까지는 대체로 평범한 삶을 살았다.

그는 이탈리아에서 사생아의 아버지가 되었고 가끔 하원에서 곡물법(곡물 수입에 중세를 부과한 법률로 1846년에 폐지되었음/역주) 폐지에 반대하는 발언을 했으며, 일찌감치 배관에 대한 관심을 보였다.(버킹엄셔 스토에 있던 그의 집에는 영국 최초의 수세식 화장실이 9개나 있었다.) 그는 작위와 재산을 물려받게 되리라는 전망과 유난히 긴 이름을 제외하고는 특별히 내세울 것은 없었다. 그러나 작위와 광대한 부동산을 상속한 후, 그는 그 재산을 위험하기 짝이 없는 곳에 투자함으로써 불과 9년 만에 몽땅 날려버려서 그의 동료들 그리고 아마 그 자신까지도 놀라게 했다.

피신으로 인해서 제민이 땅에 널어신 그는 1848년 여름 스토에 있는 집과 그 안에 있던 물건들을 그의 채권자들에게 남긴 채 프랑스로 도망쳤다. 그 뒤에 벌어진 경매는 당시의 큰 사회적 사건들 가운데 하나가 되었다. 스토에 있던 가구들이 너무나 많아서 런던의 경매회사 크리스티 앤드 맨슨의 경매 팀이 그 물건들을 모두 처리하는 데에는 무려 40일이 걸렸다.

별로 주목을 끌지 못한 품목으로 어두운 색깔의 타원형 초상화 한 점이 있었다. 높이가 55센티미터, 폭이 45센티미터인 이 초상화는 355기니에 엘스미어 백작이 구입했고, 그후 챈도스의 초상화로 알려져왔다. 이 그림은 이미 많이 가필되어 있었고 시간이 지나면서 검게 변해서 그림의 세세한 부분은 상당히 유실되었다.(현재도 그런 상태로 있다.) 초상화는 깔끔하게 턱수염을 기른, 머리가 벗겨졌지만 그리 못생기지 않은 40대의 남자를 보여주고 있다. 그는 왼쪽 귀에 금귀고리를 달고 있다. 그의 표정은 자신감이 넘치고 매우 호쾌하다. 이 남자는 당신의 아내나 다 자란 딸을 가볍게 맡길 만한 남자는 아니라는 느낌을 준다.

이 그림을 누가 그렸는지, 또 1747년에 이것이 챈도스 가(家)의 수중에 들어오기 전에는 어디 있었는지에 대해서 알려진 것이 아무것도 없지만, 오랫동안 이것은 윌리엄 셰익스피어의 초상으로 알려져왔다. 이 그림 속의 얼굴이 셰익스피어를 닮은 것은 분명하다. 그럴 수밖에 없는 것이 이 그림은 모든 셰익스피어 초상들이 바탕으로 삼은 3개의 원본들 가운데 하나이기 때문이다.

죽기 직전인 1856년에 엘스미어 백작은 이 그림을 런던에 새로 세워진 국립 초상화 미술관에 기증했다. 미술관의 최초 입수작품으로

이 그림은 정서적 이점을 지니고 있었지만, 미술관에 들어옴과 거의 동시에 가짜 논쟁에 휩싸였다. 당시의 많은 비평가들은 그림 속의 얼굴이 피부가 너무 검고 외국인처럼 생겨서 — 이탈리아인이나 유대인을 닮아서 — 영국의 시인으로 보기는 어렵다고 주장했다. 매우 위대한 영국의 시인일 리는 더더욱 없다고 그들은 주장했다. 고(故) 새뮤얼 쇼엔바움의 말을 인용한다면, 일부 비평가들은 그의 "방자한" 표정과 "호색적인" 입술이 마음에 들지 않는다고 했다.(한 비평가는 그림의 주인공이 샤일록 역으로 분장하고 그린 초상화가 아닐까 하는 의견을 제시하기도 했다.)

"그림의 시대는 맞아요. 그것만은 분명히 말할 수 있어요." 초상화 미술관의 16세기 담당 학예관인 타냐 쿠퍼 박사가 내가 영국 문학사에서 가장 존경받는 인물에 대해서 우리가 무엇을 알 수 있고, 무엇을 제대로 가정할 수 있는가를 알아내기 위해 출발하던 날 나에게 한 말이다. "목깃은 1590년경에서 1610년까지 유행했던 모양이지요. 그 시기는 셰익스피어가 가장 문명을 날리던 시기니까 초상화를 그리라고 포즈를 취할 수도 있었을 거예요. 초상화의 얼굴이 다소 자유분방한 기질을 보이고 있는데 그것은 극단 생활과 어울리지요. 또 꽤 유족해 보이는데 이 시기의 셰익스피어도 유족했어요."

나는 그녀가 그런 말을 할 수 있는 근거가 무엇이냐고 물었다.

"글쎄요. 귀고리는 그가 자유분방하다는 것을 말해주지요." 그녀가 설명했다. "그때나 지금이나 귀고리를 한 남자가 뜻하는 바는 같아요. 귀고리를 한 사람은 보통 사람보다 더 멋을 내는 사람이었지요. 드레이크와 롤리도 초상화를 보면 귀고리를 하고 있어요. 그것은 자기네들이 모험을 좋아하는 기질을 지녔다고 말하는 그들 나름의 방법이었지요. 그 시절에는 남자들도 많은 장신구들을 지닐 수 있었어요. 대개는 옷에 꿰매 붙였지요. 따라서 이 초상화의 주인공은 아주 분별이 있었거나 그다지 큰 부자가 아니었거나 둘 중 하나였을 겁니다. 나는 후자일 가능성이 더 크다고 봅니다. 반면에 그가 잘나가고 있다는 것, 아니면 다른 사람들이 자기가 잘나가고 있다고 생각해주기를 그가 바랐다는 것을 알 수 있어요. 그가 입고 있는 검은 옷이 그 증거입니다."

내가 어리둥절한 표정을 짓자 그녀는 미소를 지었다. "아주 새까만 천을 만들려면 염료가 아주 많이 필요해요. 엷은 황갈색이나 베이지 색 또는 다른 옅은 색깔의 옷을 만드는 것이 훨씬 더 싸게 먹힌다는 말입니다. 따라서 16세기에 검은 옷은 거의 예외 없이 그 옷을 입은 사람이 잘나가고 있다는 뜻이었어요."

그녀는 그 초상화를 이렇게 평가했다. "그 그림은 나쁜 그림은 아니에요. 그렇다고 아주 좋은 그림도 못되지만." 그녀가 말을 이었다. "캔버스를 다룰 줄 아는 사람이 그린 그림이지요. 그림 공부를 좀 한 사람의 솜씨예요. 하지만 아주 평범하고 너무 어두워요. 중요한 점은 만약 그 인물이 셰익스피어라면 살아 있는 그를 보고 그린 유일한 초상화라는 거예요. 따라서 그림의 주인공이 셰익스피어가 맞는다면 이 그림에 나타난 모습이 윌리엄 셰익스피어의 진정한 모습이지요."

그렇다면 이 초상화의 주인공이 셰익스피어일 가능성은 어느 정도일까?

"출처에 대한 전거(典據)가 없다 보니 알 수 없어요. 이렇게 오랜 세월이 흐른 지금 그림에 대한 전거가 나타날 가능성은 희박한 것 같습니다."

셰익스피어가 아니라면 누구일까?

그녀는 미소를 지었다. "알 수 없어요."

챈도스 초상화가 가짜라면, 윌리엄 셰익스피어의 모습을 결정하는 데에 도움을 줄 수 있는 다른 2개의 초상화를 찾아보아야 한다. 그중 하나는 1623년에 나온 셰익스피어 전집 — 유명한 '퍼스트 폴리오(First Folio)'—의 권두화(卷頭畵)로 실린 동판화(銅版畵)이다.

그 그림을 그린 화가 마틴 드뢰샤웃의 이름을 따서 드뢰샤웃 판화라고 알려진 이 그림은 두드러지게 — 엄청나게라고 해도 좋을 것이다 — 범용한 그림이다. 그림은 그야말로 흠투성이이다. 한쪽 눈이 다른 쪽 눈보다 더 크고, 입도 잘못 배치되어 이상한 느낌을 준다. 한쪽 머리의 머리털이 다른 쪽보다 더 길고 머리 자체도 몸통과 비례가 맞지 않으며 머리가 어깨 위에 풍선처럼 둥실 떠 있는 듯이 보인다. 가장 고약한 것은 그림의 주인공이 자신감이 부족하고 잘못을 사과하는 듯한, 어찌 보면 겁에 질린 듯한 표정을 짓고 있다는 것이다. 희곡을 통해서 우리에게 말을 걸어오는 자신감이 넘치고 용감한 셰익스피어와는 생판 다른 모습이다.

드뢰샤웃(Droeshout : 그의 시대에는 가끔 드로새엇[Drossaert] 또는 드루소잇[Drussoit]이라고도 알려졌었다)은 거의 언제나 플랑드르 화가 집안 출신으로 묘사되고 있지만, 사실 마틴이 태어났을 때 드뢰샤웃 집안은 3대에 걸쳐서 60년 동안 영국에서 살아온 집안이었다. 퍼스트 폴리오 권위자인 피터 W. M. 블레이니는 20대 초반으로 이 그림을 그릴 당시 화가로서의 경험이 그리 많지 않았던 드뢰샤웃이 이 작업을 맡게 된 것은 그가 완숙한 화가였기 때문이 아니라 필요한 장비 ―동판화를 만드는 데에 필요한 롤 인쇄기―를 소유하고 있었기 때문이었을 것이라는 견해를 내놓았다. 1620년대에 그런 장비를 가지고 있는 화가는 많지 않았다는 것이다.

많은 결점에도 불구하고 이 동판화는 벤 존슨의 시로 승인을 받았다. 벤 존슨은 퍼스트 폴리오에 실린 셰익스피어를 추모하는 시에서 이 그림을 찬양했다.

> 그가 그의 얼굴을 놋쇠에 새겨넣었듯이,
> 그의 지혜를 새겨넣을 수만 있다면!
> 그렇게 되면 그것은 여태까지 놋쇠에 쓰인
> 가장 뛰어난 인쇄물이 될 텐데.

존슨이 아마도 드뢰샤웃의 그림을 보기 전에 그 시를 썼을 것이라는 의견이 제시되었는데, 어느 정도 타당성이 있는 의견이라고 할 수 있다. 분명한 것은 드뢰샤웃 초상화가 살아 있는 셰익스피어를 보고 그린 초상화가 아니라는 사실이다. 셰익스피어는 퍼스트 폴리오가 나오기 7년 전에 이미 세상을 떠났기 때문이다.

그렇다면 셰익스피어의 진본 초상화 후보로 남은 하나는, 그의 유해가 묻혀 있는 스트랫퍼드 어폰 에이번에 위치한 홀리 트리니티 교회의 벽으로 된 셰익스피어 기념물의 중심부를 이루고 있는 채색된 실물대의 조상(彫像)이다. 드뢰샤웃 초상화처럼 이 조상 역시 미술적 가치를 지닌 작품은 못되지만, 셰익스피어를 알았던 사람들이 이것을 보고 만족스러워했다는 강점을 지니고 있다. 이 조상은 기라르트 얀센이라는 석공이 만든 것으로 1623년에 교회의 성단소(성가대와 성직자의 자리/역주)에 설치되었다. 1623년은 드뢰샤웃 초상화가 그려진 해이기도 하다. 얀센은 런던 사우스워크에 있던 글로브 극장 부근에 살면서 일을 했으므로 생전의 셰익스피어를 보았을 것으로 생각된다. 그러나 사실 그가 생전의 셰익스피어를 보지 못했으면 하고 바라는 마음도 있다. 그가 그려놓은 셰익스피어는 우쭐한 얼굴에 자기만족에 빠져 있는 모습인데다가 (마크 트웨인의 표현을 빌린다면) "허풍선이의 깊고 깊은, 미묘하고 미묘한 표정"을 짓고 있기 때문이다.

우리는 이 조상이 원래는 어떤 모습이었는지를 모른다. 1749년에 어느 이름이 알려지지 않은, 선의를 가진 사람이 이 조상을 "다시 칠했기" 때문이다. 그로부터 24년 후, 이 교회를 방문한 셰익스피어 학자 에드먼드 말론이 조상에 색칠이 된 것을 보고 놀라서 교회 관리자들에게 그 조상에 하얀 회칠을 하라고 지시했다. 그는 그렇게 하는 것이 그 조상을 원래의 모습으로 되돌리는 일이라고 잘못 생각했던 것이다. 몇 년 후, 이 조상에 다시 색칠을 할 때는 어떤 색깔을 칠해야 할지 아무도 몰랐다. 색칠이 이 초상에 색깔뿐만 아니라 의미도 부여하기 때문에 이 문제는 매우 중요했다. 조상의 세부는 새겨지지 않고 색칠로 표현되었다. 회칠을 한 조상은 쇼윈도에서 모자들을 내

보일 때 흔히 사용되는 이목구비가 없는 마네킹과 비슷했을 것이다.

이렇게 되면 우리는 셰익스피어의 다른 모든 초상들의 원천이 된 3개의 원판 초상에 신뢰감을 가질 수 없게 된다. 2개는 솜씨가 별로 좋지 않은 화가들이 셰익스피어가 죽고 몇 년 후에 그린 것이고 다른 하나는 초상화로서 어느 정도 신빙성이 있지만 뒤에 전혀 다른 모습으로 변모했을 수도 있기 때문이다. 묘한 것은 우리가 그의 초상을 보면 모두 즉시 셰익스피어라는 것을 알아보지만, 실상 우리는 그의 진정한 모습을 모르고 있다는 사실이다. 그의 생애나 성격에 대해서 우리가 알고 있는 것 역시 비슷하다. 그는 잘 알려져 있으면서 동시에 가장 잘 알려져 있지 않은 인물이다.

200여 년 전, 역사가 조지 스티븐스는 우리가 윌리엄 셰익스피어에 대해서 알고 있는 모든 것들은 빈약한 몇 가지 사실에 불과하다고 말했다. 즉 그가 스트랫퍼드 어폰 에이번에서 태어났고 그곳에서 가정을 이루었으며, 런던으로 갔고 배우 겸 작가가 되었고, 스트랫퍼드로 돌아와서 유언을 남기고 죽었다는 것이다. 이 말은 그 당시에도 완전한 진실이 아니었고 지금은 더욱 그러하다. 그러나 이 말이 진실과 아주 동떨어진 것은 아니라는 점 또한 사실이다.

400년 동안 열심히 찾은 결과, 연구자들은 윌리엄 셰익스피어와 그의 직계가족과 관련된 서류를 100건가량 찾아냈다. 세례 기록, 권리 증서, 과세 증명서, 결혼 약정서, 압류 영장, 법정 기록(법정 기록은 많다—당시는 소송이 많았던 시절이다) 등이다. 상당히 많은 문건이지만, 증서와 약정서 등의 기록은 무미건조할 수밖에 없다. 그런 서류들은 한 사람의 생전의 업무에 대해서는 많은 것들을 이야기해 주지만, 그 사람의 감정이나 정서에 대해서는 거의 아무것도 이야기 해주지 않는다.

따라서 윌리엄 셰익스피어에 대해서 우리가 모르는 것이 여전히 많을 수밖에 없다. 그중 상당수는 아주 기본적인 것이다. 예를 들면, 우리는 그가 정확하게 몇 편의 희곡을 썼고 그 희곡들이 어떤 순서로 쓰였는지 모른다. 우리는 그가 무엇을 읽었는지 어느 정도 유추할 수는 있지만, 그가 그 책들을 어디서 구했는지, 그 책들을 언제 다 읽었는지는 모른다.

셰익스피어는 근 100만 단어에 이르는 문건을 남겼지만, 그 자신이 직접 쓴 단어는 단 14개밖에 되지 않는다. 그는 6번 서명을 했고, 그의 유언장에 "내가 작성했음(by me)"이라고 썼을 뿐이다. 그가 쓴 쪽지나 편지, 원고는 단 한 장도 남아 있지 않다.(몇몇 전문가들은 한번도 공연된 적이 없는 희곡 「토머스 모어 경[Sir Thomas More]」의 일부를 셰익스피어가 자기 손으로 직접 썼다고 보고 있지만, 믿을 만한 주장은 아니다.) 그의 생전에 이루어진 그에 대한 서술 역시 남아 있는 것이 없다. 그의 용모에 대한 최초의 묘사 ─ "그는 잘생긴 미남형이었다. 사람들과 잘 어울렸고 언제나 준비된 유쾌하고 매끄러운 재치를 지닌 사람이었다" ─ 는 그가 죽고 64년이 지난 후에 존 오브리(1626-1697, 영국의 골동품 연구가)가 쓴 것이다. 오브리는 셰익스피어가 죽고 10년 후에 태어났다.

셰익스피어는 아주 온화한 사람이었던 듯하다. 그러나 현재 남아 있는 그에 대한 최초의 설명은 동료 예술가가 그의 성격을 공격한 글이다. 다수의 전기작가들은 셰익스피어가 그의 아내를 쫓아냈다고 보고 있다. 그가 유언장에서 아내에게 두 번째로 좋은 침대를 남겼고, 그나마 처음에는 그것마저도 남기지 않으려다가 뒤늦게 그 문구를 추가한 것이 명백해 보인다는 사실이 아내에 대한 그의 생각을 보여주는 사례로 꼽힌다. 그러나 셰익스피어는 사랑과 집안 식구들의 유대를 누구보다도 높게 평가하고 헌신적으로 열렬하게 그에 관해서 썼던 사람이다.

우리는 그의 이름을 어떻게 쓰는 것이 가장 정확한지도 잘 모른다. 그 자신 역시 그랬던 것 같다. 남아 있는 그의 서명이 제각기 다르기 때문이다.(Willm Shaksp, William Shakespe, Wm Shakspe, William Shakspere, Willm Shakspere, William Shakspeare.) 또한 우리는 그가 자신의 이름을 어떻게 발음했는지도 정확히 알 수 없다. 「셰익스피어의 발음(*Shakespeare's Pronunciation*)」이라는 책을 쓴 헬게 쾨케리츠는 셰익스피어가 a를 단음으로 발음해서 '셰익스'가 아니라 '색스'라고 발음했을지도 모른다고 생각했다. 스트랫퍼드의 발음과 런던의 발음이 서로 달랐을지도 모르고 아니면 이름을 여러 가지로 썼듯이 발음도 여러 가지로 했을지도 모른다.

우리는 그가 영국을 떠난 적이 있는지 없는지도 모른다. 우리는 또 그가 주로 사귀던 친구들이 누구였는지, 그리고 그가 즐기던 놀이가 무엇이었는지도 모른다. 그의 성생활은 풀 수 없는 미스터리이다. 그가 어디에 있었는지 분명하게 말할 수 있는 날들은 그의 전 생애에서 불과 며칠밖에 되지 않는다. 그가 스트랫퍼드의 아내와 세 어린 자녀들을 떠난 후, 런던에서 거의 믿을 수 없을 정도로 빠르게

18

극작가로 성공하기까지의 중요한 시기였던 8년 동안 그가 어디에 있었는지에 관한 기록은 전혀 없다. 그가 인쇄물에서 희곡작가로 맨 처음 언급된 1592년은 그의 생애가 이미 반 이상 흘러간 때였다.

다른 시기에도 그는 전자(電子)처럼 종잡을 수 없는 존재이다. 즉 언제나 있는 것 같기도 하고 없는 것 같기도 한 존재인 것이다.

우리가 윌리엄 셰익스피어의 생애에 대해서 왜 이렇게 아는 것이 없는지, 또 그의 생애에 대해서 더 많이 알아낼 수 있는 희망은 있는지 알아보기 위해서 나는 어느 날 런던의 서부 큐에 있는 공문서 보관소(지금은 국립 문서 보관소로 이름이 바뀌었다)를 찾아갔다. 그곳에서 나는 탄탄한 체격의 쾌활하고 말씨가 부드러운 반백의 고참 문서 보관 전문가 데이비드 토머스를 만났다. 내가 그곳에 도착했을 때 토머스는 큼직한 서류뭉텅이 — 1570년 재무부 메모 두루마리 — 를 그의 사무실에 있는 긴 테이블로 옮기고 있었다. 뒤죽박죽 엉성하게 묶여 있는 1,000페이지의 양피지 뭉텅이는 두 팔을 다 써야 할 만큼 옮기기에 쉽지 않은 짐이었다. "어떤 면에서 이 기록들은 상태가 아주 양호한 편이지요." 토머스가 내게 말했다. "양피지는 보관성이 아주 좋은 재질이거든요. 물론 다룰 때는 좀 조심해야 합니다. 종이는 섬유에 잉크가 배어들지만, 양피지의 경우에는 잉크가 그 표면에만 묻어 있어요. 마치 칠판에 분필로 쓴 것처럼 말입니다. 따라서 잘못 문지르면 쉽게 지워질 수 있지요."

"16세기의 종이도 질이 좋았어요." 그가 말을 이었다. "그 당시의 종이는 넝마로 만들었고 따라서 산(酸)에 거의 녹지 않았어요. 그래서 보관성이 매우 좋았습니다."

비전문가인 내 눈에는 잉크가 희미한 얼룩으로 보일 뿐이었다. 글자라는 것들도 판독하기 어려운 이상한 형태였다. 더욱이 양피지에 쓰인 글은 도무지 질서가 잡혀 있지 않았다. 당시는 종이와 양피지 값이 비쌌으므로 공간을 낭비할 수 없었기 때문이다. 문절 간의 간격이 없었고 사실 문절 구분도 없었다. 한 항목이 끝난 곳에서 곧 다른 항목이 시작되었다. 항목을 구분하는 숫자나 제목 같은 것도 없었다. 이보다 더 읽기 어려운 문서는 없을 것이라는 생각이 들었다. 어떤 두루마리에 어떤 인물이나 사건에 관련된 기록이 있는지 알아보려면 문서 전체를 모조리 읽어보는 수밖에 없을 것 같았다. 그런 일은 토머스 같은 전문가들에게도 어려운 일이었다. 당시의 손으로 쓴 글씨는 그 모양이 그야말로 가지각색이었기 때문이다.

엘리자베스 여왕 시대 사람들의 철자가 제멋대로였던 것처럼 손으로 쓰는 글씨 모양 역시 제멋대로였다. 손으로 써서 만든 당시의 안내서들은, 20가지의 서로 다른 글자 모양을 보여준다.(흔히 모양이 생판 다르다.) 예를 들면, 쓰는 사람의 취향에 따라서 d자가 숫자 8처럼 보이기도 하고 꼬리가 달린 다이아몬드, 소용돌이 장식이 달린 원 모양으로 보이기도 하며 그밖의 다른 15가지 모양으로 보이기도 한다. A가 h처럼 보이기도 하고 e가 o, f가 s나 l처럼 보이기도 한다. 사실 모든 글자가 거의 모든 다른 글자와 닮아 보일 수도 있다. 설상가상으로 재판 기록은 법정 언어라고 알려진 특이한 세계 공용어로 기록되어 있다. "로마인도 읽을 수 없는, 서기들만이 쓰던 독특한 라틴어예요." 토머스가 미소를 지으며 나에게 말했다. "어순은 영어 어순을 따랐고 어휘에는 난해하며 독특한 생략법이 사용되었지요. 재판 내용이 아주 복잡하고 애매할 때는 서기들까지도 기록에 애를 먹었지요. 그래서 자주 편의상 영어로 언어를 바꿔서 기록하기도 했습니다."

토머스는 자신이 페이지를 올바로 찾아냈다는 것을 알고 있었고 또 그 서류를 여러 차례 본 적이 있었지만, "스트랫퍼드 어폰 헤이븐(Haven)"의 "존 섀피어(Shappere) 일명 셰익스피어"가 이자를 받았다고 고발하는 구절을 찾아내는 데에 1분 이상이 걸렸다. 이 서류는 셰익스피어 학자들에게 꽤 중요하다. 이 서류가 윌리엄이 열두 살이던 1576년에 그의 아버지가 갑자기 공직에서 은퇴한(이 문제에 대해서는 뒤에서 더 설명할 것이다) 이유를 설명하는 데에 도움이 되기 때문이다. 그러나 이 서류는 1983년에야 발견되었다. 발견자는 웬디 골드스미스라는 연구원이었다.

런던의 국립 문서 보관소와 체셔에 있는 오래된 소금광산에는 이와 비슷한 기록들이 두루마리 길이로 수백 킬로미터 이상이나 있다. 1,000만 건이나 되는 방대한 양이다. 물론 이 모든 서류들이 셰익스피어 시대의 것은 아니지만, 꼼꼼한 연구원이 이 모든 서류들을 뒤지려면 아마 수십 년은 족히 걸릴 것이다.

관련 서류를 더 많이 찾아내는 확실한 방법은 단 하나, 모든 서류들을 훑어보는 것이다. 1900년대 초에 미국의 한 괴짜 부부 찰스와 헐다 월리스가 바로 그런 일을 하기로 작정했다. 네브래스카 대학교에서 영문학을 강의하던 찰스 월리스는 20세기가 시작될 무렵 알려지지 않은 이유로 갑자기 셰익스피어의 일생의 세부적인 내용들을 밝히는 일에 관심을 가지게 되었다. 1906년 그와 헐다는 서류를 뒤지기 위해서 런던으로 갔다. 그후 그는 그런 여행을 몇 차례 거듭하다가 급기야는 아예 영국에 눌러앉았다. 당시 대개 챈서리 거리에 있던 공문서 보관소에서 하루 최대 18시간씩 일하면서 두 사람은 수십만 건—월리스는 500만 건*이라고 주장했다—의 각종 서류들—재무부 메모 두루마리, 재산 증서, 가옥과 대지 대장, 도관(導管) 두루마리, 탄원 두루마리, 양도 증서 그리고 그밖의 먼지 앉은 16세기와 17세기 초 런던의 법률생활에 관련된 문서들— 을 검토했다.

그들은 활동적인 시민 셰익스피어가 가끔 공문서에 등장할 수밖에 없을 것이라고 확신했다. 그들의 생각이 틀린 것은 아니었지만, 색인이나 전후 참조 안내문이 붙어 있지 않은, 20만 시민들 가운데 어느 한 사람과 관련되었을 가능성이 있는 서류가 수십만 건이나 된다는 사실, 그리고 셰익스피어의 이름이 등장한다고 해도 그 표기방식이 80여 가지나 되고 이름이 지워지거나 알아볼 수 없을 정도로 축약되었으리라는 사실, 또 셰익스피어가 런던에서 체포나 결혼, 법적 분쟁 같은 공문서에 등장할 만한 사건에 연루되었을 것이라고 가정할 특별한 이유가 없다는 점을 고려할 때, 월리스의 그 끈질긴 작업은 정말 놀라운 것이었다.

따라서 우리는 그들이 1909년 런던의 청구법원(Court of Requests)에서 나온 소송 두루마리를 발견했을 때 느꼈을 기쁨을 짐작할 수 있다. 26건의 분류된 서류로 이루어진 이 두루마리는 현재 벨롯-마

---

* 이 숫자는 과장인 듯하다. 가령 월리스가 1건의 서류에 평균 5분씩만 할애한다고 해도 500만 건의 서류를 처리하는 데에는 41만6,666시간이 걸렸을 것이다. 하루 24시간 일을 한다고 해도 이것은 47년 반이 걸리는 작업이다.

운트조이 재판 서류라고 알려져 있다. 이 서류들은 1612년 위그노 난민 가발 제작업자인 크리스토퍼 마운트조이와 그의 사위 스티븐 벨롯 사이에 결혼 문제를 놓고 벌어진 분쟁과 관련된 서류들이다. 벨롯은 장인이 자신에게 주기로 약속했던 것들을 다 주지 않았다고 생각했고, 그래서 노인을 법정으로 끌고 왔다.

셰익스피어는 분쟁이 시작된 1604년에 크리플게이트에 있던 마운트조이의 집에서 하숙을 했기 때문에 이 사건에 말려든 것 같다. 8년 후 그가 증언을 하도록 소환되었을 무렵에는, 그는 8년 전에 그의 하숙집 주인과 사위 간에 어떤 합의가 이루어졌는지 별로 기억이 나지 않는다고 주장했는데, 사실 그것은 그다지 억지 주장도 아니었다.

이 재판 기록에는 셰익스피어의 이름이 무려 24차례나 언급되었고 귀중한 그의 서명이 들어 있었다. 이 서명은 여섯 번째로 그리고 현재로서는 마지막으로 발견된 셰익스피어의 서명이다. 더욱이 이 서명은 남아 있는 셰익스피어의 서명 가운데 가장 훌륭하고 자연스럽다. 셰익스피어가 정상적으로 서명을 할 수 있는 충분한 공간에 떨리지 않는 건강한 손으로 한 서명인 것이다. 그렇기는 해도 그는 당시의 관례대로 자신의 이름을 줄인 형태―"Wllm Shaksp"―로 써놓았다. 또 성(姓)의 마지막 부분에 커다란 반점이 있다. 아마도 종이의 질이 좋지 않았기 때문인 듯하다. 비록 선서증언에 불과하지만, 이 문서는 그가 육성으로 말한 것을 받아 적은 내용이 담겨 있는 유일한 서류이기도 하다.

이듬해에 「네브래스카 대학교 학회지(*University of Nebraska Studies*)」에 발표된 월리스 부부의 발견(아마 이 잡지의 가장 큰 특종으로 영원히 남을 것이다)은 두 가지 이유로 중요했다. 그 발견은 셰익스피어가 그의 직업적 생애의 중요한 시점에 어디에서 살았는지를 말해준다. 그곳은 런던 시 세인트 올더먼베리 부근의 실버 가(街)와 몽크스웰 가(街) 모퉁이에 있던 집이었다. 셰익스피어가 증언을 한 날인 1612년 5월 11일은 그가 어디에 있었는지를 우리가 분명하게 말할 수 있는 며칠 안 되는 날 가운데 하루이다.

벨롯-마운트조이 문서는 월리스 부부가 몇 년의 노력 끝에 찾아낸 것의 일부에 불과하다. 글로브 극장과 블랙프라이어스 극장에 대한 셰익스피어의 지분이 어느 정도였는지, 또 셰익스피어가 죽기 불과 3년 전인 1613년에 블랙프라이어스의 수위실을 구입했다는 사실을 알게 된 것은 월리스 부부의 노고 덕분이다. 그들 부부는 셰익스피어의 가장 가까운 동료 가운데 한 사람인 존 헤밍의 딸이 1615년에 가족 재산 문제로 자기 아버지를 상대로 소송을 했다는 사실도 알아냈다. 셰익스피어 연구자들에게 이런 일들은 매우 중요하다.

불행하게도 시간이 지나면서 찰스 월리스는 조금 이상해지기 시작했다. 그는 3인칭 서술로 자기 자신을 지나치게 칭찬하는 글을 썼고(그중 하나의 내용은 이렇다. "그의 조사 이전에는 근 50년간 셰익스피어에 관해서 알려져야 할 것들은 모두 알려졌다고 믿었고 또 그렇게 가르쳤다. 그의 주목할 만한 발견이 이 모든 것들을 바꿔놓았고……또 미국 학계에 오래 남을 영예를 가져다주었다"), 편집증 증세를 보이기 시작했다. 그는 다른 연구자들이 그가 주문한 서류들이 어느 것들인지 알아내기 위해서 공문서 보관소의 직원들에게 뇌물을 준다고 확신하게 되었다. 나중에는 영국 정부가 비밀리에 다수의 학생들을 고용해서 그가 입수하기 전에 셰익스피어 서류들을 찾아내려고 한다고 믿었고, 그런 주장을 미국의 한 문학잡지에 실어 대서양 양편에서 놀라움과 불쾌감을 불러일으켰다.

자금도 부족한데다가 학계의 따돌림까지 받게 된 그와 힐다는 셰익스피어와 영어에 대한 연구를 포기하고 미국으로 돌아왔다. 그 무렵 텍사스에서는 석유 붐이 한창이었고 그러자 윌리스는 또다른 별난 확신을 가지게 되었다. 자신은 그냥 한번 보기만 하면 석유가 잔뜩 매장되어 있는 땅을 알아볼 수 있다는 확신이었다. 자신의 육감을 믿고 그는 남은 돈 전부를 텍사스 주 위치타 폴스에 있는 160에이커의 농장에 쏟아부었다. 놀랍게도 그 땅에서는 매장량이 가장 많은 유전이 발견되었다. 그는 1932년 엄청난 부자로 그러나 별로 행복하지 못한 사람으로 죽었다.

분명하게 밝혀진 사실이 적기 때문에 셰익스피어의 일생을 연구하는 학생들은 근본적으로 다음 세 가지 가능성에 빠지게 된다. 하나는 윌리스가 그랬던 것처럼, 법률 문서를 눈이 빠져라 뒤지는 것이고, 또다른 하나는 억측을 하는 것이다.(우스갯소리였는지 모르지만 한 셰익스피어 학자는 나에게 이렇게 말했다. "셰익스피어의 모든 전기는 5퍼센트의 사실과 95퍼센트의 억측으로 이루어져 있다.") 세 번째는 자신이 실제로 알고 있는 것보다 더 많이 알고 있다고 스스로를 설득하는 것이다. 가장 조심성 있는 전기작가들조차 가끔은 억측을 하고— 셰익스피어가 가톨릭 신자였느니, 행복한 결혼생활을 했느니, 시골을 좋아했느니, 동물들을 사랑했느니 하는— 그 억측을 확실한 일처럼 전기 속에 한두 장 늘어놓는다. 가정법을 직설법으로 바꾸려는 충동은 앨라스테어 파울러의 말을 의역한다면 언제나 강렬한 충동이다.

또다른 사람들은 그냥 그들의 상상력에 자신을 내맡긴다. 1930년대의 존경받던 학자로 평상시에는 냉정함을 유지했던 런던 대학교의 캐럴라인 F. E. 스퍼전(1869-1942, 영국의 교육가)은 셰익스피어의 텍스트를 주의 깊게 읽으면 그의 용모를 짐작할 수 있다고 결론을 내리고(그의 저서 「셰익스피어의 이미지와 그것이 우리에게 말해주는 것[Shakespear's Imagery and What It Tells Us]」에서) 자신 있게 다음과 같이 선언했다. 셰익스피어는 "아담하지만 다부진 체격을 가졌고 아마 몸이 한쪽으로 약간 기울었을 것이며 몸의 움직임이 유연했고 날카롭고 정확한 눈을 가졌으며, 근육을 쓰는 빠른 움직임에서 쾌감을 느끼는 사람이었다. 그는 피부는 희고 혈색은 좋았을 것이며(나이가 들면서 달라졌겠지만) 감정이 얼굴에 잘 드러나는 사람이었을 것이다."

한편 대중적인 역사가 이보 브라운은 셰익스피어의 희곡들에 등장하는 종기나 기타 발진에 대한 언급을 근거로 셰익스피어가 1600년 이후 어느 시기에 "심한 포도상구균 감염"에 시달렸고, 그후에 "빈발하는 종기" 때문에 괴로워했을 것이라는 결론을 내렸다.

융통성 없는 셰익스피어 소네트(sonnet, 단시) 독자들은 소네트에 두 차례를 등장하는 절름발이에 대한 언급을 보고 충격을 받았다. 37번 소네트를 보자.

노쇠한 아비가 팔팔한 자식의

활기찬 행동을 보고 즐거워하듯이

운명의 장난으로 절름발이가 된

나는 너의 가치와 진실성에서 위안을 얻는다.

소네트 89번은 다음과 같다.

그대가 어떤 결점 때문에 나를 버렸다고 말하라.

그러면 그 결점에 대해 변명하리라.

내 절뚝거림을 지적하라. 그러면 바로 걸음을 멈출 테니.

그들은 이 시를 근거로 셰익스피어가 절름발이였다고 결론지었다. 사실 한 인간으로서 셰익스피어의 감정이나 신념을 가늠할 수 있는 근거는 아무것도 — 정말 눈꼽만큼도 — 없다. 우리는 그의 작품에서 나온 것만을 알 뿐, 무엇이 그 작품 속으로 들어갔는지에 대해서는 아는 것이 전혀 없다.

데이비드 토머스는 그에 대해서 알려진 것이 적다는 사실에 조금도 놀라지 않는다. "윌리엄 셰익스피어에 대한 문헌은 그 시대에 그 정도의 지위에 있는 사람에게 우리가 기대할 수 있는 만큼 있습니다. 부족하다고 느끼는 것은 우리가 그에게 너무 많은 관심을 가지고 있기 때문이에요. 사실 우리는 그의 시대에 살았던 어떤 극작가보다 셰익스피어에 대해 더 많이 알고 있다고 할 수 있습니다."

그 시대의 거의 모든 인물들에 대한 자료가 부족한 것이 사실이다.

토머스 데커(1572?-1632)는 그 시대의 으뜸가는 희곡작가들 가운데 한 사람이었지만, 우리는 그가 런던에서 태어났고 많은 작품들을 썼으며 자주 빚을 졌다는 사실 외에는 그의 일생에 대해서 아는 것이 별로 없다. 벤 존슨(1573?-1637)은 좀더 유명하지만, 그의 생애와 관련된 중요한 사실들 — 그의 출생 연도와 장소, 그의 부모의 신원, 그의 자녀들의 수 등 — 은 알려져 있지 않거나 불확실하다. 위대한 건축가이며 극장 설계자인 이니고 존스에 대해서도, 우리는 그가 서른이 될 때까지 어디에서인가 분명히 살았다는 사실 외에는 아는 것이 없다.

사실이란 놀라울 만큼 잊히기 쉽다. 따라서 400년이라는 세월이 흐르는 동안 그 대부분이 유실되기 마련이다. 그 시대의 가장 인기 있는 희곡들 가운데 한 편인 「피버섬의 아덴(*Arden of Feversham*)」을 누가 썼는지 아는 사람이 오늘날 아무도 없는 것과 마찬가지이다. 작가의 신원이 알려져 있는 경우에는 아주 우연히 그것을 알게 된 경우가 많다. 토머스 키드는 그 시대의 가장 성공적이었던 희곡 「스페인의 비극(*The Spanish Tragedy*)」을 썼다. 우리는 그가 죽고 약 20년 후에 작성된 서류에 지나가는 말투로 그가 그 희곡을 썼다는 사실이 언급되었기 때문에 이 사실을 알게 되었다.(그 사실은 그후 근 200년 동안 잊혀 있었다.)

셰익스피어와 관련해서 우리가 가지고 있는 것은 그의 희곡들이다. 우리는 한두 편을 제외한 전부를 가지고 있는데 이는 대부분 그의 동료인 헨리 콘델과 존 헤밍 덕분이다. 이 두 사람은 셰익스피어가 죽은 후 그의 작품 거의 전부를 모아서 출판했다. 그것이 정당하게 높은 평가를 받고 있는 퍼스트 폴리오 판이다. 우리가 이렇게 많은 셰익스피어의 작품들을 가지게 되었다는 것은 정말 큰 행운이다. 16세기와 17세기 초 희곡들은 대부분 유실되었기 때문이다. 희곡작가들의 원고가 남아 있는 경우는 극히 드물고 인쇄된 희곡도 남아 있는 것보다 유실된 것이 훨씬 더 많다. 셰익스피어가 태어날 무렵부터 1642년 청교도 혁명으로 극장들이 폐쇄될 때까지 런던에서 무대에 올려진 것으로 추산되는 약 3,000편의 희곡들 중 80퍼센트는 제목만 알려져 있을 뿐이다. 셰익스피어 시대의 희곡은 230편가량만이 지금까지 전해지고 있는데 그중 38편이 셰익스피어의 희곡이다. 전체의 약 15퍼센트나 된다. 놀라울 정도로 높은 비율이다.

우리가 인간 셰익스피어에 대해서 아는 것이 너무 적다고 느낄 수 있는 것은 그의 작품이 너무나 많이 남아 있기 때문이다. 우리가 그의 희극만을 가지고 있다면, 우리는 그를 천박한 사람이라고 생각했을 것이다. 그의 소네트들만이 전해졌다면, 그를 아주 검은 열정을 가진 사람이라고 생각했을 것이다. 그의 다른 작품을 보고 우리는 그를 우아한 사람, 지적인 사람, 철학적인 사람, 우울한 사람, 책략에 능한 사람, 신경질적인 사람, 쾌활한 사람, 사랑이 넘치는 사람 등으로도 생각할 수 있었을 것이다. 물론 작가로서 셰익스피어는 이 모두를 겸비한 사람이었다. 그러나 우리는 인간 셰익스피어가 어떤 사람이었는지는 거의 알지 못한다.

자료는 풍부하지만, 전후관계를 파악하기는 어려웠으므로 학자들은 그들이 알 수 있는 것에 초점을 맞추었다. 그들은 그가 쓴 모든 단어들을 검토했고 글자 한획 한획을 소홀히 하지 않았다. 그들은 셰익스피어의 작품에 통틀어 13만8,198개의 쉼표와 2만6,794개의 콜론, 1만5,785개의 물음표가 들어 있다는 것을 밝혀냈다. 그의 희곡에 귀(ear)라는 단어는 401차례 나오고, 똥더미(dunghill)는 10번, 얼간이(dullard)는 두 차례 쓰였으며, 그의 희곡에 등장하는 인물들이 사랑이라는 말은 2,259차례 하지만 증오라는 말은 단 183차례만 한다는 것, 또 그가 빌어먹을(damned)이라는 말은 105번, 지독한(bloody)은 226번 사용했지만 냉혹한(bloody-minded)은 단 2번만 사용했다는 것, 또 hath는 2,069번 썼지만, has는 단 409번만 썼다는 것, 통틀어서 모두 88만4,647단어, 3만1,959개의 대사(臺詞), 11만8,406행(行)을 남겼다는 것도 밝혀냈다.

그들은 셰익스피어가 무엇을 썼느냐뿐만 아니라 그가 무엇을 읽었는가도 알려줄 수 있다. 제프리 벌로프는 셰익스피어의 작품에서 언급된 거의 모든 것의 가능한 모든 출처를 추적하는 데 평생을 바치다시피 했다. 그는 셰익스피어가 무엇을 아는지뿐만 아니라 그것을 어떻게 알게 되었는지를 밝히는 책을 8권 써냈다. 또다른 학자인 찰턴 힌먼은 셰익스피어 희곡 조판에 관여한 식자공들의 신원을 밝혀냈다. 어떤 철자를 좋아하느냐―어떤 식자공이 go를 좋아하느냐 goe를 좋아하느냐, chok'd를 좋아하느냐 choakte를 좋아하느냐, lantern을 좋아하느냐 lanthorn을 좋아하느냐, set를 좋아하느냐 sett 또는 sette를 좋아하느냐 등―를 비교하고, 또 이것을 구두점 찍기, 대문자 사용, 행 나누기 등의 특성과 비교함으로써 그와 다른 학자들은 8명의 식자공들이 퍼스트 폴리오를 조판했다는 사실을 밝혀냈다. 힌먼의 이런 작업 덕분에 아이작 재거드의 공장에서 누가 무슨 일을 했는지를 재거드 자신보다 우리가 더 많이 알게 되었다는 말이 나올 정도였다.

셰익스피어는 역사적 인물이라기보다는 학계의 지나친 관심의 대상인 듯하다. 그와 그의 시대에 초점을 맞춘 수많은 학술지들의 색인을 한번 훑어보면 다음과 같은 고집스러운 조사의 흔적들을 찾을 수 있다. "오셀로에 나타난 언어적, 정보적 엔트로피", "햄릿 속의 귓병과 살인", "셰익스피어 소네트 속의 독물 배분", "셰익스피어와 퀘벡 국가", "햄릿은 남자였나, 여자였나?" 등등.

셰익스피어를 소재로 한 연구논문이나 책은 정말 엄청나게 많다. 영국 중앙도서관에서 저자 검색어에 셰익스피어를 넣으면 1만3,858개의 항목이 나온다.(이에 반해서 크리스토퍼 말로는 455개 항목밖에 나오지 않는다.) 주제 검색어에 셰익스피어를 넣으면 다시 1만 6,092개의 항목이 더 나온다. 워싱턴에 있는 의회도서관에는 셰익스피어에 관한 책이 약 7,000권이나 있다.(매일 1권씩 읽는다면 20년이 걸릴 양이다.) 그리고 이 책이 증거가 되듯이 그 수는 계속 늘어나고 있다. 이 부문의 권위서라고 할 수 있는 「셰익스피어 쿼터리(Shakespeare Quarterly)」에 따르면 약 4,000권의 진지한 노작들―책, 전공논문, 기타 연구서―이 매년 나오고 있다고 한다.

이 책의 내용은 단순하다. 우리가 기록에 근거해서 셰익스피어에 관해서 얼마나 많이 알 수 있는지, 실제로 얼마나 많이 알고 있는지 알아보자는 것이다.

바로 그것이 이 책이 아주 얇은 한 가지 이유라고 할 것이다.

2

‖ ‖ ‖

초년, 1564-1585

윌리엄 셰익스피어가 태어난 세상은 사람들이 부족했던 세상, 그래서 가지고 있는 사람들을 유지하려고 애쓰던 세상이었다. 1564년 영국의 인구는 300만 내지 500만 명이었다. 이것은 페스트가 번지면서 사람들의 목숨을 앗아가기 시작한 300년 전보다 훨씬 더 적은 인구였다. 당시 살아 있는 영국인들의 수는 사실 줄어드는 추세였다. 그 이전 10년 동안 영국의 인구는 약 6퍼센트 줄어들었다. 그 기간 동안에 런던 시민의 4분의 1이 죽었다.

영국인들의 목숨을 앗아가는 것은 페스트뿐만이 아니었다. 그밖에도 결핵, 홍역, 구루병, 괴혈병, 두 가지 유형의 천연두(발진을 일으키는 것과 출혈을 일으키는 것), 연주창, 이질과 갖가지 종류의 설사와 열병 — 하루걸이 열병, 이틀걸이 열병, 산열(産熱), 선박 열병, 매일열, 반점열 — 과 광증, 나쁜 귀신이 붙은 병과 이름도 붙이기 어려운 수많은 질병들이 끊임없이 사람들의 목숨을 위협했다. 물론 이런 질병들은 지위의 고하를 가리지 않았다. 윌리엄 셰익스피어가 태어나기 2년 전인 1562년 엘리자베스 여왕 자신도 천연두에 걸려서 하마터면 죽을 뻔했다.

비교적 경미한 증상— 신장 결석, 상처 감염, 난산 등 — 도 어느 순간에 목숨을 앗아갈 위험한 상황으로 바뀔지 몰랐다. 의사들의 처치 역시 질병 못지않게 위험했다. 그들은 환자들을 신나게 씻긴 후 기절할 때까지 피를 뽑았다. 그렇지 않아도 약해진 환자들에게 별로 도움이 되지 않는 처치였다. 그 시절에 네 분의 조부모를 모두 아는 아이는 정말 보기 드문 행운아였다.

셰익스피어 시절의 그 이름도 이상하게 들리는 많은 병들은 오늘날의 우리에게는 다른 이름으로 알려져 있다.(일례로 그 시절의 선박 열병은 오늘날 티푸스이다.) 그러나 그 시절에만 있던 신비스러운 질병도 있다. 그런 병들 가운데 하나가 "영국 땀"이라는 것이었다. 이 병은 몇 차례 창궐해서 많은 목숨들을 앗아간 후 셰익스피어가 태어나기 몇 년 전에 자취를 감추었다. 이 병은 놀라울 정도로 빠르게 진행되었기 때문에 "두려움을 느끼지 못하는 천벌"이라고 불렸다. 이 병에 걸리면 그날 안으로 죽기 일쑤였다. 다행히 많은 사람들이 이 병을 이기고 살아남았고 점차 사람들은 이 병에 대한 면역력을 가지게 되었다. 그 결과 이 병은 1550년대에 사라졌다. 중세에 공포의 대상이었던 문둥병도 마찬가지로 줄어들어서 크게 번지는 일은 없어졌다. 그러나 이런 위험들이 사라지자마자 "신병(新病)"이라고 불린 또다른 무서운 열병이 영국을 휩쓸어 1556년에서 1559년 사이에 수만 명의 목숨을 앗아갔다. 설상가상으로 1555년과 1556년에는 심한 흉년이 덮쳤다. 글자 그대로 끔찍한 시절이었다.

그러나 흑사병이 여전히 가장 무서운 천형이었다. 윌리엄이 태어나고 3개월이 지나지 않아서 스트랫퍼드 홀리 트리니티 교회 묘지에 묻힌 올리버 건이라는 소년의 이름 옆에 "여기서 흑사병이 시작되었다"라는 끔찍한 말이 나붙었다. 1564년의 흑사병은 혹독했다. 스트랫퍼드에서 적어도 200명이 목숨을 잃었다. 이것은 보통 때 사망자 수의 약 10배에 달했다. 흑사병이 유행하지 않는 해에도 영국 신생아의 16퍼센트가 사망했다. 그런데 이 해(1564년)에는 신생아의 3분의 2가량이 죽었다.(셰익스피어의 한 이웃은 4명의 자녀를 잃었다.) 어떤 의미로는 윌리엄 셰익스피어가 인생에서 거둔 가장 큰 성공은 「햄릿(*Hamlet*)」이나 그의 소네트들을 쓴 것이 아니라 그의 생애의 첫해를 무사히 넘긴 일일지도 모른다.

우리는 셰익스피어가 태어난 정확한 시점을 모른다. 여러 사람들이 한두 가지 확실한 사실과 몇 가지의 모호한 가능성에 근거해서 그가 이 세상에 나온 날을 유추해내려는 많은 노력을 기울였다. 구전(口傳)을 근거로 그는 4월 23일 성 조지의 날에 태어난 것으로 견해가 일치되고 있다. 이 날은 영국의 국경일이며 또 우연하게도 셰익스피어가 52년 후에 세상을 떠난 날이기도 하다. 그러나 그의 출생과 관련해서 우리가 확보한 단 하나의 사실은 그가 4월 26일에 세례를 받았다는 것뿐이다. 유아 사망률이 높았기 때문에 아이들이 태어나면, 세례를 뒤로 미룰 절박한 이유가 없는 한, 하루 속히 — 태어난 주일의 일요일이나 다른 성스러운 날에 — 아이에게 세례를 주는 것이 당시의 관습이었다. 셰익스피어가 일요일이던 1564년 4월 23일에 태어났다면, 세례를 받기에 적당한 날은 이틀 후인 4월 25일 성 마르크의 날이었을 것이다. 그러나 성 마르크의 날은 행운이 따르는 날이 아니라고 생각하는 사람들이 있었으므로, 그의 세례가 하루 뒤인 4월 26일로 연기되었을 것이라는 주장이 설득력을 얻고 있다.

사실 우리가 셰익스피어에 대해서 이만큼 알고 있는 것도 운이 좋은 것이다. 셰익스피어가 태어난 시기는 기록이 처음으로 제대로 보존되기 시작한 때이다. 영국의 모든 교구들은 그보다 26년 전인 1538년에 이미 출생, 사망, 결혼 기록들을 보존하라는 명령을 받았지만, 모든 교구들이 그 명령을 따르지는 않았다.(국가가 갑자기 정보 수집에 관심을 보이는 것은 달갑지 않은 새로운 세금을 만들려는 전주곡이라고 생각하는 사람들이 많았다.) 스트랫퍼드는 1558년이 지나서야 기록을 보존하기 시작했다. 그러니까 윌리엄의 기록은 보존되었지만, 그보다 여덟 살 연상인 그의 아내 앤 해서웨이의 기록은 보존되지 못했다.

출생일에 대한 논쟁을 다소 학구적인 것으로 만드는 한 가지 요인은 셰익스피어가 그레고리오력이 아니라 율리우스력을 쓰던 시대에 태어났다는 사실이다. 그레고리오력은 셰익스피어가 결혼 적령기에 도달한 1582년에야 비로소 제정되었다. 따라서 셰익스피어 출생 당시의 4월 23일은 오늘날의 달력으로는 5월 3일이 된다. 그레고리오력은 외국에서 교황(그레고리오 13세)을 기념해서 제정한 역법이었기 때문에, 영국은 1751년까지 이 달력을 채택하지 않았다. 따라서 셰익스피어가 살았던 시기와 그 이후 135년 동안, 영국의 날짜와 유

럽의 나머지 지역의 날짜가 서로 다르다. 이것은 그후 줄곧 역사학
자들을 괴롭혀왔다.

16세기에 일어난 중요한 사건은 영국이 가톨릭을 버리고 신교를 채
택한 것이다. 물론 이 과정은 순탄하지 않았다. 영국은 에드워드 6세
시절에는 신교를 채택했다가 메리 튜더 치하에는 다시 가톨릭으로
돌아갔고 엘리자베스 시절에는 다시 신교로 돌아갔다. 체제가 바뀔
때마다 고집이 세거나 동작이 굼떠서 도망치지 못한 관리들은 고통
스러운 보복을 받았다. 예를 들면, 1553년 가톨릭 신자인 메리가 왕
좌에 오른 후, 캔터베리 대주교 토머스 크랜머와 그의 동료들이 옥스
퍼드에서 화형에 처해졌다. 이 사건은 공식 제목이 「교회 문제와 관
련된 후기 위험한 시절의 행동과 기념비들(Actes and Monuments of
These Latter and Perillous Days, Touching Matters of the Church)」인
존 폭스의 책에서 자세히 묘사되었다. 뒤에 「순교자들을 다룬 폭스
의 책」이라는 이름으로 알려진 이 책은 셰익스피어가 살았던 시절의
반가톨릭 열정의 원군 노릇을 했다. 이 책의 뒤에 나온 판에는 "현재
영국 여왕인 엘리자베스 공주의 기적적인 보존"이라는 장(章)이 추가
되어 그녀의 배 다른 언니의 잘못된 통치기간에 엘리자베스가 용감
하게 신교를 후원했다고 그녀를 칭송함으로써 엘리자베스에게 커다
란 위안을 주었다.(실제로는 엘리자베스는 메리 여왕의 통치시절에
결코 용감한 신교도가 아니었다.)

　엄청난 종교적 격동기였고 많은 순교자들이 나오기는 했지만, 그
래도 신교 사회로의 전환은 내전이나 대규모 살육 없이 비교적 순탄

하게 이루어졌다. 엘리자베스 여왕의 재위기간인 45년 동안, 처형된 가톨릭교도의 수는 200명도 되지 않았다. 이것은 1572년 성 바르톨로메오 축일 하루 동안에 파리에서 8,000명의 위그노(프랑스의 신교도)가 살해되고, 프랑스의 다른 곳에서도 수천 명이 목숨을 잃은 사실과 비교가 된다. 이 살육이 영국인들에게 엄청난 충격을 주었고(크리스토퍼 말로는 「파리에서의 학살[The Massacre at Paris]」에서 이 살육을 세세하게 묘사했고 다른 두 희곡에도 살육 장면을 삽입했다), 또한 두 세대의 신교도 영국인들을 초조하게 하고 열광적인 애국자로 만드는 역할을 했다.

윌리엄 셰익스피어가 태어났을 때, 엘리자베스 여왕의 나이는 서른이었고, 여왕이 되고 이제 막 5년이 지난 후였다. 여왕은 그후에도 39년간 더 통치했지만 그 통치가 결코 쉬웠던 것만은 아니었다. 가톨릭교도들이 보기에 그녀는 무법자요 사생아였다. 그녀는 황위를 계승한 몇 명의 교황들로부터 심한 공격을 받았다. 교황들은 처음에는 그녀를 파문했고 다음에는 공개적으로 그녀의 암살을 부추겼다. 그녀가 통치한 대부분의 기간 동안 그녀를 대치할 가톨릭교도 여왕이 대기하고 있었다. 그녀의 사촌인 스코틀랜드의 여왕 메리였다. 엘리자베스의 생명이 위험에 처해 있었으므로, 그녀의 생명을 지키기 위해서 모든 조치가 취해졌다. 혼자서 문 밖에 나가는 것은 절대로 허용되지 않았고 집 안에서도 철저한 경호를 받았다. 그녀는 "맨 몸"에 입도록 디자인된 옷을 선물받았을 때는 각별히 주의하라는 권유를 받았다. 그 옷에 흑사병 균을 발랐을지도 모르기 때문이었다. 그녀가 앉는 의자까지도 병균으로 오염시켰을지 모른다는 의심이 제기되기도 했다. 이탈리아인 독살요원이 그녀의 궁정에 잠입했다는 소문이 나돌자, 그녀는 이탈리아인 하인들을 모두 내보내야 했다. 결국 아무도 완전히 신임할 수 없게 된 그녀는 침대 옆에 칼을 놓아둔 채 잠을 잤다.

엘리자베스는 어렵게 목숨을 부지했지만, 그녀의 통치기간—그 대부분이 윌리엄 셰익스피어의 일생과 겹친다—내내 후계자 문제가 국가적 관심사였다. 프랭크 커모드가 지적했듯이, 셰익스피어의 희곡들의 4분의 1은 왕위계승 문제를 다루고 있다. 물론 엘리자베스 여왕의 후계자에 대해서 억측을 하는 것은 법에 크게 저촉되는 일이었다. 청교도 의원이었던 피터 웬트워스는 어느 글에서 이 문제를 거론했다가 10년 동안 런던 타워에 갇혀 지내야 했다.

엘리자베스는 매우 융통성 있는 신교도였다. 그녀는 많은 관례적인 가톨릭 의식을 좋아했고 그녀의 통치기간 중 대부분 동안 국민들이 영국 교회에 엄격하게 따를 것을 요구하지 않았다. 그녀는 국민들의 종교적 신념을 지도하려고 하기보다는 단순히 왕에 대한 그들의 충성심을 확인하고 싶어했다. 불법으로 설교를 하다가 붙잡힌 가톨릭 사제들도 이단보다는 반역으로 처벌하는 것이 상례였다. 지방을 순시할 때도, 여왕은 왕으로서의 자신에 대한 충성심이 의심스럽지 않은 한 가톨릭 가문에 머무는 것을 마다하지 않았다. 따라서 엘리자베스 통치시절의 영국에서는 가톨릭교도인 것이 특별히 대담한 행동이 아니었다. 하지만 가톨릭교도임을 공개적으로 밝히는 일, 가톨릭을 선전하는 일은 별개의 문제였다.

영국 교회 예배에 참석하고 싶어하지 않는 가톨릭교도들은 벌금을 내면 되었다. 이들 예배 불참자들은 "거부자들"이라고 알려져 있었는데, 그 수가 상당히 많아서 1580년에 약 5만 명에 이르는 것으로 추산되었다. 예배 불참에 대한 벌금은 1581년까지는 12페니에 불과했고 그나마도 철저하게 부과되지 않았다. 그러다가 갑자기 그 액수가 한 달에 20파운드로 인상되었다. 대부분의 사람들에게 인상된 벌금 액수는 허리가 휘어질 만한 거액이었다. 약 200명의 사람들만이 이런 벌금을 물 수 있을 정도의 부(富)와 신심(信心)을 가지고 있었던 듯하다. 이 벌금은 왕에게는 뜻밖의 세입원이 되었다. 스페인 무적함대와의 결전을 앞둔 시기에 매우 요긴한 4만5,000파운드를 이 벌금으로 거두어들일 수 있었으니까 말이다.

그러나 여왕의 대다수 신민들은 "사이비 교황파" 혹은 "무늬만 신교도"들이었다. 그들은 사정이 변하면 가톨릭교도가 될 용의가 있고 어쩌면 속으로는 그렇게 되기를 열망하면서도 사정이 여의치 않는 한 신교를 지지할 준비가 되어 있는 사람들이었다.

신교도 역시 그 나름의 위험을 안고 있었다. 청교도(Puritan, 셰익스피어가 태어나던 해에 생겨난 말로 비난의 의미가 내포되어 있다)와 여러 가지 색깔의 분리주의자들도 박해를 받았다. 종교적 신념이나 예배 형식 때문이 아니라 권위에 순종하지 않고 위험할 정도로 자기주장을 펴는 그들의 버릇 때문이었다. 존 스텁스라는 저명한 청교도가 이야깃거리에 불과한 여왕과 프랑스 가톨릭교도 알랑송 공작과의 혼사를 비판하자 영국 정부는 그의 오른손을 잘라버렸다.* 피가

철철 흐르는 잘린 손목을 치켜들고 군중들에게 자기 모자를 벗어 보이면서 스텁스는 "신이여, 여왕을 구하소서" 하고 외치고는 기절해 쓰러졌다. 그는 마차에 실려 감옥으로 끌려가서 18개월 동안 옥살이를 했다.

사실 그는 비교적 가벼운 처벌을 받은 셈이었다. 그보다 더욱 엄한 벌을 받을 수도 있었기 때문이다. 중죄인으로 선고된 사람들은 다음과 같은 소름끼치는 말을 듣기도 했다. "너는 이곳에서 네가 온 곳으로 끌려갈 것이며······너의 몸은 열리고 너의 심장과 창자를 끄집어낼 것이며 너의 동료들이 네 눈앞에서 목이 잘려 불 속에 던져질 것이다." 사실 엘리자베스 여왕 시대쯤에는 아직 살아서 의식이 있는 중죄인의 내장을 끄집어내는 경우는 거의 없었다. 그러나 예외는 더러 존재했다. 1586년 엘리자베스 여왕은 자신을 암살하려고 음모를 꾸민 젊고 부유한 가톨릭교도 앤서니 배빙턴에게 그런 형벌을 내리라고 명령했다. 배빙턴은 아직 의식이 있는 상태에서 처형대에서 끌려내려와 형리들이 자신의 배를 가르고 내장이 밖으로 비어져나오는 것을 지켜보아야 했다. 이 무렵에는 이런 형벌은 너무 끔찍한 것으로 인식되어 피에 굶주린 군중들까지도 그것을 보고 역겨워했다.

왕은 형벌을 내릴 지극히 광범한 권한을 누렸고 엘리자베스는 그런 권한을 자유롭게 행사했다. 그녀는 자신을 불쾌하게 한 정신들(예

---

* 그것은 성사될 가능성이 없는 혼담이었다. 여왕의 나이는 그의 어머니뻘이었다. 여왕의 나이는 마흔이었고 그는 겨우 열여덟 살이었다. 더욱이 공작은 키가 작고 아주 못생겼다.(그를 지지하는 자들은 턱수염을 기르면 그의 용모가 좀더 나아질 수 있을 것이라고 말하기도 했다.) 1584년에 공작이 죽은 후에야 혼담이 완전히 잦아들었다.

를 들면, 자신의 축복 없이 결혼한 신하)을 궁 밖으로 내치거나 심지어 감옥에 가두기까지 했다. 때로는 그런 감금이 상당히 오래 지속되기도 했다. 이론상으로 그녀는 사회의 한 계층과 다른 계층을 갈라놓는 세밀하고 복잡한 구분을 존중하지 않은 신민을 마음대로 감금할 수 있는 무제한의 권한을 가지고 있었다. 당시의 사회는 정말이지 복잡한 계층으로 이루어져 있었다. 물론 사회의 맨 꼭대기에는 왕이 있었다. 다음에 귀족과 고위 성직자들, 신사(gentleman, 귀족은 아니지만 가문[家紋]을 달도록 허용된 사람/역주) 순으로 계급이 이어졌다. 그다음 계급은 시민(citizen)이며, 당시 시민이란 부유한 상인들, 즉 부르주아지를 뜻하는 말이었다. 그다음이 작은 농토를 가진 자작농이었고, 가장 낮은 계급이 장인(匠人)과 일반 노동자들이었다.

이른바 사치금지법이 누가 어떤 옷을 입을 수 있는지를 정확하게 규정하고 있었다. 연소득이 20파운드인 사람은 공단 더블릿(몸에 밀착되는 남자용 웃옷/역주)은 입을 수 있었지만, 공단 가운은 입을 수 없었다. 반면에 연소득이 100파운드인 사람은 공단 옷을 마음대로 입을 수 있었지만, 벨벳으로 지은 옷은 더블릿만 입을 수 있었고 외출복은 허용되지 않았다. 벨벳의 색깔은 진홍색이나 푸른색만 아니면 무슨 색깔이든 괜찮았다. 그 두 색깔은 가터 기사(騎士) 이상의 신분인 사람들에게만 허용되었다. 비단 스타킹은 기사와 기사의 맏아들, 그리고 몇몇 사절들과 궁정의 시종들만이 착용할 수 있었다. 한 사람이 어떤 종류의 옷을 만드는 데 사용할 수 있는 천의 양에도 제한이 있었고, 그밖에도 옷에 주름을 잡아 입느냐, 아니면 주름 없이 입느냐 등 헤아릴 수 없을 정도로 많은 규제 항목들이 있었다.

이런 규제들을 시행하는 목적은 국가의 재정을 건전하게 유지하려는 데에도 있었다. 그런 사용 제한이 대개 수입된 천에 적용되었다는 것이 그 증거이다. 비슷한 이유로 한동안 '챙 없는 모자 법'이 시행되기도 했다. 사람들로 하여금 챙 있는 모자 대신에 챙 없는 모자를 쓰도록 한 이 법은 불황기에 국내의 챙 없는 모자 제조업자들을 도우려는 데에 그 시행 목적이 있었다. 무슨 이유 때문이었는지는 모르지만, 청교도들이 이 법에 반대했고 그래서 그들은 자주 이 법을 무시함으로써 벌금을 물었다. 대다수의 다른 사치금지법들은 유명무실했던 것으로 보인다. 그 법에 따라서 기소된 기록이 거의 없기 때문이다. 그러나 그 법들은 1604년까지 남아 있었다.

음식에 대해서도 비슷한 규제가 있었다. 신분에 따라서 몇 개의 코스를 먹을 수 있느냐가 정해졌다. 추기경은 한 끼에 9개의 접시를 먹을 수 있었지만, 연소득이 40파운드 미만인 사람들(즉 대다수의 사람들)은 단 두 코스에 수프를 추가해서 먹을 수 있었다. 다행히 헨리 8세가 로마 교황청과 결별한 후에는 금요일에 고기를 먹는 것이 죄가 되지 않았지만, 사순절 기간에 고기를 먹다가 붙잡힌 사람은 여전히 3개월 징역형을 받을 수도 있었다. 교회는 이 사순절 규칙을 지키지 않아도 되는 권리를 팔 수 있었고, 실제로 이 권리를 팔아 많은 돈을 거두어들였다. 송아지, 닭 그리고 그밖의 모든 가금류 등의 흰 살코기는 물고기로 분류되어 사순절 기간에도 먹을 수 있었는데도 이 권리를 사려는 사람들이 그렇게 많았던 것은 놀라운 일이다.

생활의 거의 모든 부문이 어느 정도 법률적 규제의 대상이 되었다. 어느 지역에서는 오리를 도로에 풀어놓았다고 벌금을 물리기도 했다. 또 마을의 자갈을 함부로 사용했다고, 그 지역 영주의 허락을 받지 않고 손님을 집 안에 받아들였다고 벌금을 무는 경우도 있었다. 우리가 셰익스피어라는 이름과 가장 먼저 만나는 것 역시 윌리엄이 태어나기 12년 전인 1552년에 있었던 그런 법률 위반을 통해서이다. 그의 아버지 존이 스트랫퍼드 헨리 가(街)에 퇴비더미를 쌓아놓았다고 해서 1실링의 벌금을 물었다. 퇴비더미는 단순한 미관상의 문제에 그치지 않는 중요한 것이었다. 왜냐하면 당시 이 도시에 흑사병이 되풀이해서 번지곤 했기 때문이다. 1실링의 벌금은 꽤나 많은 금액이었다. 아마 셰익스피어가 이틀 동안 일한 임금에 해당되는 액수였을 것이다.

존 셰익스피어의 어린 시절에 대해서는 알려진 것이 별로 없다. 그는 1530년경에 태어나서 부근에 있는 스니터필드의 농장에서 자라났고 청년시절에 스트랫퍼드로 왔다.(그가 줄곧 스니터필드에서 살았다면 우리는 그의 아들을 스니터필드의 시인이라고 불렀을 것이다.) 그는 장갑 만드는 사람 겸 흰 가죽 또는 부드러운 가죽을 다루는 사람이 되었다. 이것은 아주 유망한 직종이었다.

스트랫퍼드는 제법 큰 도시였다. 인구 1만 명 이상 되는 도시가 영국에 단 3개였던 당시에, 인구가 2,000명쯤 되던 이 도시는 런던에서 북서쪽으로 140킬로미터쯤 떨어져 있었고(걸어서 4일, 말을 타고 2일이 걸리는 거리였다) 수도와 웨일스 지방을 이어주는 주요한 양모 운반 도로상에 위치하고 있었다.(당시 여행은 걸어서 하거나 말을 타고 했다. 아예 여행을 하지 않는 사람들도 많았다. 교통수단으로서의 마차가 발명된 것은 셰익스피어가 태어나던 해였지만, 일반인들은 다음 세기에 접어들어서야 마차를 이용하게 되었다.)

셰익스피어의 아버지가 무식쟁이였다는 이야기를 흔히 한다.(특히 셰익스피어의 작품이라고 알려져 있는 희곡들이 그의 작품이 아니라고 생각하는 사람들이 그런 주장을 펴곤 한다. 그들은 셰익스피어가 그런 작품을 쓸 수 있을 정도의 자극과 교육을 받지 못했다고 주장한다.) 분명히 16세기 영국에는 무식쟁이들이 많았다. 일부의 추정에 의하면, 당시 남자의 70퍼센트, 여자의 90퍼센트가 자기 이름을 쓸 줄 몰랐다고 한다. 그러나 상류계층으로 올라갈수록 문자해득률은 눈에 띄게 높아졌다. 기술을 갖춘 장인들― 존 셰익스피어가 속했던 계층이다 ― 은 약 60퍼센트가 글을 읽을 줄 알았다. 이것은 매우 높은 문자해득률이었다.

셰익스피어의 아버지가 문맹자였다는 주장은 그가 현재까지 보존된 서류들에 부호로 서명을 했다는 사실에 근거하고 있다. 하지만 엘리자베스 시대의 많은 사람들, 특히 자기 자신을 바쁜 사람이라고 생각하고 싶어했던 사람들은 글을 읽을 줄 알면서도 그렇게 했다. 이것은 오늘날 바쁜 회사 중역들이 서류의 한 귀퉁이에 자기 이름의 첫 글자를 끄적거려 서명을 대신하는 것과 비슷하다. 새뮤얼 쇼엔바움의 지적처럼, 셰익스피어 부자와 같은 시대에 스트랫퍼드에 살았던 에이드리언 퀴니는 알려진 그의 모든 스트랫퍼드 서류에 십자로 서명을 해서 역시 문맹자로 생각될 수도 있지만, 그가 1598년에 자기 손으로 쓴, 윌리엄 셰익스피어에게 보낸 훌륭한 편지가 남아 있다. 존 셰익스피어가 상당히 중요한 여러 직책을 역임했다는 사실을 염두에 둘 필요가 있다. 글을 읽을 줄 몰랐다면 그런 식책을 수행하기가 불가능하지는 않았겠지만 매우 어려웠을 것이다. 사실이 어떻든 간에 그가 글을 쓸 줄 알았느냐 몰랐느냐가 그의 자녀들의 능력과는 무관하다는 것만은 분명하다.

문맹자였든 문자해득자였든 간에 존은 인기 있고 존경받는 사람이었다. 1556년에 그는 시(市) 맥주 시음관으로 선출됨으로써 처음으로 공직을 맡았다. 이 직위는 시에서 도량형과 가격이 제대로 지켜지고 있는가를 감독하는 자리였다. 여관 주인은 물론이고 정육점과 제과점까지도 그의 감독 대상이었다. 2년 후 그는 치안관이 되었다. 이 자리는 오늘날과 마찬가지로 얼마간의 체력과 용기를 필요로 하는 자리였다. 그 이듬해에는 벌금 책정관이 되었는데, 그는 기존의 법령에서 다루지 않는 문제에 대한 벌금을 산정했다. 그후 그는 시의원, 출납관, 참사회원을 차례로 역임했다. 참사회원이 됨으로써 마침내 굿맨(Goodman)이라는 호칭 대신 마스터(Master)라고 불릴 수 있는 자격을 얻었다. 1568년에는 시의 가장 높은 선출직인 수석 행정관(high bailiff)의 자리에 올랐다. 그 자리는 사실상의 시장이었다. 그러니까 윌리엄 셰익스피어는 그 지역에서 행세깨나 하는 집안에서 태어난 셈이다.

시장으로서 존의 임무 가운데 하나는 도시를 방문하는 유랑극단의 공연 사례금을 시의 금고에서 지출하는 것이었다. 1570년대의 스트랫퍼드는 유랑극단들이 정기적으로 들르는 곳이 되었고, 따라서 감수성이 예민한 어린 윌리엄은 자라면서 많은 연극 공연을 보았을 것이다. 또한 극단의 배우들로부터 격려를 받거나 그들과 접촉함으로써 그것이 뒤에 윌리엄이 런던의 극장으로 진출하는 데에 도움이 되었을 것이라고 짐작할 수 있다. 최소한 그는 훗날 그와 친밀하게 지내게 된 배우들을 그때 보았을 것이다.

이것이 400년 동안 존 셰익스피어에 관해서 알려진 전부였다. 그러나 1980년대에 그에게 또다른 다소 모호한 측면이 있다는 사실이 공문서 보관소에서 밝혀졌다.

"그는 매우 수상한 자들과 어울렸던 듯합니다." 데이비드 토머스의 말이다. 1570년대에 네 차례, 존은 양모 교역을 하고 또 이자를 받고 돈을 빌려준 혐의―둘 다 매우 불법적인 행위였다―로 기소되었다.(혹은 기소될 뻔했다―기록이 때로는 다소 불분명하다.) 당시의 법률 조항에 드러나 있듯이 고리대금은 "가장 악질적이고 혐오스러운" 행위로 생각되었고, 따라서 많은 벌금이 부과될 수 있었다. 그런데 존은 꽤 본격적으로 대금업을 했던 듯하다. 1570년 그는 월터 머섬이라는 사람에게 220파운드(이자를 포함해서)를 빌려준 혐의로 기소되었다. 220파운드는 오늘날의 돈으로 환산하면 10만 파운드가 넘는 적지 않은 액수였다. 그런데 머섬으로서는 손해볼 위험이 없었던 듯하다. 그가 죽었을 때 그의 전 재산은 존 셰익스피어가 그에게 빌려준 액수보다 훨씬 적은 114파운드에 불과했기 때문이다.

이런 거액의 돈을 빌려주는 것은 매우 위험한 일이었다. 이자를 받고 돈을 빌려준 사실이 발각될 경우, 그 사람은 빌려준 돈을 모두 몰수당하고 많은 벌금을 물어야 할 뿐만 아니라 감옥살이를 할 가능성까지 있었다. 사실 이 법의 적용에는 불공평한 부분이 있었다고 할 수 있다. 가령 어떤 사람이 당신에게서 양모를 가져가고 그후에 그 사람이 당신이 입은 손해를 보상해주는 뜻에서 약간의 이자를 붙여서 그것을 되갚는다면, 그 역시 고리대금으로 간주되었다. 존 셰익스피어가 지은 죄도 아마 이런 종류의 죄였던 것 같다. 그는 다량의 양모 거래도 했기(혹은 했던 것 같기) 때문이다. 예를 들면, 1571년에 그는 300토드(8,400파운드)의 양모를 취득한 혐의로 기소되었다. 그것은 상당한 양의 양모였고 따라서 위험도 그만큼 컸다.

우리는 그의 죄가 어느 정도인지 확인할 수 없다. 데이비드 토머스의 지적처럼, 밀고자들이 때로는 상대를 괴롭히기 위해서 무고한 사람을 고발하는 일도 있었기 때문이다. 즉 고발된 사람이 죄가 없는데도, 돈이 많이 들고 지루하게 계속되는 런던에서의 재판을 피하기 위해서 법정 밖에서 합의를 하기로 동의할 수도 있었던 것이다. 존 셰익스피어를 고발한 사람들 가운데 한 사람도 그런 무고한 고발을 한 기록이 있었다.

어쨌든 존의 사업에 매우 치명적인 사건이 일어났던 것으로 보인다. 윌리엄이 열두 살이던 1576년에 그가 갑자기 공직에서 물러나고 회의에 참석하는 일을 그만두었기 때문이다. 그는 한때 "빚쟁이가 두려워서" 교회 예배에 참석하지 못한 것으로 생각되는 9명의 스트랫퍼드 주민들 가운데 한 사람으로 꼽히기도 했다. 그의 동료들이 여러 차례 그가 내야 할 회비를 줄여주거나 면제해주었다. 그들은 그가 재기할 희망이 있다고 생각하고 다음 10년 동안 그를 회원 명부에서 삭제하지 않았다. 그러나 그는 재기하지 못했다.

셰익스피어의 어머니 메리 아든은 우리에게 아주 생생하거나 큰 깨달음을 주지는 않더라도, 좀더 분명한 이야기를 제공한다. 그녀는 이름 있는 가문의 작은 지파 출신이었다. 그녀의 아버지는 농사를 지었고 그 집안은 편안한 생활을 영위했지만 그 이상은 아니었다. 그녀는 8남매의 어머니였다. 딸이 넷이었지만 그중 하나만이 살아남아서 성인이 되었고 아들 넷은 모두 성년에 이르렀지만 그중 한 사람인 윌리엄만이 결혼했다. 윌리엄 외의 다른 동기간들에 대해서는 알려진 것이 많지 않다. 1558년에 태어난 조안은 하트라는 이름의 그지방의 모자 장수와 결혼했고, 일흔일곱 살까지 살았다. 1566년에 태어난 길버트는 잡화 상인으로 성공했다. 리처드는 1574년에 태어났고 마흔을 넘기지 못하고 죽었다는 사실만이 알려져 있을 뿐이다. 막내인 에드먼드는 런던에서 배우가 되었다. 그가 배우로 어느 정도 성공했는지, 또 어느 극단에 속해 있었는지는 알려져 있지 않다. 그는 스물일곱의 나이로 런던에서 죽었다. 그는 사우스워크 성당에 묻혀 있다. 여덟 동기간 가운데 스트랫퍼드의 홀리 트리니티 교회에 묻히지 않은 사람은 그뿐이다. 셰익스피어의 동기간 7명의 이름은 모두 가까운 친척이나 집안의 친구 이름에서 따온 듯하다. 윌리엄만이 예외이다. 어떤 이유로 윌리엄이라는 이름을 지었는지는 그의 일생의 거의 모든 사실이 그렇듯이 미스터리로 남아 있다.

셰익스피어는 처치 가(街)의 길드 집회소에 자리잡고 있던 이 지역의 그래머 스쿨인 킹스 뉴 스쿨에서 좋은 교육을 받았다고 흔히 짐작된다.(그렇다고 자주 쓰기도 한다.) 그랬을지도 모른다. 그러나 우리는 정확하게는 모른다. 그 시대의 학교 기록이 오래 전에 유실되었기 때문이다. 알려진 사실은 학교가 그 지방에 사는 모든 소년들에게 개방되어 있었다는 것이다. 읽기와 쓰기가 가능하던 아무리

무능력해도 학교에 들어갈 수 있었는데, 윌리엄 셰익스피어는 분명히 그 두 가지를 할 수 있었다. 이 학교의 교육수준은 매우 높았고, 학교는 시당국으로부터 후한 지원을 받고 있었다. 교장의 연봉은 20파운드였다. 이것은 다른 시의 교장들이 받는 연봉의 두 배가 넘는 액수였고, 흔히 지적되듯이 당시 이튼의 교장이 받던 연봉보다 더 많았다. 셰익스피어가 다니던 시절에 부임했던 교장 세 사람은 모두 옥스퍼드 출신이었는데 이 역시 다른 학교에서는 보기 어려운 일이었다.

학생들은 보통 일곱 살에 입학해서 7년 또는 8년 동안 이 학교에 다녔다. 하루 일과는 길었고 매우 지루했다. 학생들은 일주일에 6일 동안 아침 6시부터 저녁 5시 또는 6시까지 딱딱한 나무 의자에 앉아서 공부를 해야 했다. 중간에 두 차례 짧은 휴식시간이 있을 뿐이었다.(7일째는 아마 대부분의 시간을 설교를 들으며 보냈을 것이다.) 소년들은 1년 내내 햇빛을 거의 보지 못했다. 「뜻대로 하세요(*As You Like It*)」에 나오는 "학교에 가기 싫어 / 달팽이처럼 기어가는"이라는 소년에 대한 묘사가 이해될 만하다.

학교의 규율은 아마 엄격했을 것이다. 스티븐 그린블랫의 지적처럼 매질하는 방법은 기본적인 교사 양성과정에 포함되었다. 하지만 다른 사립학교나 기숙학교들과 비교할 때, 스트랫퍼드의 그래머 스쿨은 생활여건이 좋은 편이었다. 런던의 웨스트민스터 학교의 학생들은 난방도 되지 않고 창문도 없는 곡물창고에서 잠을 자고 찬물로 세수를 하고 형편없는 식사를 했으며 자주 매질을 당했다.(사실 20세기의 많은 영국 학교들의 형편도 비슷했다.) 그들 역시 새벽에 수

업이 시작되었고 저녁에 보충수업을 받거나 따로 개인지도를 받는 일부 학생들은 밤늦도록 잠을 잘 수 없었다.

"라틴어는 조금, 그리스어는 더욱 적게"라는 벤 존슨의 공격과는 생판 다르게, 셰익스피어는 라틴어 공부를 많이 했다. 그래머 스쿨의 학생은 거의 모든 시간을 라틴어로 읽고 쓰고 외우는 데 바쳤기 때문이다. 흔히 지겹도록 반복하는 과정이었다. 당시 사용되었던 한 교과서는 "편지를 보내주어서 감사합니다"라는 말을 라틴어로 하는 150가지의 서로 다른 방법을 학생들에게 가르쳤다. 이런 연습과정을 통해서 셰익스피어는 은유와 행두 반복법, 결구 반복법과 과장법, 제유법 등 외우기 어렵고 난해한 모든 가능한 수사적 방식을 배웠을 것이다. 스탠리 웰스와 게리 테일러가 옥스퍼드 판 셰익스피어 전집 서문에서 밝힌 것처럼, 당시의 그래머 스쿨 학생은 "고전학 학사 학위를 가진 대다수의 오늘날 대학 졸업생들보다" 더욱 탄탄한 라틴 수사학과 문학에 대한 기초를 지니고 있었다. 그러나 그들은 다른 교육은 별로 받지 못했을 것이다. 셰익스피어의 수학과 역사, 지리 지식이 얼마였든지 간에, 그는 그 지식을 그래머 스쿨에서 습득하지는 않았을 것이 거의 분명하다.

셰익스피어의 공식적인 교육은 아마 그가 열다섯 살쯤 되었을 무렵에 중단되었을 것이다. 그 직후에 그가 무엇을 했는지는 알려져 있지 않다. 그 공백을 메우려는 많은 이야기들이 전해진다. 그중 주목할 만한 것은 셰익스피어가 스트랫퍼드 바로 외곽에 있는 찰코트 소재의 토머스 루시 경의 영지에서 밀렵을 하다 붙잡혔고 그래서 서둘러 고향을 떠나게 되었다는 이야기이다. 이 이야기와 이와 관련된 세부사항이 요즘에는 마치 사실인 양 자주 되풀이되곤 한다. 로이 스트롱은 「튜더 왕조와 제임스 1세 시대의 초상화(*Tudor and Jacobean Portraits*)」라는 논문에서 셰익스피어가 "찰코트에서의 밀렵 때문에 기소되는 것을 피하기 위해서" 1585년에 스트랫퍼드를 떠났으며, 이듬해 런던에서 목격되었다고 말한다. 사실 우리는 그가 언제 스트랫퍼드를 떠났고 언제 런던에 도착했는지, 또 그가 달걀 하나를 훔쳤는지 정말로 밀렵을 했는지 모른다. 사실 셰익스피어가 찰코트에서 사슴을 밀렵했을 가능성은 낮다. 그다음 세기에 이르러서야 그 영지에서 사슴을 방목했기 때문이다.

셰익스피어의 청년기 초기와 관련해서 우리가 분명히 알고 있는 것은 단 하나, 1582년 11월 하순경에 윌리엄 셰익스피어가 결혼 허가를 신청했다고 우스터의 한 서기가 기록했다는 사실뿐이다. 이 기록에 따르면, 신부는 앤 해서웨이가 아니고 인근인 템플 그래프턴 출신의 앤 훼이틀리이다. 이 미스터리가 일부 전기작가들로 하여금 셰익스피어가 동시에 두 여인에게 구애를 해서 결혼 직전까지 갔다가 앤 해서웨이가 임신을 하자, 앤 훼이틀리 대신 그녀를 택했다는 의견을 제시하게 했다. 앤서니 버지스는 다소 열띤 어조로 젊은 윌리엄이 "템플 그래프턴으로 가죽을 사오라는 심부름을 갔다가 5월처럼 달콤하고 새끼 사슴처럼 수줍은 예쁜 딸"을 보고 사랑에 빠졌다고 주장하기까지 했다.

실상은 앤 훼이틀리는 아마 존재하지 않았을 것이다. 400년 동안 찾아보았지만, 그녀에 관한 다른 기록은 발견되지 않았다. 우스터의 그 서기는 아주 꼼꼼한 성격은 아니었던 것 같다. 같은 필체로 쓴 다른 장부에서 학자들은 "바르바르(Barbar)"를 "베이커(Baker)"라고 적고, "에지코크(Edgcock)"와 "엘코크(Elcock)"를 혼동하고, "브래들리(Bradeley)"라고 적을 것을 "다비(Darby)"라고 적은 것을 발견했다. 그러니 그가 해서웨이(Hathaway)를 훼이틀리(Whately)라고 적었다고 해서 그리 놀라운 일은 아닐 것이다. 더욱이 ─셰익스피어 연구자들은 정말 끈질기다─ 다른 장부에서 그 서기가 같은 날 윌리엄 훼이틀리라는 사람과 관련된 소송 사건을 기록한 것이 발견되었다. 따라서 훼이틀리라는 이름이 그의 머릿속에 남아 있었다고 가정할 수도 있다. 그러나 신부는 쇼터리 출신인데 어째서 템플 그래프턴이라는 지명이 그 기록에 들어가게 되었는지를 그럴듯하게 설명한 사람은 아직 없다.

결혼 허가서는 유실되었고 별도의 서류인 결혼 공채증서는 남아 있다. 결혼 공채에 앤 해서웨이라는 이름은 정확하게 나오지만, 셰익스피어의 이름은 "셰그스피어(Shagspere)"라고 적혀 있다.(서로 다른 여러 가지 표기 가운데 첫 번째 것이다.) 결혼 공채는 40파운드이고 보통은 결혼 예고문을 세 번 읽어야 하는데 결혼식을 빨리 진행하기 위해서 결혼 예고문을 한 번만 읽고 결혼을 허락하는 내용으로 되어 있다. 40파운드라는 돈은 이 결혼으로 인해서 비용이 드는 소송이 일어날 경우(예를 들면, 약속을 어겼다는 주장 등으로) 교회 당국에 그 소송비용을 배상하기 위한 것이었다. 사실 그것은 엄청난 액수였다. 오늘날의 돈으로 환산하면 2만 파운드에 달하는 액수였다. 특히 그의 아버지가 빚을 많이 진 탓에 체포나 투옥이 두려워서 집을 거의 떠날 수 없는 처지였으므로, 이 액수는 더욱 큰돈이었나. 이 두 남녀를 하루 빨리 결혼시켜야 할 이유가 있었던 것이 분명하다.

이 결혼이 더욱 납득이 가지 않는 것은 결혼식 날에 신부가 임신한 것이 당시에는 그다지 별난 일이 아니었기 때문이다. 어떤 추산에 따르면, 당시 약 40퍼센트의 신부가 임신한 몸으로 결혼식을 올렸다고 한다. 따라서 이렇게 돈을 많이 들여가면서 결혼을 서둘렀던 이유가 납득이 가지 않는다. 그러나 남자가 열여덟 살에 결혼하는 것은 당시 별난 일이었다. 그런데 결혼할 당시 셰익스피어의 나이가 바로 열여덟이었다. 남자들은 20대 중반이나 후반에, 여자들은 그보다 약간 일찍 결혼했다. 그러나 얼마든지 예외가 있었다. 크리스토퍼 말로의 누이동생은 열두 살에 결혼했고 열세 살에 아이를 낳다가 죽었다. 1604년까지 승낙 연령(결혼이나 성교에 대한 당사자의 승낙이 법적으로 유효한 연령/역주)은 여자는 열두 살, 남자는 열네 살이었다.

우리는 셰익스피어의 아내에 대해 아주 조금 알고 있지만 그녀의 성정, 지능, 종교관 그리고 그밖의 개인적 사항에 대해서는 아무것도 모른다. 앤이 그녀의 본명인지조차 분명하지 않다. 그녀의 아버지의 유언장에는 애그니스(Agnes : 당시는 g가 묵음이 되어 '애너스'라고 읽었다)라고 적혀 있다. 애그니스(Agnes)와 앤(Anne)은 서로 바꿔 부를 수 있는 이름으로 취급되었던 듯하다. 우리는 그녀가 일곱 자녀 가운데 하나라는 것, 부유한 집안 출신이 분명하다는 것을 알고 있다. 그녀가 어린 시절을 보낸 집을 항상 앤 해서웨이의 오두막(cottage)이라고 부르지만, 실상 방이 12개나 있는 예쁘고 훌륭한 저택이었다. 그녀의 묘비에는 그녀가 1623년에 예순일곱의 나이로 죽었다고 새겨져 있다. 우리가 그녀의 나이가 남편보다 상당히 많았다는 결론을 내리는 것은 순전히 이 묘비에 근거해서이다. 묘비 이외에 그녀의 나이를 나타내는 기록은 없다.

우리는 또한 그녀가 윌리엄 셰익스피어와의 사이에 세 자녀를 두었다는 것을 알고 있다. 수잔나는 1583년 5월에 낳았고, 쌍둥이인 주디스와 햄닛은 1585년 2월 초에 낳았다. 하지만 그외에는 알려진 것이 없다. 우리는 두 사람의 관계 ―그들이 늘 말다툼을 했는지, 아니면 다정했는지 ― 에 대해서도 아는 것이 없다. 우리는 그녀가 셰익스피어와 함께 런던에 간 적이 있는지, 셰익스피어의 희곡 공연을 본 적이 있는지, 혹은 그 희곡들에 관심이 있었는지 없었는지도 모른다. 우리는 두 사람의 관계가 다정했다는 아무런 증거도 가지고 있지 않다. 하긴 윌리엄 셰익스피어와 다른 누군가와의 사이에 다정한 관계가 성립되었다는 증거도 없다. 적어도 결혼 후 처음 몇 년 동안은 두 사람 사이에 진정한 유대관계가 존재했다고 추측하고 싶은 충동을 느끼는 것이 사실이다. 어쨌든 두 차례에 걸쳐서 둘 사이에 아이들이 태어났으니까 말이다. 실제로 두 사람은 서로 사랑했고 그런 다정한 관계는 결혼생활 내내(비록 서로 멀리 떨어져 있는 경우가 많았지만) 유지되었을지도 모른다. 셰익스피어의 일생에 관련된 몇 안 되는 확실한 사실들 가운데 두 가지가 그의 결혼이 그가 죽을 때까지 유지되었으며, 그가 자신이 번 돈을 가능한 한 속히 스트랫퍼드로 보냈다는 것이다. 이 두 가지 사실은 두 사람 사이가 다정했다는 결정적인 증거는 될 수 없을지 몰라도 다정하지 않았다는 수상의 논거는 될 수 없을 것이나.

하여간 우리는 윌리엄 셰익스피어가 늘어나는 가족의 맏아들로서 가난했고 아직 스물한 살이 채 되지 않은 나이에 야망을 가진 젊은 이로서는 그리 유리한 환경은 아니었다고 짐작할 수 있다. 그러나 이런 어려운 환경의 젊은이인 그는 멀리 떨어진 도시에 가서 경쟁이 심하고 성공이 쉽지 않은 직종에 뛰어들어 아주 짧은 기간에 상당한 성공을 거둔 셈이다. 어떻게 그가 이런 성공을 거두었을까가 끊임없이 제기되는 미스터리이다.

자주 언급되는 하나의 가능성이 있다. 셰익스피어가 스물세 살이 되던 1587년, 유수한 극단 여왕의 사람들(Queens's Men)에 어떤 사건이 발생해서 셰익스피어가 '들어갈' 자리가 생겼을지도 모른다는 것이다. 구체적으로 말한다면, 지방 순회공연을 하던 이 극단이 옥스퍼드셔의 강변 소도시 테임에 들렀을 때, 극단의 주역 배우들 중 한 사람이었던 윌리엄 넬과 또다른 배우 존 타운 사이에 싸움이 벌어졌다. 타운이 넬의 목을 칼로 찔러 치명상을 입혔다.(그가 무죄방면된 것으로 보아 상대방의 공격을 방어하려다가 벌어진 일임이 분명하다.) 넬이 죽자 배우 한 명이 부족해졌고 그래서 극단은 배우를 더 뽑거나 그들이 스트랫퍼드를 지나다가 만난 연극에 푹 빠진 젊은 윌리엄 셰익스피어를 받아들이거나 두 가지 중 하나를 택해야 했을지 모른다. 그러나 불행하게도 셰익스피어의 경력의 어느 단계에서라도 그를 '여왕의 사람들'과 연결시키는 어떠한 문헌상의 증거도 없다. 그리고 우리는 그 극단이 테임에 들르기 전이나 후에 스트랫퍼드를 방문했는지 여부도 모른다.

그러나 이와 관련된 흥미로운 기록이 하나 있다. 사건이 있고 1년도 채 지나기 전에, 넬의 젊은 미망인 레베카—나이가 열다섯 혹은 열여섯 살이었다—가 재혼했다. 그녀의 새 남편은 이후에 셰익스피어의 절친한 친구요 동료가 된 인물이자, 셰익스피어가 죽은 후에 헨리 콘델과 함께 그의 작품들을 퍼스트 폴리오로 출간한 존 헤밍이었다.

그러나 흥미로운 기록은 몇 가지에 그칠 뿐이다. 셰익스피어가 런던에 정착해서 극작가로 유명해지기 전의 그의 면모를 보여주는 기록이 단 4건—침례 기록, 결혼 기록, 두 차례에 걸친 자녀 출산 기록—에 불과하다는 것은 특이한 일이다. 그의 아버지가 재산 분쟁으로 제기한 소송에 언뜻 그에 관한 언급이 나오지만, 그 기록은 그가 당시 어디에 있었는지, 무슨 일을 하고 있었는지에 대해서는 아무런 이야기도 해주지 않는다.

셰익스피어의 초년 생활은 가끔 그 편린을 볼 수 있을 뿐 베일에 가려져 있다. 이제 우리는 흔히 그의 잃어버린 시절이라고 알려진 시기로 접어들려고 한다. 그 시기의 그의 행적은 정말로 완전히 유실되었다.

3

‖ ‖ ‖

잃어버린 시절, 1585-1592

역사상의 장소 중에서 16세기의 런던처럼 치명적이면서도 매력적이었던 곳은 드물 것이다. 생활을 도전적으로 만드는 조건들이, 특히 런던에서 무르익어 있었다. 한편으로는 새로 도착한 선원들과 다른 여행자들이 계속 전염병을 퍼뜨리는 곳이 당시의 런던이었다.

사실상 도시 어딘가에는 늘 전염병에 번지고 있었고, 대략 10년을 주기로 무섭게 전염병이 번졌다. 여유가 있는 사람들은 그럴 때마다 도시를 떠났다. 다수의 왕궁이 런던 외곽—리치먼드, 그리니치, 햄프턴 코트 그리고 그밖의 장소 등—에 자리잡게 된 이유가 여기에 있었다. 런던에서 전염병으로 인한 사망자가 40명에 이를 때마다 런던으로부터 약 11킬로미터 이내의 지역에서는 모든 형태의 공연—사실상 교회에 가는 것을 제외한 모든 공중 집회—이 금지되었다. 이런 일이 매우 빈번하게 일어났다.

최소한 250년 동안 거의 매년 런던에서는 사망자 수가 신생아 수보다 더 많았다. 그러나 야망을 가진 지방 사람들이 꾸준히 흘러들어오고, 대륙에서 신교도 피난민들이 들어옴으로써 런던의 인구는 꾸준히 늘어날 수 있었다. 1500년 5만 명이던 런던의 인구는 16세기가 끝날 무렵에는 그 네 배로 늘어났다.(물론 이 수치는 추산이다.) 엘리자베스 여왕 치세의 전성기에 런던은 유럽에서 가장 큰 도시들 가운데 하나였다. 유럽에 있는 도시들 중에서 런던보다 더 큰 도시는 파리와 나폴리뿐이었다. 영국 안에는 런던과 경쟁을 벌일 만한 도시가 없었다. 사우스워크 같은 런던의 한 구역이 영국 제2의 도시였던 노위치보다 인구가 많았다. 그러나 런던에서 산다는 것은 쉬운 일이 아니었다. 런던에서 평균수명이 35세를 넘은 곳은 한군데도 없었고, 일부 가난한 구역에서는 평균수명이 25세도 되지 않았다. 윌리엄 셰익스피어가 처음 발을 들여놓은 런던은 젊은이들이 압도적으로 많은 도시였다.

대부분의 사람들이 런던 타워와 세인트폴 성당 주위의 성벽으로 둘러싸인 매우 아늑한 지역에 모여 살았다. 그 성벽은 오늘날까지도 부서진 일부가 남아 있고, 특히 그 옛 이름들 ―주로 비숍스게이트, 크리플게이트, 뉴게이트, 앨드게이트 같은 문의 이름들―이 남아 있다. 한때 이 성벽으로 둘러싸였던 지역은 아직도 대문자를 사용하는 런던 시(City of London)로 알려져 있고, 그 주위에 퍼져나간 훨씬 더 넓고 격이 낮은 보통 런던 시(city of London : city를 소문자로 쓴다)와 행정적으로 구분된다.

셰익스피어 시절에 런던은 100여 개의 교구로 나뉘어 있었다. 오늘날에도 서 있는 매우 근접해 있는 첨탑들이 증언하고 있듯이 다수의 교구들은 규모가 작았다.(오늘날에는 셰익스피어가 살던 시절보다 교회 수가 훨씬 더 적다.) 교구의 수는 시대에 따라서 약간 달랐다. 가끔 교구들이 통합되어 긴 이름의 교구가 생겨나기도 했기 때문이다. 그리 넓지 않은 구역 안에 수십 개의 교구 교회와 거대한 세인트폴 성당이 있었고, 가까이에 웨스트민스터 수도원이 있었으며, 바로 강 건너에 고상한 석조건물인 세인트메리 오버리(지금의 사우스워크 성당)가 있었으니 당시 종교의 중요성이 어느 정도였는지 짐작할 수 있다.

오늘날의 기준으로 보면, 사우스워크와 웨스트민스터를 포함하는 더 넓은 런던도 작은 도시에 불과했다. 남북의 길이가 3.2킬로미터, 동서의 폭도 4.8킬로미터에 지나지 않아서 걷는다고 해도 한쪽 끝에서 다른 한쪽 끝까지 한 시간 남짓이면 갈 수 있을 정도였다. 하지만 윌리엄 셰익스피어 같은 감수성 풍부한 시골 청년에게는 도시의 소음과 번잡함 그리고 다시 만날 가능성이 없어 보이는 수많은 얼굴들 등이 이 도시를 무한히 크게 느끼게 했을 것이다. 어쨌든 이곳은 한 극장에 모여드는 사람들의 수가 그의 고향 마을의 인구보다 더 많은 도시였다.

셰익스피어 시절에는 도시의 성벽이 대부분 온전하게 남아 있었다. 그러나 너무 많은 건물들이 성벽에 기대어 지어졌기 때문에 성벽이 있는지 없는지 가늠하기 어려운 곳이 많았다. 성벽 너머 들판도 빠른 속도로 채워지고 있었다. 존 스토(1525?-1605, 영국의 역사가, 골동품 수집가)는 1598년 70대의 나이에 출간한 그의 훌륭한 저서 「런던 개관(Survey of London)」에서 사람들이 "향기롭고 신선한 공기를 마시면서 그들의 흐리멍덩해진 머리를 식히던" 탁 트인 들판에 연기를 내뿜는 오두막과 공장들이 빠른 속도로 들어서고 있다고 놀라움을 표시했다.(그는 또 도시의 교통이 참을 수 없을 정도로 복잡해졌고 젊은이들이 도무지 걸으려고 하지 않는다고 불평했다.)*

런던의 성장을 제한하는 것은 건물을 짓기에 적합하지 않은 조건뿐이었다. 런던의 북부는 진흙이 많아 우물을 파거나 적절한 배수시설을 하기가 거의 불가능했으므로, 북쪽 교외는 오랫동안 시골로 남아 있었다. 그러나 전체적으로 도시는 계속 확장되었다. 당국은 런던의 성벽 4.8킬로미터 이내에는 집을 새로 지을 수 없고 집을 지을 경우 철거하겠다는 법령을 계속 내놓았지만, 그러한 법령이 계속 새로 나왔다는 사실이 그것이 제대로 지켜지지 않았다는 것을 보여준다. 그 법령이 거둔 한 가지 효과는 사람들이 성벽 밖에 견고한 건물 짓기를 꺼리게 되었다는 것이었다. 그런 건물을 지었다가 어느 순간에 헐릴지 몰랐기 때문이다. 그래서 런던은 점점 더 빈민가에 둘러싸이게 되었다.

오늘날 우리가 런던의 일부라고 생각하는 대부분의 지역들—첼시, 햄스테드, 해머스미스 등— 은 당시는 런던과는 아주 동떨어진 곳으로 흔히 런던에서 상당히 떨어진 마을들이었다. 웨스트민스터

---

* 직업이 재단사였던 스토는 수십 년 동안 가난을 견디면서 자료를 수집해서 그의 훌륭한 저서를 써냈다. 이 책이 출간되었을 때 그의 나이는 일흔셋이었다. 그가 인세로 받은 돈은 현금 3파운드와 그의 저서 40권이었다. 이 노인에게 자비로운 후원금을 얼마간 내리라는 청원이 제임스 1세에게 들어갔지만, 왕은 그에게 구걸을 허락한다는 2장의 편지를 보냈을 뿐이다. 스토는 실제로 런던의 거리에 구걸하는 그릇을 내놓고 구걸을 했지만 별로 수입을 올리지는 못했다.

도 웨스트민스터 수도원과 화이트홀 궁(宮)이 자리잡은 별개의 도시였다. 23에이커의 화이트홀 궁에는 왕가의 숙소, 집무실, 창고, 투계장, 테니스 코트, 마상(馬上) 창 시합장 등이 있었고 그 주위를 몇백 에이커의 사냥터가 둘러싸고 있었다. 이 사냥터의 일부가 오늘날 하이드 파크, 켄싱턴 가든, 그린 파크, 세인트제임스 파크, 리전트 파크 등 런던의 대공원들로 남아 있다.

방이 1,500개나 되고 조신(朝臣), 하인, 관리, 식객 등 거주 인구가 1,000명 정도였던 웨스트민스터는 유럽에서 가장 크고 바쁜 궁전이었고 영국의 왕과 그 정부의 사령부였다. 그러나 엘리자베스 여왕은 아버지와 마찬가지로 웨스트민스터를 겨울 궁전으로만 사용했다. 셰익스피어는 연기자 그리고 극작가로서 이 궁전의 일부를 알게 되었을 것이다. 그러나 이 역사적인 궁전은 연회장을 제외하고는 모두 사라졌다. 셰익스피어는 웨스트민스터의 연회장을 보지 못했을 것이다. 현재의 건물은 그가 죽은 후인 1619년에 지은 것이다.

도시생활은 오늘날의 우리로서는 상상할 수 없을 정도로 조밀하고 아늑했다. 몇 개의 주요 도로에서 벗어나면, 거리는 오늘날보다 훨씬 더 좁았고 위층이 밖으로 튀어나온 집들은 흔히 거의 맞닿아 있었다. 따라서 이웃들끼리는 그야말로 가까웠고 이 집들에서 나오는 악취가 잘 빠져나가지 않았다. 쓰레기 처리는 항상 골칫거리였다.(존 스토에 따르면, 사람들이 죽은 개들을 그곳에 던져버려서 하운드디치[Houndsditch : 사냥개 도랑]라는 이름이 붙었다고 한다. 믿기 어려운 이야기이지만, 그럴듯하게 들리기도 한다.) 부자와 가난한 사람들이 오늘날보다는 훨씬 더 가까이 오순도순 모여 살았나. 극작가 로버트 그린(1558-1592)은 런던 브리지 부근 다우게이트에 있던 집에서 아주 가난하게 살다가 죽었지만, 그의 집에서 몇 집 건너에는 당시 가장 큰 부자 가운데 한 사람인 프랜시스 드레이크 경(1540-1596, 영국의 제독)의 집이 있었다.

거의 모든 역사 책들에 따르면, 도시로 들어가는 문들은 어둑어둑해질 무렵에 닫혔고 그때부터는 이튿날 동이 틀 때까지 아무도 성 안으로 들어가거나 성 밖으로 나갈 수가 없었다. 그러나 겨울철에는 오후 서너 시경에 해가 졌으므로, 이 법의 시행에는 어느 정도 융통성이 있었을 것으로 짐작된다. 그러지 않았다면 적어도 연극을 보러 시내로 들어온 사람들이 오도 가도 못하고 상당한 고통을 겪었을 것이다. 적어도 이론상으로는 성벽 안에서의 왕래 역시 별로 자유롭지 않았다. 어두워지면 통행금지가 발효되었고, 통행금지가 발효되면 술집은 문을 닫고 시민들은 밖에 나돌아다닐 수 없었다. 하지만 야경꾼과 파수꾼들이 연극에서 늘 웃음거리로 묘사된(「헛소동[Much Ado About Nothing]」의 도그베리가 좋은 예이다) 사실로 미루어볼 때 통행금지가 엄격하게 지켜지지는 않았던 것 같다.

런던의 가장 뚜렷한 지형지물은 템스 강이었다. 인공적인 둑으로 억제되지 않은 강은 가능한 곳이면 어디나 퍼져나갔다. 어느 곳에서는 너비가 300미터(현재의 강폭보다 훨씬 넓었다)에 이르렀고 상품과 사람들이 왕래하는 주요 동맥이었다. 그러나 단 하나, 강을 가로지르는 런던 브리지가 이런 수상 통행을 방해하는 짜증스러운 장애물이었다. 다리로 인해서 폭이 좁아진 구역을 지날 때면 유속이 빨라졌으므로, "다리를 쏜살같이 통과하는" 것은 흥분되고 위험한 모험이었다. 런던 브리지는 현명한 사람들은 그 위로 건너고 바보들은 그 밑으로 건너도록 만들어졌다는 재담이 나돌 정도였다. 강물 속으로 온갖 쓰레기가 투기되었지만, 그래도 강은 생명체들로 가득했다. 넙치, 새우, 잉어, 돌잉어, 송어, 황어, 뱀장어는 물론이고 가끔 황새치와 돌고래 그리고 그밖의 별난 물고기들이 잡혀서 어부들을 놀라게 하거나 즐겁게 했다. 한번은 런던 브리지 교각 사이에서 고래가 잡힐 뻔한 적도 있었다.

런던 브리지는 셰익스피어가 그것을 처음 보았을 때 이미 고색창연한 존재였다. 이 다리는 그보다 약 400년 전인 1209년에 건설되었고, 그후 200여 년간 런던의 템스 강을 가로지르는 유일한 다리였다. 오늘날의 런던 브리지보다 약간 동쪽에 자리잡고 있었던 이 다리는 길이가 270미터 이상이었고 그 자체가 하나의 작은 도시였다. 다리 위에 크기와 모양이 제각각인 수십 채의 건물이 세워졌고, 그 안에 100개 이상의 상점이 있었다. 런던 브리지는 수도에서도 가장 시끄러운 장소였지만 또한 가장 깨끗한(아니면 적어도 환기가 가장 잘 되는) 장소이기도 했다. 그래서 부유한 상인들의 전초기지가 되었다. 그러니까 16세기 판 본드 가(街) ― 런던의 일류 상점가 ―였던 셈이다. 공간이 매우 귀했기 때문에 어떤 건물은 6층까지 올리고 강 위로 20미터나 비죽 나와 있기도 했다. 거대한 버팀목과 삐걱거리는 부벽(扶壁)이 이런 구조물들을 받치고 있었다. 심지어 궁전도 있었는데, 1570년대 후반에 지어진 다리 남단에 있던 이 궁전의 이름은 넌서치 하우스(Nonesuch House : 둘도 없는 집)였다.

다리의 사우스워크 쪽 끝에는 중죄인들, 특히 반역자들의 머리들

기둥에 매달아놓는 것이 오래 전부터 내려오는 전통이었다. 이 머리는 별나고 무시무시한 새먹이 노릇을 했다.(머리가 잘린 시신은 도시로 들어오는 문 위에 걸어놓거나 전국 각지의 다른 도시들에 나누어 주었다.) 사실 걸린 머리가 너무 많아서 머리를 지키는 사람을 고용해야 할 정도였다. 런던에 도착한 셰익스피어는 아마 거기에 매달려 있는 그의 먼 친척인 두 사람 ─존 소머빌과 에드워드 아든─의 머리를 보았을 것이다. 그들은 여왕을 죽이려는 음모를 꾸몄다는 죄목으로 1583년에 처형되었다.

도시의 또다른 중요한 구조물은 오래된 세인트폴 성당이었다. 당시의 성당은 오늘날의 것보다 훨씬 더 컸지만 그 윤곽은 이상하게 왜소했다. 150미터 높이로 하늘을 찌를 듯이 솟아 있던 첨탑은 셰익스피어가 태어나기 직전에 번개로 파괴되었는데 다시는 복구되지 않았다. 엘리자베스 여왕 시대의 사람들이 알고 있던 성당은 1666년 런던 대화재 때 사라졌고, 오늘날 우리가 보는 웅장한 하얀 건축물은 크리스토퍼 렌(1632-1723)이 다시 지은 것이다.

세인트폴 성당은 약 12에이커나 되는 넓고 탁 트인 광장에 서 있었는데, 이 광장은 원래 취지에서는 다소 벗어난 묘지 및 시장 역할을 했다. 평일에는 이 광장에 인쇄업자와 서적상들의 점포가 늘어서 있었다. 언어에 대한 본능적 관심을 가지고 있던 젊은이를 매혹시키는 광경이었을 것이다. 인쇄된 책은 100년 전부터 이미 존재했지만 어디까지나 사치품이었다. 그러나 이 시대에 들어서 처음으로 인쇄된 책이 약간의 여분의 소득이 있는 사람들도 가질 수 있는 물품이 되었다. 마침내 보통사람들도 지식과 교양을 습득할 수 있게 된 것이다. 엘리자베스 여왕 치세에 런던에서는 7,000종 이상의 책이 출간되었다. 이 책들은 대중을 즐겁게 하는 전혀 새로운 방법을 실험하는 한 세대의 극작가들이 흡수해서 번안하거나 그밖의 다른 방식으로 이용할 수 있는 원료의 보고였다. 이것이 바로 재능이 있고 또 준비를 갖춘 셰익스피어가 걸어들어간 세계였다. 그는 아마 자신이 천국을 찾아냈다고 생각했을 것이다.

성당의 내부는 매우 시끄러웠고 오늘날 우리가 보는 것보다 더 개방된 장소였다. 목수, 제책업자, 대서인(代書人), 법률가, 짐꾼 등이 드넓은 성당 안에서 영업을 했다. 그들은 예배가 진행되는 동안에도 상행위를 했다. 술주정뱅이들과 거지들은 이곳을 휴식장소로 이용했고, 심지어 구석에서 용변을 보는 자들까지 있었다. 어린 소년들은 복도에서 공놀이를 하다가 쫓겨나기도 했다. 몸을 녹이려고 모닥불을 피우는 사람들도 있었다. 존 이블린(1620-1706, 영국의 관리, 일기작가)이 한 세대 후에 한 다음과 같은 말은 세인트폴 성당에 그대로 적용될 수 있다. "나는 넓은 교회 안에 들어와 있었는데, 연기 때문에 목사의 모습은 잘 보이지 않았고 사람들이 떠들어대는 바람에 목사의 설교도 들을 수 없었다."

많은 사람들이 성당 건물을 지름길로 사용했다. 비가 오는 날에는 더욱 그러했다. 비를 피해 건물 안으로 들어가려는 욕망을 부채질한 것은 패션이었다. 그 무렵 옷에 풀을 먹이는 방식이 프랑스에서 영국으로 들어왔는데, 풀을 먹인 옷은 비를 맞으면 형편없이 축 늘어졌다. 풀 먹인 옷의 이런 단점을 보완하기 위해서 점점 더 이국적인 목깃이 등장하게 되었다. 이 이국적인 목깃은 곧 피카딜(piccadill)이라고 알려지게 되었고 여기서 피카딜리(Piccdilly)라는 거리 이름이 생겨났다.*

그보다 조금 전에 토머스 그레셤 경(1519-1579, 영국의 금융가)이 당시로서는 가장 멋진 상업용 건물이었던 증권거래소 건물을 지었다.(악화가 양화를 구축한다는 그레셤의 법칙이 있지만, 그레셤 경이 실제로 이 법칙을 만들어냈는지는 확실하지 않다.) 앤트워프의 증권거래소를 본뜬 영국의 거래소는 150개의 작은 상점들을 입주시켜서 세계 최초의 쇼핑몰 가운데 하나가 되었다. 하지만 이 거래소의 주된 목적과 장점은 이 건물이 생김으로써 처음으로 4,000명에 이르는 런던의 상인들이 비를 맞지 않고 실내에서 장사를 할 수 있게 해주었다는 데에 있었다. 그렇게 오랫동안 상인들이 비를 피할 대책을 세우지 않고 기다려왔다는 점이 놀랍지만 그것은 엄연한 사실이다.

그때와 지금이 서로 다른 것들이 많지만, 그 대다수는 먹을거리와 관련된 것이었다. 당시 사람들은 한낮에 가장 잘 차린 식사를 했고, 형편이 나은 사람들은 자주 우리가 지금은 먹지 않는 음식 ― 예를 들면 학, 느시, 백조, 황새의 고기 ― 을 먹었다. 잘 먹는 사람들은 오늘날의 사람들만큼 잘 먹었다. 셰익스피어의 동시대인(또한 가족의 친구였다)인 엘리너 페티플레이스가 1604년에 쓴 가정관리법 책 ―그런 종류의 책으로는 현재 남아 있는 가장 오래된 것들 중의 하

---

* 피카딜(piccadill)이라는 단어는 극작가 토머스 데커가 1607년에 발표한 「북쪽으로(Northward Ho)」라는 작품에서 처음으로 등장했다. 그후 현재의 트라팔가 광장 부근의 한 집이 피카딜리 홀이라고 알려지게 되었는데, 그 이유는 아마 그 집주인이 피카딜을 팔아서 돈을 벌었기 때문인 듯하다. 서쪽 하이드 파크 쪽으로 난 거리가 피카딜리라고 불리게 된 것은 이 집 때문이지, 목깃 때문은 아니다.

나이다—에는 여러 가지의 맛있고 별난 요리—클라레(프랑스 보르
도산의 적포도주/역주)와 세비야산 오렌지 주스를 넣어 조리한 양고
기, 시금치 타르트, 치즈 케이크, 커스터드, 크림을 바른 머랭 등—
를 만드는 방법이 들어 있다.* 당시의 다른 서술—물론 셰익스피
어와 그의 동료 작가들의 희곡에 나오는 서술도 포함된다—역시 그
시대 사람들이 오늘날의 우리도 따라하기 힘들 정도로 다양한 음식
을 즐겼다는 것을 보여준다.

짐작할 수 있는 일이지만, 더 가난한 사람들의 식단은 훨씬 더 간
소하고 단조로웠다. 주식은 거무스름한 빵과 치즈였고 가끔 고기를
조금 먹는 것이 고작이었다. 더 좋은 것을 먹을 경제적 여유가 없는
사람들은 대개 채소를 먹었다. 감자는 외국에서 새로 들어온 식품이
어서 많은 사람들은 감자를 미심쩍게 생각했다. 감자의 잎이 독성이
있는 나잇셰이드(가지속의 식물/역주)와 비슷하게 생겼기 때문이다.
감자는 18세기가 되어서야 인기 있는 식품이 되었다. 차와 커피는
아직 알려져 있지 않았다.

각 계층의 사람들은 모두 음식을 달게 해서 먹는 것을 좋아했다.
다수의 요리가 끈적끈적한 시럽으로 덮여 있었고, 술에도 설탕을 듬

* 페티플레이스의 책은 친척과 친구들에게서 수집한 요리법, 청소하는 요령과 그밖의
집안의 관심사 등을 모은 책이다. 그녀의 친구들 중에는 셰익스피어의 사위인 존 홀도
끼어 있다. 따라서 페티플레이스가 셰익스피어를 직접 알았을 가능성도 충분히 있다.
그녀가 셰익스피어에 관해서 알고 있었던 것은 거의 확실하다. 그러나 그녀가 셰익스
피어가 후손들에게 가지는 중요성, 그의 성격이나 식성 등에 관해서 한두 마디라도
언급했더라면 우리들이 얼마나 고마워했을까를 알고 있었는지 어떤지는 모르지만, 하
여간 그녀는 자신의 책에 그런 언급을 전혀 하지 않았다.

뿍 타서 먹는 사람들이 있었으며, 생선, 달걀과 각종 육류에도 설탕이 가미되었다. 이렇게 설탕의 인기가 높았으므로 사람들의 치아는 검게 변했고, 치아가 자연적으로 검게 변하지 않은 사람들은 더러 그들이 설탕을 충분히 먹었다는 것을 드러내 보이려고 인공적으로 치아를 검게 만들기도 했다. 여왕을 비롯한 부유한 여인들은 붕사와 유황, 납— 이것들은 모두 약간의 독이 있었고 그중 일부는 독성이 강했다—의 혼합물로 그들의 피부를 표백하는 화장을 즐겨 했다. 하얀 피부가 아름다움의 상징이었기 때문이다.(셰익스피어의 소네트에 나오는 "검은 귀부인"은 극히 이국적인 존재이다.)

당시 사람들은 맥주를 많이 마셨다. 아침 식사를 하면서도 맥주를 마셨고 쾌락을 삼가는 청교도들도 맥주는 마셨다.(청교도 지도자 존 윈스럽[1588-1649]을 태우고 뉴잉글랜드로 간 배에는 그와 1만 갤런의 맥주가 실려 있었을 뿐 다른 짐은 별로 없었다.) 하루 1갤런이 수도사들에게 지급되는 맥주의 정량이었으니, 다른 사람들이 그보다 적은 양의 맥주를 마셨을 것 같지는 않다. 외국인들은 영국 맥주의 맛에 아직 익숙해져 있지 않았다. 유럽 대륙에서 온 어느 방문객의 말처럼 영국 맥주는 그들에게는 "말 오줌처럼 괴상한 맛"이었다. 형편이 나은 사람들은 작은 용기에 담긴 포도주를 마셨다.

셰익스피어가 태어나고 그다음 해에 런던에 소개된 담배는 처음에는 사치품이었지만, 곧 광범위한 인기를 얻었고 세기말쯤에는 런던 시내에 흡연자가 7,000명이나 되었다. 담배는 즐거움을 위해서 피울 뿐만 아니라 성병, 편두통과 심지어는 입냄새 등의 광범위한 질환의 치료제로 사용되었다. 또한 역병을 막아주는 믿을 만한 예방

약으로 간주되어 어린 아이들에게까지 담배를 권장했다. 한동안 이 튼의 학생들은 담배를 버리다가 들키면 매를 맞았다.

범죄가 횡행해서 범죄자들은 여러 부류로 특화되어 있었다. 사기꾼, 소매치기, 들치기, 갈고리 도둑(갈고리를 사용해서 열린 창문을 통해 쓸 만한 물건을 훔쳐가는 도둑), 미치광이인 양 가장해서 상대방의 주의를 분산시킨 다음 도둑질을 하는 도둑 등 갖가지 도둑이 있었고, 그런 도둑을 나타내는 각각의 말들이 있었다. 싸움도 매우 자주 벌어졌다. 시인들까지도 무기를 휴대하고 다녔다. 게이브리얼 스펜서라는 배우는 결투를 해서 제임스 프리크라는 사람을 죽였고, 본인은 2년 후에 벤 존슨의 손에 살해되었다. 극작가 크리스토퍼 말로는 최소한 두 차례 치명적인 싸움에 말려들었다. 처음에는 동료가 젊은 여관 주인을 살해하는 것을 도왔고, 뎁트포드에서 술이 취해 벌어진 또다른 싸움에서는 자신이 살해되었다.

우리는 셰익스피어가 런던에 처음 온 때가 언제인지 모른다. 1585년부터 1592년까지 그가 어디 있었는지는 그의 전기에조차 전혀 나타나지 않는다. 이 시기는 그가 스트랫퍼드를 떠나서(아내와 가족을 버려둔 채 떠난 듯하다) 배우와 극작가로서 자신의 입지를 굳힌 시기이다. 하지만 그가 그동안 어디에 있었는지, 무엇을 했는지는 알려져 있지 않다. 문학사에 이처럼 매력적인 공백, 그것을 메우려는 열의에 넘치는 사람들이 그렇게 많은 공백은 아마 없을 것이다.

이 공백을 메우려고 맨 처음 시도한 사람들 가운데 존 오브리가 있었다. 그는 셰익스피어가 죽고 한참 지난 1681년에 셰익스피어가 시골에서 학교 교장 노릇을 했다고 발표했다. 그러나 이 주장을 뒷받침하는 그 어떤 증거도 제시되지 않았다. 이 잃어버린 시기에 대한 수많은 다른 설명이 제시되었다. 이탈리아를 여행했다고 하기도 하고, 플랑드르에서 군인 노릇을 했다는 견해도 있고, 배를 타고 바다로 나갔다는 설명도 있다. 더욱 낭만적인 설명으로는 그가 골든 힌디 호를 타고 드레이크와 함께 항해했다는 이야기가 있다. 하지만 이런 설명은 단지 그를 어딘가에 배치하기 위한 필요와 그의 작품에서 분명히 드러나는 전문성을 설명하려는 욕망에서 나온 것일 뿐 어느 하나 믿을 만한 근거를 가지고 있지 못하다.

예를 들면, 셰익스피어의 희곡들에 바다와 관련된 비유("고난의 바다와 싸우기 위해 무기를 들다", "짠 눈물의 대양", "내 양심의 거친 바다")가 많고, 그의 희곡치고 그 속에 바다에 대한 언급이 최소한 한 번이라도 나오지 않는 것이 없다고 흔히 지적되곤 한다. 하지만 그런 사실이 그가 해상생활을 한 경험이 있음을 나타낸다는 주장은 그의 작품에 선원(sailor)이 단 4번, 뱃사람(seamen)이 단 2번밖에 나오지 않는다는 사실을 알면 다소 움츠러든다. 더욱이 캐럴라인 스퍼전이 오래 전에 지적했듯이, 바다에 대한 셰익스피어의 언급은 바다를 적대적이고 험악한 환경으로 묘사하고 있다. 바다는 폭풍우가 이는 장소, 배가 난파한 장소, 그 깊이를 헤아릴 수 없는 무서운 곳이다. 그러니까 누군가가 마음 편하게 가까이할 수 있으리라고 기대할 수 없는 곳이다. 또한 언제나 단어의 사용 빈도를 지나치게 중요시하는 것은 위험한 발상이다. 셰익스피어는 그의 작품에서 이탈리아를 스코틀랜드보다 더 자주 언급했고(35 대 28), 프랑스를 잉글랜드보다 훨씬 더 자주 언급했지만(369 대 243), 그렇다고 우리가 그를 프랑스인이나 이탈리아인이라고 추측하지는 않는다.

셰익스피어가 이 시기를 어떻게 보냈느냐에 대한 한 가지 가능한 설명 — 일부 학자들이 열렬하게 옹호하는 설명이다 —은 그가 런던으로 곧장 오지 않고 영국 북부와 랭커셔를 거쳐서 왔으리라는 것이다. 셰익스피어는 영국 국교를 거부하는 가톨릭교도였으므로 가능성은 충분하다는 것이다. 이 견해는 1937년에 제시되었지만, 근래에 와서 힘을 얻고 있다. 이 견해 역시 주로 추측에 근거한 이론이다.(이 견해를 지지하는 사람들 역시 이 점을 충분히 인정할 것이라고 생각한다.) 이 견해의 골자는 셰익스피어가 북부 지방에서 가정교사나 혹은 배우 노릇을 하면서(그 직후에 그가 종사할 연극계의 활동에 대한 준비가 있어야 하니까) 시간을 보냈을지도 모르며, 그가 그렇게 하도록 한 사람들은 가톨릭교도였다는 것이다.

이 무렵에 가톨릭교도들이 활동했을 가능성은 충분히 있다. 셰익스피어의 젊은 시절에 영국 태생으로 프랑스에서 훈련을 받은 약 400명의 예수회 선교사들이 몰래 영국으로 들어와서 가톨릭교도들을 위한 불법 미사를 집전했다. 가끔 그들은 가톨릭교도의 사유지에서 대규모 비밀집회를 열기도 했다. 그것은 위험한 일이었다. 선교사들의 약 4분의 1이 붙잡혀서 끔찍한 방식으로 처형되었다. 다른 선교사들은 체포되어 프랑스로 송환되었다. 체포를 피하거나 용감하게 다시 돌아와서 선교를 계속한 사람들은 풍성한 성과를 거두었다. 로버트 파슨스와 에드먼드 캠피언은 단 한 번의 선교여행으로 2만 명을 개종(또는 재개종)시켰다고 전해졌다.

윌리엄이 열여섯 살이던 1580년, 캠피언은 더욱 안전하게 가톨릭을 믿을 수 있는 북부 지방으로 가는 길에 워릭셔를 통과했다. 그는 셰익스피어의 먼 친척인 윌리엄 케이츠비 경의 집에 묵었는데, 케이츠비 경의 아들 로버트는 뒤에 화약 음모 사건(1605년 11월 5일 영국 국회 폭파를 모의한 가톨릭교도의 음모/역주)의 주모자가 되었다. 셰익스피어가 당시에 다니던 학교(그가 이 학교를 다녔다는 것은 어디까지나 가정이다)의 교사들 중의 한 사람인 존 코텀은 랭커셔의 유명한 가톨릭 가문 출신이었고 그의 동생은 캠피언과 절친한 선교 사제였다. 1582년에 사제인 코텀이 체포되어 고문을 당한 다음 캠피언과 함께 죽음을 당했다. 한편 그의 형인 교사는 스트랫퍼드를 떠나서(서둘러 떠났는지 그러지 않았는지는 알려져 있지 않다) 랭커셔로 돌아갔고 거기서 자신이 가톨릭교도임을 공공연히 선언했다.

이 코텀 교사가 윌리엄을 데리고 갔을지도 모른다는 것이다. 이 이론에 힘을 실어주는 것은, 이듬해에 코텀 가문이 사는 곳에서 16킬로미터밖에 떨어지지 않은 곳에 사는 저명한 가톨릭교도 알렉산더 휴턴의 가정 기록에 "윌리엄 셰익스해프트(Shakeshafte)"가 등장한다는 사실이다. 더욱이 휴턴은 그의 유언장에서 이 셰익스해프트를 동료 가톨릭교도이며 지주인 토머스 헤스키스에게 고용할 만한 사람이라고 추천했다. 같은 유언장에서 휴턴은 또 그의 악기의 성격과 "연주 복장", 즉 의상에 대해서 언급했다. "이 구절은 셰익스해프트라는 사람이 가정의 악사이거나 연기자 또는 그 둘을 겸한 사람이었음을 암시한다"고 셰익스피어 권위자 로버트 베어먼은 말한다.

이 이론의 한 버전에 따르면, 셰익스피어는 휴턴의 추천 덕분에 러포드에 있던 헤스키스 가(家)가 있는 곳으로 이사했고 거기서 '더

비 경의 사람들' 같은 유랑극단을 만났으며, 이 극단과의 연줄로 런던으로 가서 극장 일을 하게 되었다. 흥미롭게도 뒤에 셰익스피어의 사업상의 동료가 된 금세공인 토머스 새비지는 글로브 극장의 토지 임차권 수탁인 노릇을 했는데, 그 역시 러포드 출신이었고 결혼으로 헤스키스 가(家)와 관계를 맺은 사람이었다. 우연의 일치인지는 모르지만 하여간 흥미를 끄는 사실이다.

그러나 이 이론에는 한두 가지 해명하기 어려운 걸림돌이 있다. 우선 윌리엄 셰익스해프트가 휴턴의 유언에 따라서 2파운드라는 적지 않은 연금을 받았다는 사실이다. 휴턴의 가족 가운데 단 한 사람을 제외한 그 누구보다도 더 많은 연금을 받은 것이다. 윌리엄 셰익스피어의 나이가 열일곱 살에 불과했고 휴턴이 죽을 때, 그는 고용된 지 몇 달밖에 되지 않았을 것이라는 사실을 감안할 때 이것은 매우 관대한 선물이다. 그런 연금은 더 오래 고용된, 더 나이가 많은 사람에게 일종의 은급으로 주었을 가능성이 더 높다.

또 하나는 이름의 문제이다. "셰익스해프트"가 독창적인 가명이 아닌 것은 분명하다. 일부 학자들은 "셰익스해프트"가 "셰익스피어"의 북쪽 지방 변형일 뿐이고, 우리의 윌리엄은 자신의 이름을 감추려고 한 것이 아니라 그저 그 지역의 형편에 맞게 고쳤을 뿐이라고 주장한다. 그럴지도 모르지만, 더욱 모호한 점은 이것뿐만이 아니다. "셰익스해프트"는 랭커셔에서 별난 이름이 아니었다. 1582년의 기록은 이 지역에 셰익스해프트라는 성을 가진 가정이 일곱이 있었고 그 중 세 가정에는 이름이 윌리엄인 사람이 있었음을 보여준다. 따라서 그 셰익스해프트를 스트랫퍼드에서 온 젊은 윌리엄이라고 보는 데에는 무리가 있다. 프랭크 커모드는 「뉴욕 타임스」 북리뷰에서 가톨릭 문제를 다음과 같이 간결하게 요약했다. "그것이 사실이었으면 하고 믿고 싶은 강한 욕망의 압력 외에 이것을 믿을 만한 이유는 없는 것 같다."

여기에 덧붙여 셰익스피어가 랭커셔에 가서 머물고는 다시 스트랫퍼드로 돌아와서 앤 해서웨이에게 구애하고 그녀와 잠자리를 같이할 시간이 있었겠느냐의 문제가 있다. 셰익스피어의 첫 아이 수잔나는 1583년 5월에 세례를 받았다. 그렇다면 그 아이를 임신한 것은 그 이전 해인 8월이었다고 볼 수밖에 없다. 그때는 바로 셰익스피어가 랭커셔에 있었을 것으로 추측되는 시기이다. 윌리엄 셰익스피어가 랭커셔에 가서 가톨릭교도가 되고 거의 같은 시기에 앤 해서웨이에게 구애를 하고, 또 연극계에 갓 진출한 인사가 되는 것이 불가능한 일은 아니다. 그러나 그렇게 많은 일들이 동시에 일어났다고 생각하는 것은 지나친 억측이라고 보아야 할 것이다.

셰익스피어가 얼마나 종교적이었는지, 또는 그에게 과연 신앙심이 있었는지 없었는지 말하는 것은 불가능하다. 그 증거라는 것이 종잡을 수 없기 때문이다. 새뮤얼 쇼엔바움은 셰익스피어의 작품에 성경과 관련된 비유가 매우 자주 등장한다고 생각했다. 예를 들면, 카인의 이야기가 38편의 희곡 속에 25번 등장하는데 이것은 아주 높은 빈도라는 것이다. 그러나 오토 예스페르센(1860-1943, 덴마크의 언어학자, 영어학자)과 캐럴라인 스퍼전은 셰익스피어가 성경적인 주제에 거의 전적으로 무관심했다면서 그의 작품에 "성서", "삼위일체"

또는 "성령" 같은 단어가 전혀 나오지 않는다고 지적했다. 뒤에 영국의 역사학자 리처드 젱킨스도 이 견해를 인정했다. 그는 이렇게 썼다. "엘리자베스 시대의 문학을 많이 읽을수록, 셰익스피어의 작품에 종교적 언급이 적다는 사실이 더욱 뚜렷해진다." 그러나 영국의 권위자 스탠리 웰스는 셰익스피어의 희곡들이 "성경과 관련된 비유로 가득 차 있다"고 주장했다.

간단히 말하면, 언제나 그렇듯이 열렬한 독자는 자신이 셰익스피어에 관해서 원하는 어떤 입장이든지 그것을 뒷받침하는 증거를 발견할 수 있다.(이와 관련된 셰익스피어의 명구가 있다. "악마도 자신의 목적에 맞는 성경 구절을 인용할 수 있다.") 하버드 대학교의 해리 레빈 교수의 지적처럼, 셰익스피어는 「햄릿」 같은 희곡들에서는 자살을 비난했다. 희곡의 배경인 16세기 기독교 사회의 도그마에 위배되었기 때문이다. 그러나 로마와 이집트를 배경으로 삼은 희곡들에서는 자살을 고상한 행위로 다루었다. 그 시대에는 그렇게 주장하는 것이 적절하고 안전했기 때문이다. 알려진 얼마 안 되는 사실과 또 짐작되는 존과 윌리엄 셰익스피어 부자의 사적인 생각 그리고 그들의 결혼, 세례 등으로 미루어볼 때, 그들은 틀림없이 독실했다고는 할 수 없을지라도 외면상으로는 충실히 의무를 지키는 기독교 신교도였을 것으로 짐작된다.

국립문서 보관소의 데이비드 토머스는 셰익스피어가 과연 그의 잃어버린 시기를 랭커셔에서 가톨릭교도로 보냈느냐에 관한 분명한 대답이 나올 가능성은 희박하다고 보고 있다. "그가 거기서 결혼을 했거나 아이들을 줄산했거나 노는 새산을 구입했거나 세금을 납부

했거나—당시 그와 같은 계층의 사람들은 세금을 내지 않았다—또는 죄를 범했거나 누군가를 고소하지 않았다면, 그는 기록에 등장하지 않을 겁니다. 우리가 알고 있는 한, 그는 그런 일을 하나도 하지 않았습니다." 우리가 가지고 있는 셰익스피어의 존재에 대한 유일한 증거는 한 법률 문서에 있는 그에 관한 간단한 언급이다. 그러나 이 언급은 그의 직업이나 소재에 대해서는 아무것도 알려주지 않는다.

신교도와 가톨릭교도들 간의 긴장관계는 1586년에 최고조에 달했다. 스코틀랜드의 여왕 메리가 엘리자베스를 왕좌에서 끌어내리려는 음모에 연루되었고, 그러자 엘리자베스 여왕은 마지못해서 메리를 처형하는 데에 동의했다. 스코틀랜드의 왕을 죽인다는 것은 그 왕이 아무리 위협적인 존재라고 하더라도 중대한 일이었으므로, 커다란 반향을 일으켰다. 이듬해 봄, 스페인이 엘리자베스를 왕좌에서 끌어내리고 다른 사람을 왕으로 앉히기 위해서 강력한 해군을 파견했다.

"바다 위를 항해한" 가장 큰 함대인 스페인 함대는 천하무적처럼 보였다. 전투대형을 갖춘 함대는 11킬로미터의 바다에 퍼져 있었고 그 화력도 막강했다. 약 3,000문의 대포와 12만3,000개의 포탄을 싣고 있었고, 3만 명의 병력이 머스킷 총을 비롯한 각종 소화기로 무장했다. 스페인 군은 신속한 승리를 예상했다. 이것은 하느님의 영광을 드높이는 승리라고 그들은 주장했다. 일단 영국이 쓰러지고 영국 함대가 스페인의 수중에 들어오면, 유럽의 모든 신교도 국가들이 붕괴될 것으로 예상되었기 때문이다.

그러나 전쟁은 계획한 대로 진행되지 않았다. 영국 배들은 행동이 민첩한데다 높이가 낮아서 대포로 조준하기가 까다로웠다. 영국 함선들이 이리저리 내달으며 여기저기서 스페인 함대에 피해를 입힌 반면, 높은 갑판에 설치된 스페인 군의 함포는 대개 영국 함선 위로 날아가도록 포탄을 날릴 수밖에 없었다. 또 영국 함선들은 더 훌륭한 지휘를 받았다.(모든 영국의 역사 책들이 그렇게 말하고 있다.) 스페인 함대의 대부분은 전함이 아닌데다가, 병사들을 지나치게 많이 태운 장병 수송선들이었기 때문에 영국 배들의 손쉬운 목표물이 되었다고 말하는 것이 공평할 듯하다. 영국군은 또한 지리적 이점도 누렸다. 그들은 그 해역의 조수와 해류에 대한 세밀한 지식을 최대한 이용할 수 있었고 또 손쉽게 모국의 항구로 돌아가서 기운을 회복하고 배를 수리할 수도 있었다. 무엇보다도 영국 해군은 결정적인 기술적 이점을 지니고 있었다. 무쇠로 만든 대포는 영국의 발명품으로 다른 나라에서는 아직 이 대포를 완성하지 못한 상태였다. 무쇠 대포는 스페인 군이 보유한 청동 대포보다 포탄이 더 곧장 날아갔고 훨씬 더 튼튼했다. 스페인의 청동 대포는 포신의 구멍이 부정확하게 뚫려 있어서 두세 차례 포탄을 발사한 후에는 포신을 식혀야 했다. 포병들이 이 점에 유의하지 않으면 ─전투의 열기 속에서 포탄 발사 수를 정확히 센다는 것은 쉬운 일이 아니었다─포신이 파열되는 일이 종종 벌어졌다. 그리고 스페인 군의 포병들은 제대로 훈련이 되어 있지 않았다. 그들의 전략은 배를 나란히 대고 적함으로 넘어 들어가서 일대일 전투로 적함을 차지하는 것이었다.

전투는 영국 해군의 대승리였다. 영국 해군이 스페인 해군을 박살

내는 데는 불과 3주일이 걸렸을 뿐이었다. 하루 동안에 스페인 군은 8,000명의 사상자를 낸 적도 있었다. 겁에 질리고 혼란에 빠져 도주한 스페인 함대는 영국 동해안을 거슬러올라간 다음 스코틀랜드를 끼고 돌아서 아일랜드 해로 들어갔다. 거기서 운명은 스페인 함대에 더욱 잔인한 타격을 가했다. 돌풍이 스페인 함대를 덮쳐서 최소한 20여 척의 배가 난파되었다. 기록에 따르면 1,000구의 스페인 장병 시체가 아일랜드 해변으로 밀려왔다고 한다. 가까스로 목숨을 부지한 채 해변으로 기어오른 사람들도 그들이 지닌 싸구려 물건을 노리는 자들에게 살해되기 일쑤였다. 스페인 무적함대의 남은 배들이 고국에 이르렀을 무렵에는 처음 출항했던 3만 명의 장병들 가운데 사라진 장병들의 수가 1만7,000명이나 되었다. 영국 해군은 단 한 척의 배도 잃지 않았다.

스페인 무적함대의 몰락은 역사의 진로를 바꾸어놓았다. 이 승전은 영국의 애국심을 고취시켰고 이런 풍조를 셰익스피어는 그의 역사극에서 최대한 이용했다.(그의 거의 모든 역사극은 그후 10년 동안에 쓴 것이다.) 또한 이 승리는 영국에 세계의 바다를 지배하고 전 세계에 걸친 제국을 건설할 자신감과 힘을 주었다. 이 제국의 건설은 해전 승리 후 얼마 지나지 않아 북아메리카에서 시작되었다. 무엇보다도 이 승리는 영국의 신교도들의 안전을 보장해주었다. 만약 스페인 무적함대가 승리했더라면, 스페인 군은 진주하여 영국에서 스페인 종교재판을 벌였을 것이다. 그렇게 되었다면 엘리자베스 시대의 영국이 어떻게 되었을지는 아무도 모른다. 그랬다면 영국의 연극계에 새바람을 불러온, 워릭셔 출신의 젊은이의 운명 또한 달라졌을 것이다.

여기에 덧붙일 흥미로운 사실이 하나 있다. 존 셰익스피어가 죽고 150년이 지난 후, 스트랫퍼드 헨리 가(街)에 있던 셰익스피어 가(家)의 집 서까래를 뒤적이던 일꾼들이 서면으로 된 증언을 발견했다. "영혼의 마지막 유언"이라고 알려진 이 문건은 존이 가톨릭 신자임을 선언하는 증언이었다. 그것은 에드먼드 캠피언이 영국으로 몰래 들여온 것으로 알려진 서식에 따른 공식적인 신앙 고백이었다.

그후 줄곧 학자들은 그 문건이 과연 진짜일까, 그 문건에 있는 존 셰익스피어의 서명이 진짜일까, 이 문건이 윌리엄 셰익스피어의 종교적 신념과 관련이 있을까를 놓고 토론을 벌여왔다. 이 의문들 가운데 처음 둘은 영영 해결될 수 없을 듯하다. 그 문건이 발견되고 얼마 후에 유실되고 말았기 때문이다. 세 번째 의문의 해답 역시 추측의 수준을 넘어서기는 어려울 듯하다.

4

‖ ‖ ‖

런던에서

1596년, 요하네스 드 비트라는 네덜란드 관광객이 런던에 신축된 스완 극장에서 연극을 관람하면서 그때까지 다른 사람들은 한 적이 없었던 것으로 보이는 아주 쓸모 있는 일을 했다. 그는 이층 객석의 중앙 자리에서 보이는 스완 극장의 내부를 스케치했다.(사실 그 정확성에는 의심이 가는 다소 거친 스케치였다.) 이 스케치에는 앞으로 튀어나온 커다란 무대 ― 일부에 지붕이 있음 ―와 그 뒤에 있는 탑이 나타나 있다. 탑에는 타이어링 하우스(tiring[attiring의 줄임말] house) ― 이 용어가 가장 먼저 사용된 것으로 보이는 기록은 윌리엄 셰익스피어의 「한여름밤의 꿈(*A Midsummer Night's Dream*)」이다 ― 라고 알려진 공간, 즉 배우들이 의상을 갈아입고 소품을 챙기는 분장실이 포함되어 있다. 이 분장실 위에 악사들과 관객들을 위한 좌석과 발코니 장면이 나올 경우에 무대로 편입될 수 있는 공간이 있다. 전체 스케치는 우리가 오늘날 런던의 뱅크사이드에서 볼 수 있는 글로브 극장 모형의 내부와 놀라울 정도로 비슷하다.

드 비트의 스케치는 그후 유실되었지만, 다행히도 그의 친구 한 사람이 자신의 노트에 충실하게 그 스케치를 옮겨놓았고, 이 사본이 훗날 네덜란드 위트레흐트 대학교 도서관 고문서실로 들어오게 되었다. 이 스케치 사본은 300여 년 동안 별 주목을 받지 못한 채 거기 놓여 있었다. 그러다가 1888년 카를 가에데르츠라는 독일인이 그 노트와 그 안에 있는 거친 스케치를 발견했고, 다행히—거의 기적적으로—그 의미를 알아보았다. 사실 이 스케치는 엘리자베스 시대 런던의 공연장 내부를 눈으로 볼 수 있게 그린 유일한 자료이다. 이것이 없었다면, 우리는 당시 극장들의 구조에 대해서 아무것도 알지 못했을지도 모른다. 이런 자료가 하나밖에 없기 때문에 글로브 극장 모형의 내부 설계가 그렇게 된 것이다. 모형을 만들 때 참고로 한 자료가 바로 이 스케치이기 때문이다.

드 비트가 런던을 방문하고 20년 후, 클라스 얀 비세르라는 네덜란드 예술가가 유명한 런던 전경의 조각 모형을 제작했다. 이 전경의 앞부분에 뱅크사이드의 극장들이 나타나 있고 그중에는 글로브 극장도 들어 있다. 이것에 들어 있는 글로브 극장의 모양—거친 원형이며 초가지붕을 이고 있다—은 셰익스피어의 "나무로 만든 O자형"(글로브 극장의 개막작으로 추정되는 「헨리 5세」의 막을 여는 코러스에 나옴/역주)과 아주 잘 부합되었고, 따라서 그후 줄곧 이 극장의 표준 이미지 역할을 했다. 그러나 1948년 I. A. 샤피로라는 학자가 비세르가 1572년에 제작된 이전의 조각 모형에 기초해서 그 런던 전경의 모형을 제작했다는 것을 상당히 결정적으로 밝혀냈다. 사실

비세르는 실제로 런던을 본 적이 없는 듯했으므로, 런던의 가장 믿을 만한 목격자는 아닐 가능성이 높았다.

이제 런던을 직접 보고 그린 것으로 알려진 그 시대의 그림은 하나만 남게 되었다. 웬체슬라스 홀라라는 보헤미아의 화가가 1630년대 후반 또는 1640년대 초의 어느 시점에 그린 것으로 짐작되는 런던 전경이 그것이다. 「원경」이라고 불리는 이 아름다운 그림은 피터 애크로이드의 추측으로는 "런던의 전경을 그린 그림들 가운데서 아마도 가장 아름답고 조화로운 그림"이다. 그러나 한 가지 조금 이상한 점은 이 그림이 사우스워크 성당(당시는 성 구조자 교회 및 세인트메리 오버리라고 알려져 있었다)의 탑 뒤 약간 높은 위치에서 내려다본 전경을 그렸다는 것이다. 홀라가 마치 또다른 건물—그런 건물은 실제로는 존재하지 않았다— 에서 성당을 내려다보고 있는 형국이다.

따라서 이 전경은 정확하기는 하지만 인간이 내려다본 전경은 아니다. 중요한 점은 이 전경에는 셰익스피어가 죽기 3년 전인 1613년에 불타버린 첫 번째 글로브 극장이 아니라 그후에 신축된 두 번째 글로브 극장이 나타나 있다는 것이다. 두 번째 글로브 극장은 좋은 극장이었고 우리가 그 극장을 그린 홀라의 그림을 가지고 있다는 것은 다행스러운 일이다. 이 극장도 직후에 철거되었기 때문이다. 그러나 이 극장은 「줄리어스 시저(*Julius Caesar*)」, 「맥베스(*Macbeth*)」 그리고 그밖의 셰익스피어 희곡 10여 편이 초연된 것이 거의 분명한 장소는 아니다. 어쨌든 글로브 극장은 전체 전경의 매우 작은 부분이고 270미터 밖에서 본 모습이 그려졌으므로 세부는 거의 나타나 있지 않다.

이것이 셰익스피어 시대와 그 직후의 극장들을 눈으로 볼 수 있는 기록의 전부이다. 즉 셰익스피어와 직접적인 관련이 없는 공연장의 내부를 그린 거친 스케치 한 장과 런던을 본 적이 없을 가능성이 큰 누군가가 만든, 그 신빙성이 의심스러운 런던 전경을 보여주는 조각 구성, 그리고 셰익스피어가 그곳을 떠나고 몇 년 후에 그린, 그와 직접적인 관련이 없는 극장의 그림 한 장이 전부인 것이다. 이 자료들에 대해서 말할 수 있는 것은 고작 그것들이 셰익스피어가 알고 있던 공연장들과 어느 정도는 비슷하리라는 점뿐이다. 그러나 비슷하지 않을 수도 있다.

이 시대의 글로 된 기록 또한 별반 나을 것이 없다. 셰익스피어 시대에 극장에 가는 일이 어떠했으리라는 것에 대해서 우리가 알고 있는, 얼마 안 되는 사실의 대부분은 관광객들의 편지와 일기에서 나온 것이다. 그들에게는 런던 구경이 기록할 가치가 있는 별난 일이었다. 그러나 편지의 내용을 어떻게 해석해야 할지 짐작하기 어려운 경우도 더러 있다. 1587년 시골에서 온 한 방문객은 흥분해서 아버지에게 보내는 편지에 자신이 '제독의 사람들'의 공연을 보다가 목격한 불의의 사고에 대해서 썼다. 한 배우가 다른 배우에게 머스킷 총을 발사했는데, 총탄이 "그가 겨눈 사람이 아니라 한 아이와 배가 부른 임산부를 맞혀 죽인 다음, 또다른 남자의 머리를 맞혀 심한 상처를 입혔다"는 것이었다. 배우들이 극장이라는 좁은 공간에서 진짜 머스킷 총을 쏘았다는 것은 놀라운 일이다.(사실 16세기에 사람들은 머스킷 총을 폭죽 정도로 생각했다.) 만일 그랬다면 그들은 총탄이 어디로 가기를 바랐을지 의아스럽다. '제독의 사람들'은 그다음 달 궁중에서 열린 크리스마스 연회에 참가하라는 초대를 받지 못했는데, 이 극단이 거의 자동적으로 받게 되어 있는 초대를 받지 못했다는 것으로 미루어 그들이 어떤 종류의 불명예에 휩싸여 있었을 것이라는 추측을 할 수 있다.

로즈 극장과 포춘 극장의 소유주 필립 헨슬로의 일기와 관련 서류들이 없었다면, 우리는 엘리자베스 시대의 극단 사업과 구조에 대해서 더더욱 아는 것이 없었을 것이다. 헨슬로는 그야말로 팔방미인 같은 인물이었고 모든 면에서 오로지 칭찬만 받을 만한 인물은 아니었다. 그는 흥행주, 대금업자, 부동산 투자가, 목재 상인, 염색업자, 풀 제조업자였고 또한 대규모 매음굴 운영자였다. 그는 작가들에게 소액의 선금을 주고, 그다음에는 겨우 입에 풀칠만 할 수 있는 돈을 대어줌으로써 그들로부터 희곡을 뽑아내는 사람으로 널리 알려져 있었다. 많은 단점들에도 불구하고 그는 자세한 기록을 남김으로써 역사에 한 자리를 차지했다. 그의 기록 가운데 1592년부터 1603년까지의 기록이 지금까지 남아 있다. 흔히 그의 "일기"라고 불리는 이 기록은 일기라기보다는 각 분야의 관심사를 한데 모아놓은 것이다. 이 "일기"에는 귀머거리를 고치는 처방이 있는가 하면, 마법을 거는 법, 말을 방목하는 최선의 방법에 관한 충고까지 들어 있다. 그러나 이 일기에는 극장의 하루하루 운영기록이 자세히 담겨 있어 소중한 자료가 되고 있다. 그의 극단이 공연한 연극의 이름, 고용된 배우들 그리고 무대 소품들과 의상들의 자세한 목록들(알쏭달쏭한 "보이지 않는 옷"까지 있다)이 모두 들어 있다.

헨슬로의 서류에는 포춘 극장 건물에 대한 자세한 계약서도 포함되어 있다. 건축비용이 1600년에 440파운드로 합의되었다고 나와 있다. 포춘 극장은 글로브 극장과 별로 닮지 않았고— 약간 더 크고 모양도 원형이 아니라 네모난 모양이었다 —계약서에는 도면이 포함되어 있지는 않았지만, 객석의 높이와 깊이, 바닥에 쓰일 나무판자의 두께, 벽토의 구성성분 및 그밖의 세부사항이 기록되어 있어서 1997년에 뱅크사이드에 글로브 극장의 모형을 건설할 때 매우 큰 도움이 되었다.

오락을 위한 전용 공간인 극장의 등장은 셰익스피어 생전에 영국에 새로이 나타난 현상이었다. 전에는 연기자들은 여관의 마당이나 큰 저택의 홀, 그밖에 평상시에는 다른 목적으로 이용되는 공간에서 공연을 했다. 런던 최초의 진정한 공연장은 존 브레인이라는 사업가가 1567년에 화이트 채플에 지은 레드 라이언(Red Lion)이었던 듯하다. 레드 라이언에 대해서는 알려진 것이 거의 없어서 이 공연장이 어느 정도의 성공을 거두었는지도 알 수 없다. 이 극장의 수명은 짧았던 듯하다. 그러나 이 사업이 어느 정도의 전망은 보였던 것 같다. 왜냐하면 레드 라이언 건축 9년 후에 브레인이 다시 극장 건축에 종사했기 때문이다. 이번에는 그의 매부인 제임스 버비지와 동업하여 그 일을 했다. 제임스 버비지는 직업은 목수였지만 천성은 배우나 흥행주에 가까운 사람이었다. 그들이 새로 지은 극장—그냥 시어터 (Theatre)라고 불렀다 —은 1576년에 문을 열었는데 그 위치는 쇼어디치의 핀스베리 필즈 부근 도시의 성벽에서 북쪽으로 몇백 미터 떨어진 곳이었다. 그 직후에 버비지의 오랜 라이벌인 헨슬로가 길을 따라서 조금 올라간 곳에 커튼 극장을 개관했다. 이렇게 해서 런던은 진정한 연극의 도시가 되었다.

윌리엄 셰익스피어가 성년이 된 시기는 연극인으로서 성공하기에 안성맞춤의 시기였다. 그가 1580년대 후반(정확한 시기는 모른다) 런던에 도착했을 무렵에는 도시 외곽에 여러 개의 극장이 있었고, 그가 연극에 종사하는 동안 극장은 계속 세워졌다. 극장들은 모두 런던의 성벽 밖에 있어서 시의 법률과 규정이 적용되지 않았던 이른바 "자유지역"에 자리잡을 수밖에 없었다. 이 지역에는 극장 외에 매음굴, 감옥, 화약 가게, 무허가 묘지, 정신병원(악명 높은 베드램은 시어터 바로 옆에 있었다)이 있었고 비누 공장, 염색 업소, 피혁 공장 등 소음을 내는 업소들 때문에 정말 시끄러웠다. 아교 공장과 비누 공장에서는 엄청난 양의 뼈와 동물 지방을 처리했기 때문에 대기 중으로 고약한 냄새가 뿜어져나와 견디기 어려울 지경이었다. 피혁 공장에서는 그들의 제품을 부드럽게 하기 위해서 가죽을 개의 배설물이 담긴 통에 담가놓았다. 극장에 오려면 누구나 이런 냄새를 맡아야 했다.

　새로 생기는 극장들이 모두 번영을 누리지는 못했다. 개관하고 3년이 지나기도 전에 커튼 극장은 펜싱 경기장으로 이용되고 있었고, 단 하나의 예외인 글로브 극장을 제외한 런던의 모든 다른 극장들도 수입을 보전하기 위해서 다른 오락의 장소로 대여되었다. 특히 동물을 괴롭히는 놀이가 흔히 행해지곤 했다. 동물 괴롭히기는 영국에만 있었던 것은 아니지만, 영국이 이 놀이의 본고장으로 인식되었다. 엘리자베스 여왕은 화이트홀에서 곰을 괴롭히는 놀이를 자주 벌여서 외국에서 온 손님들을 접대하곤 했다. 고전적인 형태의 이 놀이는 곰 한 마리를 링 안에 넣고(때로는 기둥에 줄로 묶어놓기도 했다) 맹견 몇 마리로 하여금 곰을 공격하게 하는 것이었다. 그러나 곰은 값이 많이 나갔으므로 황소나 말 같은 다른 동물이 곰 대신 사용되기도 했다. 한 가지 변형은 침팬지 한 마리를 말 등에 태우고 개들로 하여금 그 둘을 모두 공격하게 하는 것이었다. 마구 뛰는 말 등에서 죽지 않으려고 단단히 매달려 소리를 지르는 유인원을 밑에서 뛰어오르며 공격하는 개들을 보고 사람들은 무척 재미있어했다. 「파우스투스 박사(Doctor Faustus)」 공연을 보고 눈물을 흘리던 관객이 같은 장소에 와서 어쩔 수 없는 처지의 동물들이 참혹하게 죽어가는 광경을 보고 즐거워했다는 사실이 그 어떤 말보다도 당시의 시대상을 더 잘 말해준다고 할 수 있다.

이 시대는 또한 청교도들이 생겨난 시대이기도 하다. 청교도들은 감각적인 쾌락을 너무나 혐오한 나머지 다른 종파를 용인하느니 차라리 신세계의 외진 황야에 가서 사는 쪽을 택한 사람들이다. 청교도들은 극장을 싫어했고 1580년에 모처럼 일어난 대지진 등 모든 자연재해를 극장들 탓으로 돌리곤 했다. 그들은 배우들의 음란한 말장난과 부자연스러운 남녀 배우의 의상 바꿔 입기가 난무하며 창녀들과 행실이 바르지 못한 사람들이 수시로 드나들 뿐만 아니라 전염병의 온상이 되는 극장이 사람들의 마음을 예배에서 벗어나게 하고 건전하지 못한 성적 흥분을 일으킨다고 생각했다. 물론 당시에 모든 여성 역은 소년들이 맡아했다.(이런 관행은 1660년대 왕정복고 시대까지 지속되었다.) 그래서 청교도들은 극장이 남색―셰익스피어의 시대에도 여전히 중대한 범죄였다*―과 그밖의 각종 방종한 사통(私通)의 온상이라고 생각했다.

사실 이런 풍조가 어느 정도는 사실이었을지도 모른다. 그 증거로 당시 나돌던 재미있는 이야기가 있다. 어느 날 젊은 아내가 남편에게 인기 있는 연극을 보러 가게 허락해달라고 간청했다. 남편은 마지못해 한 가지 단서를 달아서 아내의 청을 들어주었다. 도둑을 맞지 않기 위해서 지갑을 속옷 안에 깊숙이 감춰두라는 것이었다. 연극을 보고 온 아내가 울음을 터뜨리며 지갑을 도둑맞았다고 고백했다. 남편은 깜짝 놀랄 수밖에 없었다. 아내가 누군가의 손이 속옷 밑을 더듬는 것을 몰랐단 말인가? "물론 알았지요." 아내가 솔직하게 대답했다. 그녀는 옆에 앉은 관객의 손이 속옷 안으로 들어오는 것을 느꼈다고 했다. "하지만 난 그 사람이 그걸 꺼내려고 그런다고는 생각하지 않았어요."

셰익스피어와 후손들에게 다행스러운 일은 여왕이 공개적인 오락을 제한하려는 모든 기도를 일축했다는 것이다. 여왕은 일요일에는 공연을 금지시켜야 한다는 주장도 받아들이지 않았다. 우선 여왕 자신이 그런 오락을 좋아했고, 또다른 이유로 여왕의 정부(政府)가 볼링장, 극단, 오락장(도박은 런던에서 법적으로 허용되지 않았다) 등

---

* 스티븐 오걸은 남색이 법적으로는 금지되어 있었지만 너무 드러내지만 않으면 실제로는 용인되었다고 주장한다. 기소당할 위험이 훨씬 더 컸던 행위는 여자가 이성과 부주의하게 관계를 맺는 것이었다. 사생아들은 거의 예외 없이 빈민으로 전락했기 때문이다.

의 허가를 내줌으로써, 또 그런 장소들에 필요한 물건들의 제조와 판매로 짭짤한 수입을 올리고 있었다는 것을 들 수 있다.

그러나 연극 공연이 용인되기는 했지만, 엄격한 규제를 받았다. 연회 국장(Master of the Revels)이 모든 연극의 공연 허가를 내주고 (건당 7실링의 허가료를 받았다) 극단의 공연이 그가 보기에 품위 있고 질서 있게 진행되도록 만전을 기했다. 그의 비위를 거스른 사람들은 이론상 언제나 감옥에 수감될 수 있었지만, 어떤 처벌이 가해졌는지는 알려져 있지 않다. 1605년 제임스 1세 즉위 직후, 「동쪽으로!(*Eastward Ho!*)」를 공연하던 벤 존슨과 그의 동업자들은 거칠고 단정하지 못한 스코틀랜드인들이 갑자기 왕궁으로 몰려오는 현상에 대한 꽤 훌륭하지만 현명하지 못하게 지나친 농담을 극중에 넣었다가 체포되어 그들의 귀와 코를 잘라버리겠다는 위협을 받았다. 이런 위협(그리고 허가 없이 떠돌아다니는 거지들에 대한 매질을 허용한 1572년에 공포된 방랑자 단속법) 때문에 극단들은 자신들을 스스로 귀족 후원자들에게 예속시켰다. 후원자는 어느 정도 배우들을 보호해주었고, 극단은 그의 이름을 전국에 퍼뜨려서 그를 널리 알리고 위신을 높여주었다. 한동안 후원자들은 후대의 부자들이 경주마나 요트를 수집하듯이 극단을 수집했다.

연극은 오후 2시경에 공연되었다. 어떤 극이 공연될지를 알리는 광고지가 거리에서 배부되었고, 공연할 장소의 가장 높은 곳에 깃발을 꽂아서 바람에 날리게 하고 트럼펫으로 도시 곳곳에서 들릴 정도의 팡파레를 울림으로써 극이 곧 시작될 것임을 시민들에게 알렸다. 입석 관객 ─ 무대 주위 바닥에 서서 관람하는 사람들 ─ 의 입장료는 1페니였다. 앉아서 보려면 1페니를 더 냈고, 쿠션이 있는 좌석에 앉으려면 다시 1페니를 더 내야 했다. 하루 급료가 1실링(12페니)이 채 되지 않던 시대였으므로 입장료가 싸다고는 할 수 없었다. 돈은 상자에 넣었고 그 상자는 안전을 위해서 특별한 방— 박스 오피스 (box office) —으로 옮겨졌다.

돈을 더 쓸 여유가 있는 사람들에게는 사과와 배(공연에 실망한 사람들은 이 과일을 무대를 향해 던지기도 했다), 견과, 생강 빵, 맥주 그리고 당시 새로 유행하기 시작한 기호품인 담배가 제공되었다. 담배는 작은 파이프에 넣은 것이 3페니로 입석 입장료보다도 훨씬 더 비쌌다. 화장실은 없었다. 아니 공식적인 화장실은 없었다고 하는 것이 더 정확한 표현일 것이다. 공간이 넓었음에도 불구하고 극장은 비교적 아늑했다. 무대 가장자리와 관객 사이의 거리가 15미터 이상 되는 경우는 없었다.

극장에는 무대장치나 커튼이 없었다.(커튼 극장에도 커튼은 없었다.) 무대만 보고는 낮인지 밤인지, 안개가 끼었는지 햇빛이 비치는지, 그곳이 전쟁터인지 내실인지 구분할 수 없었으므로, 그런 것을 말로 나타낼 수밖에 없었다. 몇 마디 대사와 관객의 상상력이 더해져 무대장치를 이루었다. 웰스와 테일러의 지적처럼 "오베론과 프로스페로는 눈에 보이지 않는 투명한 존재가 되기 위해서 자기네들 스스로 그렇다고 말해야만 했다."

셰익스피어처럼 무대장치를 멋지고 간결하게 대사로 구성한 극작가는 다시없을 것이다. 「햄릿」의 맨 처음 장면은 이렇게 되어 있다.

바나도 : 거기 누구야?　who's there?

프랜시스코 : 어서, 암호를 대. 일어서. 모습을 드러내란 말이야.
Nay, answer me. Stand, and unfold yourself.

바나도 : 국왕 전하 만세!　Long live the King!

프랜시스코 : 바나도 자넨가?　Barnardo?

바나도 : 맞네.　He.

간단한 다섯 줄의 대사로 셰익스피어는 때가 밤이고 추우며("모습을 드러내"라는 것은 "망토를 뒤로 젖히라"는 뜻이다) 화자들이 경계 근무 중인 군인들이고 긴장의 분위기가 감돌고 있음을 분명히 밝히고 있다. 단 15개의 단어 ─그중 11개는 단음절이다─로 그는 관객의 주의를 완전히 사로잡는다.

　의상을 중시해서 신경을 쓰기는 했지만 항상 역사적 고증에 충실했던 것만은 아닌 듯하다. 우리가 이렇게 짐작하는 근거는 헨리 피첨이라는 인물(그의 이름이 팸플릿 한 귀퉁이에 쓰여 있기 때문에 그렇게 생각하고 있다)이 「티투스 안드로니쿠스(*Titus Andronicus*)」의 공연을 보면서 그 한 장면을 스케치한 그림이다. 정확히 언제, 어디서 이 그림을 그렸는지는 알려져 있지 않다. 그림은 타모라가 티투스에게 자기 아들들을 살려달라고 간청하는 중요한 장면을 그린 것인데 배우들의 동작과 그들이 입고 있는 놀라울 정도로 잡다한 의상(한 배우는 연극의 시대배경에 부합하는 고대 의상을, 다른 배우는 튜더 왕조[1485-1603] 시대의 의상을 적절하게 입고 있다)을 제법 정성들여 그렸다. 관객에게나 연기자에게나 시대배경이 고대라는 암시만 주면 충분했던 것처럼 보인다. 리얼리즘은 유혈 장면에 비교적 잘 나타났던 것 같다. 양이나 돼지의 내장들과 한 손의 빠른 움직임으로 사람의 몸에서 심장을 도려내는 살인 장면을 연출했고, 칼과 상처에 양의 피를 묻혀 그럴듯해 보이도록 했다. 때로는 인공적으로 만든 사지를 상상의 전쟁터에 뿌려놓기도 했다. 연극은 엄숙한 분위기의 극이라도 관객들에게 가외의 즐거움을 주기 위해서 대개 춤으로 끝이 났다.

당시는 연극의 테크닉이 급격하게 진화하던 시기였다. 스탠리 웰스가 지적한 것처럼 "연극이 더 길어지고, 규모가 커지고, 구성이 복잡해지고, 감정의 범위가 넓어지고 연기자들의 재능이 더 잘 발휘되도록 기획되었다." 배우들의 연기는 과장이 줄어들었다. 셰익스피어 생전에 자연주의 경향이 더욱 발전했는데 이런 경향을 일으키는 데에 그도 일조했다. 셰익스피어와 그의 동시대 작가들은 주제와 배경에 관한 한 아주 폭넓은 자유를 누렸다. 고대 로마의 전통을 따르던 이탈리아의 극작가들은 그들의 희곡 배경을 마을 광장으로 설정해야 했다. 그러나 셰익스피어는 자기 작품의 장소를 마음대로 정할 수 있었다. 산허리도 좋고, 요새, 성, 전쟁터, 외딴 섬, 매혹적인 골짜기 등 상상력이 풍부한 관객을 이끌고 갈 수 있는 곳이면 어디든지 좋았다.

적어도 쓰인 것만을 놓고 보면 희곡의 길이는 놀라울 정도로 다양했다. 정상적인 진행 속도로 중간 휴식시간 없이 공연을 하더라도 「햄릿」은 4시간 반이 걸렸다. 「리처드 3세(*Richard III*)」, 「코리올라누스(*Coriolanus*)」, 「트로일러스와 크레시다(*Troilus and Cressida*)」
도 그보다 조금 짧을 뿐 마찬가지였다. 존슨의 「바솔로뮤의 장날
(*Bartholomew Fair*)」은 적당히 줄이지 않는다면 공연하는 데에 5시
간 이상 걸렸다. 따라서 줄이지 않고 공연하는 경우는 거의 없었다.
(셰익스피어와 존슨은 희곡을 길게 쓰기로 악명이 높았다. 1590-
1616년의 시기에 집필되어 지금까지 남아 있는, 3,000행 이상 되는
희곡 29편 가운데 22편이 존슨 혹은 셰익스피어가 쓴 것이다.)

관객이나 연기자가 다 같이 껄끄러워했던 부분은 아마 여성 역할
을 남성 연기자가 맡도록 하는 관행이었을 것이다. 셰익스피어가 강
하고 훌륭한 표현력이 요구되는 여성 주인공들— 클레오파트라, 맥
베스 부인, 오펠리아, 줄리엣, 데스데모나 — 을 많이 내세웠다는 점
을 감안할 때, 당시 배우들의 재능이 대단했다고 생각할 수밖에 없
다. 「뜻대로 하세요」에서 로잘린드가 이 희곡의 대사 중 약 4분의
1을 소화하고 있는 것을 보면, 셰익스피어가 어느 젊은 배우를 매우
신뢰했었다는 것을 짐작할 수 있다. 그러나 우리는 흔히 셰익스피어
시대 남자 주인공 역을 맡았던 연기자들에 대해서는 많이 알고 있지
만, 여자 주인공 역을 연기한 사람들에 대해서는 거의 모른다. 주디
스 쿡은 「셰익스피어 작품 속의 여인들(*Women in Shakespeare*)」에
서 자신은 어느 특정한 소년 배우가 연기한 여성 역에 대한 기록을
단 한 건도 찾아낼 수 없었다고 말한다. 사실 우리는 소년 배우들
전반에 관해서도 별로 아는 것이 없다. 그들의 나이가 어느 정도였
는지도 모른다. 보수적 성향의 사람들이 보기에는, 무대 위에서의 이
복장 도착(남성이 여성의 옷을 입는 것/역주)이 큰 걱정거리였다. 그

들은 관객들이 그 여성 주인공과 그 역을 연기하는 소년에게 동시에 매력을 느껴 이중으로 부패해지지 않을까 걱정했다.

여성 연기자들을 꺼리는 이런 관행은 북유럽의 전통이었다. 스페인, 프랑스, 이탈리아 등지에서는 여성 역할을 여자 배우들이 연기했다. 유럽을 여행하던 영국인들은 이것을 보고 놀라곤 했다. 그들은 여자들이 무대에서도 실제생활에서와 마찬가지로 여자의 역을 훌륭히 해낼 수 있다는 사실에 정말로 놀랐던 듯하다. 셰익스피어는 여성 주인공들—「뜻대로 하세요」의 로잘린드, 「십이야(Twelfth Night)」의 바이올라 등—로 하여금 소년으로 가장하게 함으로써, 즉 여자 역을 맡은 소년이 소년 역을 하도록 하여 성의 구분을 혼동시킴으로써 최대 효과를 이끌어냈다.

연극의 황금시대는 한 사람의 일생 정도만큼 지속되었을 뿐이지만, 그 시기는 놀라울 정도로 많은 작품이 쏟아져나온 매우 성공적인 시기이기도 했다. 1567년의 레드 라이언 극장이 개관할 때부터 75년 후 청교도들에 의해서 모든 극장이 폐쇄될 때까지, 런던의 극장들은 5,000만 명의 유료 관객을 끌어들였던 것으로 추정된다. 5,000만이라는 숫자는 셰익스피어 시대의 영국 총인구의 10배에 해당한다.

런던의 극장이 상업적으로 성공을 거두려면, 하루에 2,000명—런던 인구의 약 1퍼센트—의 관객을 끌어들여야 했다. 1년에 그 200배의 관객이 들어와야 했는데, 그렇게 하려면 계속 치열한 경쟁에서 이겨야 했다. 손님들이 다시 극장으로 되돌아오게 하려면 공연되는 연극을 계속해서 바꾸어야 했다. 대다수의 극단들은 1주일에 최소한

5편의 서로 다른 희곡을 공연했고, 어떤 때는 6편의 연극을 공연하기도 했다. 그러는 와중에 시간을 내어 새로운 작품을 익히고 연습해야 했다.

새로운 희곡은 그 첫 달에 3차례 공연되고 몇 달 동안 쉬거나 아예 공연을 포기했다. 1년에 10차례 이상 공연되는 희곡은 얼마 되지 않았다. 그래서 새로운 희곡에 대한 수요가 긴급하게 나타나곤 했다. 주목할 만한 사실은 이런 환경에서도 완성도 높은 작품이 많이 나올 수 있었다는 것이다. 그러나 희곡을 써서 넉넉하게 생계를 유지하는 작가는 소수에 불과했다. 좋은 희곡 1편에 10파운드까지 받을 수 있었지만, 그런 희곡들은 대개 대여섯 명의 작가들의 합작인 경우가 많아서 개인에게 돌아가는 몫은 얼마 되지 않았다.(인세나 다른 부수입은 없었다.) 토머스 데커는 단독 또는 합작으로 3년 동안에 32편의 희곡을 써냈지만, 일주일 수입이 12실링을 넘어본 적이 한번도 없었고 작가생활을 하던 기간의 상당 부분을 빚 때문에 감옥에서 보내야 했다. 작가생활을 하던 기간 대부분 동안 존경을 받으며 성공적이었던 벤 존슨 역시 가난에 시달리면서 죽었다.

덧붙여 말하자면, 희곡은 작가가 아니라 극단의 소유물이었다. 완성된 희곡은 무대 상연을 허가하는 연회 국장의 도장을 받은 다음 극단이 가지고 있어야 했다. 흔히 셰익스피어가 죽으면서 남긴 유품 가운데 희곡 원고나 프롬프터용 대본이 없는 것을 이상하게 생각하곤 하지만, 사실은 그런 유품이 있었다면 그것이 오히려 이상한 일이었을 것이다.

작가에게나 배우에게나 연극에 종사한다는 것은 정신이 나갈 정도로 바쁜 일이었다. 극작가와 배우, 지분 소유주 그리고 아마도 사실상의 연출자였을 것으로 보이는(당시에는 공식적인 연출자가 없었다) 윌리엄 셰익스피어 같은 사람들은 때로는 그야말로 히스테리 상태에 빠질 만큼 눈코 뜰 새 없이 바빴을 것이다. 극단들은 약 30편의 연극을 실제로 공연하는 레퍼토리로 보유하고 있었을 것이다. 따라서 주역 배우들은 한 시즌에 1만5,000행을 외워야 했을 것이며(이 책 전체를 몽땅 외우는 일과 비슷할 것이다), 거기에 덧붙여 연극에 등장하는 모든 춤과 칼로 찌르는 동작 그리고 갈아입을 의상을 기억해야 했을 것이다. 가장 성공적인 극단도 배우를 10여 명 이상 고용하지는 않았을 것으로 보이며, 따라서 한 사람이 두 가지 배역을 소화해야 할 때가 많았을 것이다. 예를 들면, 「줄리어스 시저」의 경우 이름이 있는 등장인물이 40명이나 되고, 그밖에 "하인들", "다른 평민들", "원로원 의원들, 병사들, 수행원들" 같은 소소한 배역들이 무수히 많다. 물론 이 등장인물들 가운데 다수는 대사가 거의 없거나 전혀 없지만, 그들도 필요한 소품, 입장 신호, 자기가 설 위치, 들어가는 곳과 나오는 곳을 잘 알아야 하고 또한 올바른 분장을 하고 제때에 무대에 나가야 한다. 이런 일 자체가 결코 쉽지는 않았을 것이다. 왜냐하면 거의 모든 의상이 복잡한 채우는 장치—보통 남자 상의 하나에 20여 개 또는 그 이상의 다루기 힘든, 천으로 된 잠금장치가 붙어 있었다—나 몇 미터나 되는 술이 달려 있었기 때문이다.

이런 난장판이었으니 신뢰가 무엇보다도 중요했다. 헨슬로의 서류는 배우들이 엄격한 계약조건을 지켜야 했음을 보여준다. 배우들은 연습에 빠지거나 술이 취해서 연습장에 나타나거나 연습시간에

늦거나 또는 제때에 "의상을 갖추고" 대기하지 않았거나 그리고 놀랍게도 극장 밖에서 무대 의상을 입었을 경우에 각기 책정된 벌금을 물어야 했다. 의상이 아주 값비싸서 그것을 훼손했을 경우의 벌금은 40파운드라는 어마어마한 액수였다.(아마 실제로 이런 거액의 벌금을 물린 경우는 없었을 것이다.) 그러나 지각 같은 사소한 잘못을 범한 경우에도 배우의 이틀분 급료에 해당하는 벌금을 물기도 했다.

셰익스피어는 연극계에 종사하던 기간 내내 배우 노릇을 했던 듯하다.(이와는 대조적으로 벤 존슨은 금전적 여유가 생기자 즉시 배우 노릇을 그만두었다.) 셰익스피어는 1592년, 1598년, 1603년과 1608년의 서류에 배우로 기록되어 있다. 이것은 그가 연극계에 종사한 거의 전 기간에 해당된다. 극작가로 희곡을 쓰면서 동시에 연기를 한다는 것이 쉬운 일은 아니었을 듯하다. 하지만 그럼으로써 셰익스피어는 대본을 그냥 다른 사람들에게 넘겨주는 대다수의 극작가들보다 자신의 연극에 훨씬 더 큰 통제력을 행사할 수 있었을 것이다.(이것이 그가 바란 것이었을지도 모른다.) 전해지는 이야기로는 셰익스피어는 자신의 작품에서 좋은 배역이지만 지나치게 어렵지 않은 배역을 주로 맡았다고 한다. 「햄릿」의 유령이 그가 맡았을 것으로 가장 자주 거론되는 배역이다. 사실 우리는 그가 어떤 역을 맡았었는지 모른다. 그러나 그가 맡았던 역할이 그다지 까다롭지 않은 것들이었으리라는 짐작은 올바른 듯하다. 그는 희곡 작가로 대본을 썼을 뿐만 아니라 극을 무대에 올릴 때에 수반되는 여러 가지 업무를 주관했을 가능성이 크기 때문이다. 이런 엄청난 부담을 진 그가 어려운 배역까지 맡을 수는 없었을 것이다. 하지만 그는 연기를 진정으로 즐겼고

대본 문제에 크게 신경을 쓰지 않아도 될 경우에는 제법 중요한 역을 맡고 싶어했을 것이다. 그는 1598년에 공연된 벤 존슨의 「십인십색(Every Man in His Humour)」과 1603년에 공연된 「시저너스, 그의 몰락(Sejanus His Fall)」에서는 주역을 맡은 것으로 기록되어 있다.

우리는 런던에 막 도착한 셰익스피어가 도시 성벽 바로 북쪽에 있던 쇼어디치에 이끌렸으리라고 짐작하고 싶은 충동을 느낀다. 사실 그것은 논리적인 짐작이기도 하다. 그곳은 시어터와 커튼 극장이 있는 곳이었고, 많은 극작가들과 배우들이 살면서 술을 마시고 요란한 술판을 벌이고 또 가끔 서로 싸우기도 하고 그러다가 죽기도 하는 곳이었다. 1589년 9월 쇼어디치에 자리한 시어터와 매우 가까운 곳에서 큰 사건이 일어났다. 「탬벌레인 대왕(Tamburlaine the Great)」의 성공으로 의기양양해진, 한참 떠오르는 젊은 스타 작가로 언제나 성질이 불같은 크리스토퍼 말로와 윌리엄 브래들리라는 여관 주인 사이에 고성이 오가는 언쟁이 벌어졌다. 이윽고 두 사람은 칼을 뽑아 들었다. 그 자신도 극작가인 말로의 친구 토머스 왓슨이 싸움에 끼어들었다. 난투극이 벌어지는 가운데 왓슨이 브래들리의 가슴을 칼로 찔렀다. 치명적인 일격이었다. 두 작가는 감옥에 들어갔다. 말로는 금방 나왔지만, 왓슨은 5개월 동안 감옥살이를 했다. 브래들리가 상대를 자극해서 싸움을 일으켰고 두 사람은 정당방위였다는 점이 인정되어 무죄판결을 받았다. 브래들리 살해사건이 그날 저녁 이 지역의 화제가 되었으리라는 것은 짐작할 수 있지만, 셰익스피어가 그때 그곳에 있어서 직접 그 이야기를 들었는지 여부는 알 수 없다. 그가 그때 아직 런던에 오지 않았더라도 그 직후에는 왔을 것으로 집작할 수 있다. 왜냐하면 이 사건 직후에 비교적 급작스럽게 그러나 눈에 띄게 그가 런던의 극장가에 나타난 것이 분명하기 때문이다.

그러나 그 시점이 언제인지 우리는 정확히는 알지 못한다. 우리는 그가 언제부터 일을 시작했는지도 모른다. 언제나 꼼꼼한 헨슬로가 1592년 3월 첫 주에 로즈 극장에서 "해리(harey) 6세" 공연이 있었다고 그의 일기에 기록을 남겼다. 많은 사람들은 이것을 셰익스피어의 「헨리 6세(Henry VI)」 제1부라고 보고 있다. 그것이 사실이라면 셰익스피어의 팬들에게는 만족스러운 일일 것이다. "해리 6세"는 대성공을 거두었기 때문이다. 이 연극은 그 첫 회 공연에 3파운드 16실링 8페니라는 적지 않은 액수의 입장료 수입을 올렸고, 그후 4개월 동안 13차례나 공연되었는데 당시 이렇게 여러 차례 공연된 연극은 거의 없었다. 그러나 이 연극의 성공, 특히 그 첫 번째 공연의 성공이 의문을 제기한다. 별로 알려지지 않은 작가의 희곡 초연을 보려고 그렇게 많은 사람들이 몰려들 수 있었을까? 그렇다면 지금은 유실되고 없는 이 희곡은 그때 이미 자리를 잡은 다른 작가가 쓴 소재가 동일한 다른 작품이 아닐까? 셰익스피어에게 불리한 또 한 가지 사실은 그가 헨슬로의 극단과 배우나 극작가로 연관을 맺은 기록이 없다는 점이다.

극작가로서 셰익스피어는 다소 뜻밖에도 얇고 특이한 팸플릿에 적대적인 평론이 실리면서 처음으로 분명하게 언급되었다. 이 팸플릿은 셰익스피어가 이미 몇 편의 희곡 —5편 또는 그 이상— 을 써낸 작가였을 때 나온 것이다. 하지만 그가 이때 이미 써낸 희곡들이 어떤 것인지는 분명하지 않다.

이 팸플릿은 제목이 아주 길고 설명적이다. 「백만 번의 참회로 산 그린의 서푼어치 지혜. 청춘의 어리석음, 어설픈 아첨꾼들의 거짓됨, 태만한 자들의 비참함, 기만하는 조신들의 못된 짓을 서술함. 저자가 죽기 전에 썼고 임종의 자리에서 한 부탁에 따라 출간됨」의 저자 로 버트 그린은 이 팸플릿의 출간이 준비되는 동안 사망하여 제목에 들 어 있는 내용을 실현했다.(놀랍게도 그는 같은 달에 임종의 자리에 서 수상록을 또 한 권 써냈다. 이 수상록의 제목은 「죽음의 순간에 기록한 그린의 환상」이었다.)

그린은 팸플릿 작가요 시인이었으며, 후대에 유니버시티 위츠 (University Wits)라고 알려진 극작가 그룹의 지도자였다. 그러나 그 는 사실 건달이요 비열한이었다. 그는 양가집 처녀와 결혼했지만 아 내의 돈을 탕진한 후 아내와 아이를 버리고, 평판이 좋지 않은 정부 와 어울렸고 그녀와의 사이에서 또다른 아이를 낳아 그 아이에게 포 르투나투스(행운)라는 점잖은 이름을 지어준 다음 이 아들과 런던 브 리지 부근 다우게이트에 있는 집에서 살았다. 이 집에서 어느 날 저 녁 그린은 소금에 절인 청어를 안주삼아 라인 지역 백포도주를 너무 많이 마신 탓으로(모든 역사 책에 그렇게 쓰여 있다) 중병에 걸려 서 서히 추한 모습으로 죽어가기 시작했다. 이가 득시글거리는 방에서 그는 자기가 구할 수 있는 얼마 안 되는 돈으로 살 수 있는 값싼 술 을 홀짝거리면서 누워 있었다. 이렇게 죽어가는 한 달 동안에 그는 두 권의 수상록을 근근이 써냈다.(아마 다른 사람들이 많이 도와주었 을 것이다.) 수상록에는 주로 그 자신의 생애에 기초한 내용이 들어 있었지만, 다른 작가들에 대한 신랄한 비판도 간간이 섞여 있었다.

어쨌든 그는 1592년 9월 3일 마지막 숨을 내쉬기 전에 이 짧은 수상록 두 권을 탈고했다. 그때 그의 나이는 서른하나 아니면 서른둘이었는데 이 나이는 당시 기준으로는 웬만큼 산 나이였다.

그린의 「서푼어치 지혜」는 단 2권만이 지금까지 남아 있다. 그 안의 산만한 많은 문절들 중 하나의, 단 하나의 주목을 끄는 문장이 없었다면, 사실 이 팸플릿에 주목하는 사람들은 많지 않았을 것이다. "그래, 그들을 믿지 말라. 벼락출세한 자 하나가 요란한 장식을 하고 연기자의 가죽에 싼 호랑이 심장으로 자기가 훌륭한 시구를 뽑아낼 수 있다고 착각하고 있다. 잡역부 요하네스 역을 맡고 자기가 대단한 셰이크 신(Shake-scene)에 출연한 양 착각하고 있다."

"셰이크 신"이라는 말의 의미가 분명하지 않다고 하더라도, "연기자의 가죽으로 싼 호랑이 심장"이 무엇을 가리키는지는 거의 분명하다. 그것은 「헨리 4세」 제3부에 나오는 대사의 패러디이기 때문이다. 문맥으로 보아 셰익스피어가 이 죽어가는 사람의 시기심을 불러일으킬 정도로 두각을 나타낸 모양이다. 하지만 벼락출세자로 간주되는 것을 보면, 아직은 신인의 티를 완전히 벗지는 못한 듯하다.

셰익스피어가 죽어가는 그린에게 무슨 적대적인 행동을 했는지는 알려져 있지 않다. 그것은 매우 개인적인 일이었을 것으로 짐작된다. 그것이 아니라면 단순히 직업적인 질투심 때문에 그린이 셰익스피어를 깎아내렸을 가능성도 있다. 그린은 연기자라는 신분을 가진 셰익스피어가 대사를 외울 자격은 있지만, 대사를 만들어낼 자격은 없다고 생각했던 것이 분명하다. 글 쓰는 일은 아무리 방종하더라도 대학 졸업자들에게 맡겨야 한다고 그는 생각했던 것이다.(가난한 집 출신의 대학 졸업생인 그린은 최악의 속물이었다. 그의 아버지는 마구 제작자였다.) 어쨌든 셰익스피어 혹은 셰익스피어를 대변하는 누군가가 항의를 했던 것이 분명하다. 그 직후에 그린의 편집자 겸 비서였던 헨리 체틀이 저속한 말로 셰익스피어를 비하한 데에 사과하고 셰익스피어의 정직성과 좋은 성격 그리고 그의 문체가 "익살스러우면서도 우아하다"고 그를 칭찬했기 때문이다.

체틀은 크리스토퍼 말로에게 사과하는 데에는 훨씬 더 인색했다. 사실 말로는 훨씬 더 심한 비난을 받았다.(이런 팸플릿들이 으레 그렇듯이 그의 이름이 분명하게 거론되지는 않았다.) 그린의 얇은 팸플릿이 그를 무신론자라고 비난했는데 당시로서는 매우 중대한 고발이었다. 체틀이 왜 연줄이 좋고 늘 위험한 말로보다 셰익스피어를 더 존중한(또는 두려워한) 이유는 흥미롭지만 풀리지 않는 수수께끼이다. 어쨌든 그후로는 누구도 셰익스피어를 그런 식으로 공격하지는 않았다.

셰익스피어가 연극과 관련된 기록에 막 들어간 순간에, 역병이 심하게 돌면서 기록 자체가 중단되고 말았다. 로버트 그린이 죽고 4일후, 런던의 극장들은 문을 닫으라는 공식적인 지시를 받았다. 가끔 단기간 개관된 적은 있지만, 극장들은 그후 2년 동안 문을 닫아야만 했다. 매우 고통스러운 시기였다. 런던에서 단 한 해 동안에 적어도 1만 명의 사람들이 목숨을 잃었다. 극단들은 수도로부터 추방되어 지방을 순회하면서 근근이 명맥을 유지할 수밖에 없었다.

셰익스피어가 이 시기에 어떻게 지냈는지는 알려져 있지 않다. 언제나 그렇듯이 그는 이 2년 동안 다시 기록에서 사라진다. 역병이 만연한 1592년에서 1593년까지의 시기를 그가 어디서 보냈느냐에 관해서도 많은 학설이 제기되었다. 그중 하나는 그가 이 시기를 이탈리아를 여행하면서 보냈다는 설이다. 그가 돌아온 직후 이탈리아를 배경으로 하는 희곡들 ―「말괄량이 길들이기(*The Taming of the Shrew*)」, 「베로나의 두 신사(*The Two Gentlemen of Verona*)」, 「베니스의 상인(*The Merchant of Venice*)」, 「로미오와 줄리엣(*Romeo and Juliet*)」― 이 쏟아져나온 것이 이 주장의 근거가 된다. 그러나 최소한 이 가운데 한 편은 그 전에 이미 썼던 것으로 보이고, 나머지 희곡들 역시 꼭 이탈리아 여행을 해야만 쓸 수 있는 내용은 아니다. 분명한 점은 그의 29번째 생일 직후이자, 극장이 문을 닫고 반년쯤 지난 때인 1593년 4월에 윌리엄 셰익스피어가 이야기 형식의 시인 「비너스와 아도니스(*Venus and Adonis*)」를 썼다는 것이다. 이 시에는 400년이 지난 지금도 우리의 심금을 울릴 만한 화려하고 감성적인 헌사가 붙어 있다.

백작 각하, 이 거친 시를 각하께 바침으로써 제가 얼마나 각하의 심기를 어지럽힐지, 이렇게 하잘것없는 짐에 그렇게 튼튼한 받침을 선택한 데 대해 세상이 저를 얼마나 질책할지 저는 모릅니다. 다만 각하께서 기뻐하시기만 한다면, 저는 큰 칭찬을 받은 것으로 생각하고 저의 더 큰 노력으로 각하에게 영광을 드리기 위해서 모든 여가 시간을 바칠 것입니다. 하지만 제가 만들어낸 첫 상속자가 기형아로 드러난다면, 저는 그것이 너무나 고귀한 대부를 가진 것을 죄송스럽게 여길 것입니다…….

셰익스피어가 이 헌사를 바친 사람은 나이 지긋한 근엄한 귀족이 아니라 체격이 왜소하고 병약하며 매우 나약한 열아홉 살의 젊은이 헨리 리즐리였다. 헨리 리즐리는 사우샘프턴의 3대 백작이며 티치필드의 남작이었다. 사우샘프턴 백작은 궁중 한가운데서 자라났다. 그의 아버지는 그가 일곱 살이었을 때 세상을 떠났고, 그는 여왕의 출납관으로 사실상 여왕의 재무장관이었던 버글리 경의 후견을 받으며 성장했다. 버글리가 그의 교육을 돌보았고 그가 열일곱이 되었을 때, 그를 자신의 손녀 엘리자베스 드 비어와 결혼시키려고 했다. 엘리자베스 드 비어는 옥스퍼드의 17대 백작 에드워드 드 비어의 딸로, 오랫동안 셰익스피어를 셰익스피어가 아니라고 생각하는 사람들이 좋아한 인물이다. 사우샘프턴 백작은 이 결혼을 싫어했다. 이 결혼을 하지 않는 대신 그는 5,000파운드(지금 돈으로는 250만 파운드쯤 된다)라는 어마어마한 액수의 벌금을 물어야 했다. 그는 정말로 버글리의 손녀와 결혼하기 싫었던 모양이다.

사우샘프턴 백작은 여러 명의 남자 및 여자들과 밀접한 관계를 맺었던 듯하다. 그는 궁 안에 엘리자베스 버넌이라는 정부를 두었지만, 아일랜드에 머물며 그의 절친한 친구 에식스 백작 밑에서 말감독관(Lord-General of Horse)으로 복무하는 동안에 한 동료 장교와 같은 숙소를 썼는데 스캔들을 퍼뜨리기 좋아하는 한 관찰자에 따르면, 백작이 그 동료 장교를 "품에 안고 함께 난잡하게 놀아났다"고 한다. 아마 그는 매우 흥미로운 군인이었을 것 같다. 왜냐하면 그의 가장 뚜렷한 특징이 매우 여자 같다는 것이었기 때문이다. 우리는 그가 어떻게 생겼는지(아니면 그가 어떻게 기억되기를 바랐는지) 정확하게 알고 있다. 유명한 초상화 화가인 니콜라 힐리어드가 적갈색 머리 타래를 왼쪽 어깨 위에 치렁치렁 늘어뜨린 그의 모습을 작은 모형으로 만들어놓았기 때문이다. 당시에 남자들은 그렇게 길게 머리를 기르지도 않았고 머리를 어깨 위로 늘어뜨리는 경우는 더더욱 없었다.

2002년 봄, 사우샘프턴 백작의 또다른 초상화가 서리의 훌륭한 저택 해치랜즈 파크스에서 발견됨으로써 사람들의 관심을 끌었다. 이 초상화의 백작은 여자의 옷을 입고 셰익스피어의 소네트 20번에서 찬미한 "자연이 직접 그린 여자의 얼굴"을 가진 아름다운 젊은이를 생각나게 하는 포즈를 취하고 있다. 이 초상화가 그려진 연대인 1590- 1593년은 셰익스피어가 사우샘프턴 백작의 후원을 구하던 바로 그 시기이다.

우리는 사우샘프턴 백작이 자신에게 바쳐진 그 시를 얼마나 좋아했는지, 아니면 별로 좋아하지 않았는지 모른다. 하지만 더 넓은 세상이 그 시를 좋아했다. 그 시는 셰익스피어가 생전에 책을 출간해서 거둔 가장 큰 성공 사례 ─그의 희곡 출판도 그런 성공을 거두지는 못했다 ─였고, 그의 생전에 최소한 10차례나 더 인쇄되었다.(현재는 초판본 단 한 권이 옥스퍼드의 보들리 도서관에 보존되어 있을 뿐이다.) 이야기 형식에 길이가 무려 1,194행이나 되는 「비너스와 아도니스」는 내용이 풍요롭고 당시의 기준으로는 분명히 선정적인 작품이었다. 그러나 사실 이 작품의 기초가 된 오비디우스(기원전 43- 기원후 17?)의 「변신 이야기(Metamorphoses)」와 비교하면 매우 순화된 내용이었다. 오비디우스의 원작은 강간이 18차례나 나오고 약탈하는 장면이 여러 차례 나오는 등 내용이 아주 난잡하다. 셰익스피어는 폭력적인 내용을 대부분 빼버리고 엘리자베스 시대의 취향에 맞고, 따라서 이 시의 인기를 보장해주는 주제들—사랑, 욕정, 죽음, 아름다움의 덧없음 등— 을 중점적으로 다루었다.

일부분은 오늘날의 취향으로는 중언부언하는 느낌을 주기도 한다.

그녀는 가슴을 치며 신음한다.
"아, 슬프다, 슬프다, 슬프다!"
그녀는 스무 번이나 울부짖는다.

그러나 이런 구절은 엘리자베스 시대 독자들의 심금을 울렸다. 이 작품은 나오자마자 큰 인기를 끌었다. 출판업자는 스트랫퍼드에서 셰익스피어와 함께 자란 리처드 필드였는데 책이 대성공을 거두자 더 큰 출판사 주인인 존 해리슨이 출판권을 사버렸다. 이듬해 해리슨은 오비디우스의 「달력(Fasti)」을 기초로 한 셰익스피어의 또다른 시 「루크리스의 능욕(The Rape of Lucrece)」을 출판했다. 이 시는 1,855행으로 먼젓번 작품보다 훨씬 더 길었고 왕실의 운(韻)이라고 알려진 7행절(seven-line stanza) 형식으로 쓰였으며, 주로 순결을 찬양하는 내용이었는데 순결 자체가 그렇듯이 그다지 인기를 얻지 못했다.

이 시에도 멋쟁이 백작에게 바치는 공들인 헌사가 붙어 있었다.

사우샘프턴 백작이며 티치필드 남작이신 헨리 리즐리 각하께 바칩니다.
각하께 바치는 저의 사랑은 끝이 없습니다. 이 팸플릿은 보잘것없는 작은 일부일 뿐입니다. 저의 이 솜씨 없는 시구에는 가당치 않은 고귀한 성품을 지니신 각하께서 저의 이 작은 성의를 받아들이실 것으로 확신합니다. 제가 한 일은 각하의 것입니다. 제가 해야 할 일 역시 각하의 것입니다. 제가 가진 모든 것을 각하께 드립니다. 제 가치가 더욱 크다면 제 의무 또한 더 커졌을 것입니다. 그렇지 못한 지금 오로지 각하의 은덕에 의지할 뿐입니다. 행복하게 만수무강하시기를 빕니다.

각하께 충성을 바치는

윌리엄 셰익스피어

이 두 헌사는 셰익스피어가 그 자신의 목소리로 세상을 향해 직접 말하는 단 두 개뿐인 사례이므로, 학자들이 거기서 무엇을 유추해낼 수 있을까 골머리를 앓는 것은 당연한 일일 것이다. 많은 사람들이 두 번째 헌사가 첫 번째보다 더 큰 자신감과 친근감—그리고 아마도 다정함— 을 보여준다고 보고 있다. A. L. 로즈 같은 사람은 "엘리자베스 시대의 헌사 중에 이 정도의 친근감을 담은 헌사"는 다시 없다고 생각했고, 많은 다른 사람들이 그와 같은 평가에 동조했다. 사실 우리는 셰익스피어와 사우샘프턴 백작 사이의 관계에 대해서 전혀 모른다. 그러나 웰스와 테일러는 그들이 펴낸 셰익스피어 전집 서문에서 "「루크리스의 능욕」의 헌사에서 셰익스피어가 그에게 표하는 다정함은 강한 개인적 관계가 있었음을 암시한다"고 말한다. 사우샘프턴 백작이 셰익스피어가 그의 소네트들에서 묘사한 것 같은 관계를 가져온 아름다운 젊은이였을 가능성이 제기되고 있다.

그 소네트들은 같은 시기에 쓰인 것으로 보이지만, 15년 후에야 출판되었다. 그러나 버밍엄 대학교의 마틴 위긴스에 따르면, 작품을 귀족에게 바치는 행위는 "대개 후원을 바라고 하는 투기적 입찰" 같은 행위에 불과했을 뿐이라고 한다. 그리고 셰익스피어는 같은 시기에 사우샘프턴 백작의 후원을 얻으려고 경쟁하던 몇 명의 시인들─토머스 내시, 저버스 마컴, 존 클래펌, 바나브 반스 등─가운데 한 사람에 불과했다.(그의 경쟁자들의 아첨하는 헌사와 비교하면 셰익스피어의 헌사는 억제되고 솔직하고 위엄을 갖추고 있다.)

사우샘프턴 백작은 어쨌든 많은 후원금을 하사할 처지가 아니었다. 그는 성년이 되면서 1년에 3,000파운드(오늘날의 돈으로 환산하면 약 150만 파운드)의 소득을 누렸지만, 꼭 돈을 써야 할 곳은 많았고 게다가 방종했다. 더욱이 상속 조건에 따라 그는 수입의 3분의 1을 어머니에게 넘겨주어야 했다. 다시 위긴스의 말을 인용하자면, 몇 년 지나지 않아서 그는 "사실상 파산했다." 이런 정황을 감안할 때, 사우샘프턴 백작이 셰익스피어에게 1,000파운드를 주었다는 이야기는 신빙성이 없어 보인다. 셰익스피어의 전기를 쓴 니컬러스 로(1674-1718)가 1700년대 초에 처음으로 1,000파운드를 주었다는 이야기를 발설했고, 그후 이 주장은 놀라울 정도로 자주 지지를 받았다. 예를 들면, 셰익스피어 학자 시드니 리(1859-1926)도 「영국 전기 사전(*Dictionary of National Biography*)」에서 이 주장을 지지했다.

어쨌든 윌리엄 셰익스피어가 1594년쯤에는 성공의 길에 접어들었던 것이 분명하다. 그는 2편의 훌륭한 시의 저자였고 유수한 귀속의 후원까지 받고 있었다. 그러나 그는 이 장래가 촉망되는 시작(始作)을 이용할 생각은 하지 않고 시작(詩作)을 그만두었다. 그는 거의 전적으로 연극에만 전념했다. 그의 이런 결정은 다소 이상하게 보였을 것이다. 희곡을 쓰는 일은 존경받는 직업이 아니었고, 아무리 훌륭한 희곡을 써낸다고 해도 비평가들로부터 약간의 존경을 받는 것이 고작이었기 때문이다.

그래도 연극이 셰익스피어가 전심전력하기로 작정한 분야였다. 이후로 그는 사우샘프턴 백작이나 다른 귀족에게 작품을 바치는 일 따위는 하지 않았고, 누군가의 후원을 얻으려고 애쓰지도 않았다. 우리가 알기로 그는 출판을 위해서 한 번 더 작품을 썼는데, 그것은 1601년에 출판된 시 「불사조와 거북(The Phoenix and the Turtle)」이 었다. 이것 외에는 생전에 그의 이름이 붙은 책이, 분명한 그의 동의 하에 출판된 적은 한번도 없었다. 이제 그가 총력을 기울이게 된 희곡 역시 그의 생전에는 출판되지 않았다.

셰익스피어가 진입한 연극계는 2년 전과는 사뭇 달라져 있었다. 우선 그의 가장 큰 경쟁자 크리스토퍼 말로가 사라졌다. 그는 그 전해에 죽었다. 말로는 셰익스피어보다 두 달 먼저 태어났다. 그는 비천한 집안 출신이었지만─캔터베리의 구둣방집 아들이었다─장학금을 받아 케임브리지 대학을 나왔고 그래서 셰익스피어보다 신분이 높았다.

말로가 어느 정도 성공을 거두었는지는 분명하지 않지만, 1593년에 그는 중대한 곤경에 빠지고 말았다. 그해 봄에 이민자들에 반대하는 전단이 런던 시내 곳곳에 나타나기 시작했다. 전단에는 흔히 인기 있는 연극의 대사를 본떠 만든 어구가 담겨 있었는데, 그중 하나에는 말로의 「탬벌레인 대왕」을 악의적으로 패러디한 구절이 담겨 있었다. 이 무렵의 정부는 시민들의 소요에 신경이 곤두서 있었기 때문에 시민들을 사찰하는 데에만 1년에 1만2,000파운드라는 엄청난 돈을 지출했다. 당시는 누구나 당국의 비판적인 주목을 받고 싶어하지 않던 시대였다. 이 무렵 잡혀가서 심문을 받은 사람들 중에는 말로의 전 룸메이트이자 친구인 토머스 키드가 있었다. 토머스 키드는 엄청난 인기를 누리던 「스페인의 비극」의 저자였다. 브라이드웰의 감옥에서 고문에 못 이겨(또는 고문을 하겠다는 위협이 무서워서) 키드는 말로가 "신앙심이 없고 성격이 사납고 잔인할" 뿐만 아니라 무엇보다도 불경스러운 말을 자주 하는 무신론자라고 비난했다. 이것은 중대한 고발이었다.

말로는 추밀원에 불려가 심문을 받은 다음, 법정에서 20킬로미터 이내의 지역에 머물러야 한다는 조건으로 석방되었다. 검찰관들이 마음이 내키면 언제라도 그를 불러 재판에 회부하기 위한 조치였다. 말로는 일이 잘 풀려 가장 가벼운 처벌을 받더라도 두 귀를 잘릴 형편이었으니 그로서는 매우 불안할 수밖에 없었다. 말로의 전기를 쓴 데이비드 리그스의 말처럼, "튜더 시대의 국가 법정에는 무죄 방면이 없었다."

이런 상황에서 말로는 수상한 세 남자와 함께 이스트런던 뎁트퍼드에 있는 과부 엘리너 불의 집으로 술을 마시러 갔다. 검시관의 보고서에 따르면, 거기서 술값 때문에 시비가 벌어졌고 폭력을 휘두르는 데에 둘째가라면 서러운 말로가 칼을 쉬어들고 그 칼로 잉그램

프리저라는 사람을 찌르려고 했다. 프리저가 정당방위로 그 칼을 빼앗아 말로의 오른쪽 눈 위를 찔렀다. 찔린다고 해서 쉽게 죽을 부위가 아니었지만, 말로는 그 자리에서 숨을 거두었다. 이것은 어쨌든 관청의 경위서이다. 역사가들 중에는 말로가 왕이나 고관들이 보낸 자객에 의해서 암살되었다고 보는 사람들도 있다. 살해 동기가 무엇이었든 간에 말로는 스물아홉 살의 나이에 죽었다.

이 무렵 셰익스피어는 비교적 완성도가 떨어지는 작품을 쓰고 있었다. 「사랑의 헛수고(*Love's Labour's Lost*)」, 「베로나의 두 신사」, 「실수 연발(*The Comedy of Errors*)」 등이 모두 이 시기에 쓴 작품일 것으로 보인다. 반면에 말로는 높은 평가를 받을 만한 대작을 썼다. 「몰타의 유대인(*The Jew of Malta*)」, 「파우스투스 박사의 비극적인 이야기(*The Tragical History of Doctor Faustus*)」, 「탬벌레인 대왕」 등이다. 스탠리 웰스는 이렇게 썼다. "만약 셰익스피어 역시 그해에 죽었더라면, 우리는 지금 말로를 더 위대한 작가로 생각할 것이다."

그것은 틀림없는 사실이다. 하지만 두 사람이 다 살았더라면 어땠을까? 두 사람이 경쟁관계를 유지할 수 있었을까? 장기적으로는 셰익스피어가 더 장래성이 있었다고 말하는 것이 공평할 듯하다. 말로는 코미디의 재능이 별로 없었고 강한 여성 주인공을 창조하는 재능은 전혀 없었다. 이런 분야에서 셰익스피어의 재능은 빛을 발했다. 무엇보다도 걸핏하면 폭력을 휘두르고 성질이 고약한 크리스토퍼 말로 같은 사람이 현명하고 생산적인 중년에 도달한다는 것은 불가능한 일이었을지도 모른다. 셰익스피어는 오랫동안 업적을 쌓아가는 기질을 지니고 있었다.

토머스 키드 역시 브라이드웰에서 겪은 악몽에서 영영 회복하지 못한 채 이듬해에 서른여섯 살의 나이로 죽었다. 물론 그린도 이미 세상을 떠났고 왓슨 역시 곧 뒤따라 죽었다. 1598년에 벤 존슨이 등장할 때까지 셰익스피어에게는 주목할 만한 경쟁자가 없었다.

극단들에게는 역병이 만연한 수년간을 견디는 일이 여간 어렵지 않았다. 수입도 시원치 않은 지방 공연을 위해서 이리저리 떠돈다는 것은 많은 극단들에게 감당하기 힘든 일이었다. 그래서 극단들이 하나둘씩 해산되었다. 허트퍼드 극단, 서식스 극단, 더비 극단, 펨브로크 극단이 거의 같은 시기에 사라졌다. 1594년쯤에는 단 2개의 극단만이 남아 있었다. 에드워드 알레인 휘하의 '제독의 사람들'과 리처드 버비지가 이끄는 새로 창단된 극단 '체임벌린 경의 사람들'(여왕 가문의 우두머리 이름을 딴 것이다)이었다. 이 신생 극단은 그 무렵에 해산한 극단들로부터 몇몇 재능 있는 인재들을 흡수했다. 그런 사람들 중에 훗날 셰익스피어의 절친한 친구가 되었고 (30년쯤 후에) 퍼스트 폴리오의 공동 편집자가 된 존 헤밍과 셰익스피어가 그를 위해서 「헛소동」의 도그베리 같은, 유명한 희극적인 역할을 대부분 써주었다는(추측이지만 신빙성이 있다) 유명한 희극배우 월 켐프가 있었다.

셰익스피어는 연극계에 종사하는 나머지 기간을 이 극단과 함께했다. 웰스와 테일러가 지적하듯이, "그는 그의 시대의 저명한 희곡작가들 중에서 단 하나의 극단과 안정된 관계를 유지해온 유일한 사람이었다." 이 극단은 분명히 분위기가 좋고 잘 운영되었으며, 그 단원들 역시 술에 취하지 않고 근면하며 깨끗한 생활을 하는 노범석인 사람들이었다.(적어도 다른 극단의 단원들과 비교하면 그러했다.)

셰익스피어는 단원들 가운데 가정에 별로 충실하지 않았다는 점에서 별난 존재였던 것 같다. 버비지는 쇼어디치에 집을 가진 자상한 남편이요 일곱 자녀의 아버지였다. 헤밍과 콘델 역시 착실한 사람들로서 세인트 메리 올더먼베리라는 잘사는 동네에 서로 이웃해 살았는데, 두 사람 다 교회에서 중책을 맡았고 아이들을 많이 낳아 두 집의 아이들이 무려 23명이나 되었다.

간단히 말해서 그들은 착실한 생활을 했다. 그들은 술집에서 칼을 빼들거나 싸움을 벌이지 않았고, 사업가처럼 처신했다. 그리고 일주일에 6번 함께 모여서 의상을 차려입고 분장을 한 후 세상 사람들에게 일찍이 경험하지 못한 고상하고 즐거운 시간을 선사했다.

5

‖ ‖ ‖

희곡

윌리엄 셰익스피어가 1590년경에 희곡작가 생활을 시작했다는 데에
는 거의 모두가 동의하지만, 그가 맨 처음 쓴 희곡작품이 무엇이냐
에 대해서는 의견이 분분하다. 어느 권위자의 견해를 믿느냐에 따라
그의 첫 희곡은 최소한 다음 8편의 작품들 가운데 1편이 된다. 「실수
연발」, 「베로나의 두 신사」, 「말괄량이 길들이기」, 「티투스 안드로
니쿠스」, 「존 왕(King John)」 그리고 「헨리 6세」 3부작.

미국의 셰익스피어 권위자 실반 바넷은 「실수연발」을 셰익스피어
의 첫 희곡작품, 「사랑의 헛수고」를 두 번째 작품으로 꼽는다. 그러
나 그보다 후에 나온 「옥스퍼드 셰익스피어 전집」에서 스탠리 웰스
와 게리 테일러는 무려 10편의 희곡들 ―그의 희곡의 4분의 1이 넘
는다 ―이 위의 두 작품 중 어느 하나보다 먼저 쓰였다고 주장한다.
웰스와 테일러는 그들의 목록 맨 위에 「베로나의 두 신사」를 놓았
다. 그들 스스로 거리낌 없이 인정하듯이 어떤 문헌적 증거가 있는

것은 아니고, 다만 이 작품이 눈에 띄게 덜 다듬어졌기 때문에 그렇게 본다는 것이다.(그들은 "무경험을 암시하는 테크닉의 불확실성"이라는 다소 우아한 표현을 썼다.) 한편 아든 셰익스피어는 「말괄량이 길들이기」를 맨 앞에 수록한 반면, 리버사이드 셰익스피어는 「헨리 6세」 제1부를 맨 앞에 놓는다. 순서가 같은 목록은 거의 없다. 많은 희곡들에 대해서 우리가 자신 있게 제시할 수 있는 것은 최종 시한—그보다 이후에 쓰였다고는 볼 수 없는 시점— 뿐이다. 때로는 외부적인 사건들에 대한 암시가 집필 연도의 증거로 제시되기도 한다. 예를 들면, 「한여름밤의 꿈」에는 계절에 어울리지 않는 날씨와 흉작이 언급되었고(영국은 1594년과 1595년에 심한 흉작이 들었다), 「로미오와 줄리엣」에서는 유모가 11년 전에 지진이 일어났었다고 말한다.(1580년 런던에 짧았지만 꽤 강도가 높은 지진이 일어났었다.) 그러나 이런 단서들은 드물고 또 흔히 믿을 만한 것이 되지 못한다. 다른 많은 판단들은 억측에 불과한 경우가 허다하다. 새뮤얼 쇼엔바움은 「실수연발」과 「티투스 안드로니쿠스」에는 "젊음의 향기가 담겨 있다"고 보았고, 한편 바넷은 「로미오와 줄리엣」이 「오셀로」보다 먼저 나왔다고 거리낌 없이 말하는데 그 이유라는 것이 "「오셀로」가 더 나중에 나온 것처럼 느껴지기 때문"이라는 것이다.

프랜시스 메레스가 쓴 「팔라디스 타미아 : 위트의 보고(Palladis Tamia: Wit's Treasury)」라는 작고 두툼한 책이 없었다면, 논쟁은 더욱 심했을 것이다. 1598년에 출판된 700쪽 분량의 이 책은 평범한 문구와 철학적 사색들을 모아놓은 것인데, 들어 있는 내용 중 독창적인 것은 거의 없고 역사와 관련된 내용은 더욱 적다. 그러나 셰익스피어 사후 200년경에 학자들이 처음 주목하게 된 대단히 도움이 되는 구절이 하나 담겨 있다. "플라우투스와 세네카를 라틴 문학에서 최고의 희극 및 비극 작가로 꼽는다면, 영국 문학에서 이 두 부문에서 가장 뛰어난 사람은 셰익스피어이다. 희극으로는 「베로나의 두 신사」, 「실수연발」, 「사랑의 헛수고」, 「승리한 사랑의 노고(*Love's Labour's Won*)」, 「한여름밤의 꿈」, 「베니스의 상인」 등을 들 수 있고, 비극으로는 「리처드 2세」, 「리처드 3세」, 「헨리 4세」, 「존 왕」, 「티투스 안드로니쿠스」 그리고 「로미오와 줄리엣」을 들 수 있다."

여기에는 적지 않은 희곡들이 나열되어 있다. 이것은 셰익스피어의 4편의 희곡들 ―「베니스의 상인」, 「존 왕」, 「베로나의 두 신사」, 「한여름밤의 꿈」― 이 출판물에서 언급된 최초의 사례이다. 이 책은 또 다른 문절에서 셰익스피어가 이때까지 적어도 몇 편의 소네트(sonnet)를 썼다는 것을 밝히고 있다. 물론 이 소네트들은 11년 후에야 비로소 시집으로 출판되었다.

좀더 어리둥절한 것은 이 책에 「승리한 사랑의 노고」라는 희곡이 언급되었다는 사실이다. 이 작품에 대해서는 달리 알려진 것이 없다. 오랫동안 이것은 우리가 이미 가지고 있는 작품 ― 메레스의 목록에 들어 있지 않은 「말괄량이 길들이기」가 가장 유력한 후보였다 ― 의 다른 이름일 것이라고 추측되었다. 셰익스피어의 희곡들이 다른 이름으로 알려진 경우가 종종 있었기 때문이다. 「십이야」는 가끔 「말볼리오(*Malvolio*)」라고 불렸고 「헛소동」은 때로는 「베네딕과 비어트리스(*Benedick and Beatrice*)」라고 불렸으므로 다른 작품들도 제2의 제목이 있을 가능성이 있었다.

1953년 런던의 한 고서적상이 재고품을 정리하다가 1603년에 어느 서적상이 작성한 재고목록의 일부를 우연히 발견하면서 궁금증은 더욱 깊어졌다. 그 목록에는 「승리한 사랑의 노고」와 「말괄량이 길들이기」가 함께 들어 있었다. 이것은 두 희곡이 같은 작품이 아니라는 의미였다. 그러니까 「승리한 사랑의 노고」가 별개의 작품이었음을 뒷받침하는 증거인 셈이다. 옛 서적상의 재고목록이 암시하듯이 이 희곡이 출판된 형태로 존재했다면, 한때 1,500권 정도가 나돌았을 것이고 따라서 언젠가 그중 1권이 어딘가에서 나타날 가능성이 높다.(유실된 셰익스피어의 또다른 희곡 「카르데니오[Cardenio]」는 발견될 가능성이 아주 희박하다. 이 희곡은 원고로만 존재했던 듯하기 때문이다.) 그러나 조금 이상하기는 하다. 만약 「승리한 사랑의 노고」가 별개의 희곡이었고 또 그것이 출판되었다면, 헤밍과 콘델이 왜 그 희곡을 퍼스트 폴리오 판에 포함시키지 않았느냐 하는 자연스런 의문이 제기된다. 아무도 이에 대한 답변을 내놓지 못하고 있다.

희곡들이 나온 순서가 어떻든 간에, 우리는 메레스 덕분에 셰익스피어가 희곡을 쓰기 시작한 지 10년이 채 되지 않은 것으로 짐작되는 1598년에 이미 희극, 역사극, 비극을 훌륭하게 써내는 작가임을 입증했고 작품들을 충분히 —사실 충분하다는 말로는 부족할 정도로 아주 많이 —써내서 작가로서의 명성을 누렸다는 것을 알게 되었다. 성공에 이르기까지 그가 지름길을 전혀 택하지 않았다고는 말할 수 없을 것 같다. 셰익스피어는 자신의 목적에 부합할 경우 줄거리와 대사, 이름, 제목을 훔치는 일을 서슴지 않았다. 조지 버나드 쇼의 말을 의역한다면, 셰익스피어는 다른 사람이 먼저 풀어놓은 이야기에 한해서는, 훌륭한 이야기꾼이었다.

그러나 셰익스피어의 시대에 이런 공격에서 자유로울 수 있는 작가는 거의 없었다. 엘리자베스 시대의 희곡작가들에게 줄거리와 등장인물들은 공유재산이었다. 말로의 작품 「파우스투스 박사」는 「요한 파우스텐 박사 이야기(*Historia von D. Johann Fausten*)」라는 독일 책(의 영어 번역판)에서 그 줄거리를 따왔고, 「카르타고의 디도 여왕(*Dido Queen of Carthage*)」은 베르길리우스의 「아이네이스(*Aeneis*)」에서 직접 줄거리를 따왔다. 셰익스피어의 「햄릿」은 그 이전에 햄릿을 소재로 한 희곡이 있었다고 하는데 아쉽게도 현재는 남아 있지 않고 그 작가가 누구인지도 알려져 있지 않다.(정신이 불안정했던 천재 토머스 키드가 그 작가라고 믿는 사람들도 있다.) 그 작품이 남아 있지 않으므로 셰익스피어의 작품이 원작을 어느 정도 원용했는지에 대해서도 정확히 알 수 없다. 셰익스피어의 「리어 왕」은 그 이전의 「레이어 왕(*King Leir*)」으로부터 영감을 받았다. 「가장 훌륭하고 슬픈 로미오와 줄리엣의 비극(*Most Excellent and Lamentable Tragedy of Romeo and Juliet*)」(이것이 공식적인 원제목이다)은 아서 브루크라는 촉망받던 젊은 시인의 「로메우스와 줄리엣의 비극적인 이야기(*The Tragicall History of Romeus and Juliet*)」라는 시에서 줄거리를 따왔다. 아서 브루크는 1562년에 이 시를 쓰고 그후 불행하게도 물에 빠져 죽었다. 브루크는 또 이 이야기를 마테오 반델로라는 이탈리아 사람의 작품에서 가져왔다. 「뜻대로 하세요」는 토머스 로지의 「로잘린드(*Rosalynde*)」라는 작품을 원작으로 삼은 것이 분명하고, 「겨울 이야기(*The Winter's Tale*)」는 셰익스피어를 신랄하게 비판한 로버트 그린의 잊혀진 소설 「판도스토(*Pandosto*)」를 번안한 것이다. 셰익스피어의 작품들 중 극소수— 특히 코미디인 「한여름밤의 꿈」과 「사랑의 헛수고」와 「템페스트(*The Tempest*)」— 만이 다른 작품을 바탕으로 삼지 않은 듯하다.

물론 셰익스피어는 평범한 작품을 훌륭한 작품, 대개 위대한 작품으로 바꾸어놓았다. 셰익스피어가 다시 쓰기 전의 「오셀로」는 무미건조한 멜로드라마였다. 「리어 왕」의 원작에서는 왕은 미치지도 않고 이야기는 해피엔딩으로 끝난다. 「십이야」와 「헛소동」은 이탈리아의 통속소설집에 수록된 평범한 이야기였다. 셰익스피어의 천재성은 사람들의 주의를 끄는 개념을 채택해서 그것을 한층 더 훌륭한 것으로 만드는 데에 있었다. 「실수연발」에서 그는 플라우투스에게서 따온 단순하지만 인상적인 줄거리—전에 한번도 만난 적이 없는 쌍둥이 형제가 같은 마을에 같은 시각에 나타난다— 에 그들 쌍둥이의 하인들 역시 서로를 비슷하게 모르는 쌍둥이 형제라는 플롯을 첨가함으로써 희극적인 요소를 배가시킨다.

현대인의 감각에 다소 껄끄럽게 느껴지는 것은 셰익스피어가 다른 작품에 들어 있는 구절을 거의 그대로 가져다가 자신의 희곡들 속에 집어넣곤 한다는 점이다. 「줄리어스 시저」와 「안토니와 클레오파트라」에는 토머스 노스 경의 권위 있는 「플루타크 영웅전」의 번역판에 들어 있는 구절을 약간 바꾼 것들이 들어 있으며, 「템페스트」역시 오비디우스의 인기 있는 번역판에 들어 있는 구절을 비슷하게 인용하고 있다. 「히어로와 리앤더(*Hero and Leander*)」에 나오는 "사랑한 사람치고 첫눈에 반하지 않은 사람이 있었겠는가?"라는 대사는

「뜻대로 하세요」에 그대로 다시 등장한다. 말로의 「탬벌레인 대왕」에는 다음의 대사가 나온다.

오, 응석받이로 키운 아시아의 말들,
너희들이 하루에 20마일밖에 더 달릴 수 있을까?
Hola, ye pampered jades of Asia
What, can ye draw but twenty miles a day?

말로의 이 대사는 「헨리 4세」 제2부에서 이렇게 변해서 등장한다.

하루에 30마일밖에 못 가는
아시아의 응석받이 야윈 말들
And hollow pampered jades of Asia
Which cannot go but thirty miles a day

셰익스피어가 다른 작품의 내용을 끌어다가 쓴 가장 고약한 사례(스탠리 웰스는 "거의 기계적으로" 끌어다 썼다고 했다)로는 「헨리 5세」에서 젊은 왕(그리고 더욱 중요한 것은 청중들)이 프랑스 역사 재교육 강습을 듣는 부분을 들 수 있다. 그 내용은 라파엘 홀린즈헤드의 「연대기(Chronicles)」에 나오는 내용을 거의 그대로 가져온 것이다. 퍼스트 폴리오 판의 「코리올라누스」에 나오는 두 행은 우리가 토머스 노스 경의 「위대한 그리스인과 로마인의 생애(Lives of the Noble Grecian and Romans)」로 돌아가서 그것과 똑같은 두 행과 바로 그 전의 한 행 —셰익스피어(그후에 작품을 베낀 서기나 식자공이 그랬을 가능성이 더 크다)가 부주의해서 빠뜨린— 을 찾아서 맥락을 파악하기 전까지는 아무런 의미도 통하지 않는다. 다시 말하지만 이런 인용은 선례들이 많은 관행이었다. 말로 역시 에드먼드 스펜서의 「요정 여왕(*The Faerie Queene*)」에서 몇 줄을 가져다가 거의 그대로 「탬벌레인 대왕」에 삽입했다. 또한 「요정 여왕」 역시 이탈리아의 시인 루도비코 아리오스토의 작품에서 송두리째 가져온 몇 문절(번역한 것이기는 하지만)을 포함하고 있다.

많은 사람들을 반복적으로 즐겁게 만들려고 서두른 탓에 공연의 규칙은 지나칠 정도로 탄력적이었다. 고전극에서는 희극과 비극의 구분이 엄격했었다. 그러나 엘리자베스 시대의 극작가들은 그런 규칙에 얽매이기를 거부하고 가장 암울한 비극에까지도 희극적인 장면을 집어넣곤 했다. 예를 들면, 「맥베스」에서 문지기가 늦은 시각에 문 두드리는 소리에 답하는 장면이 바로 비극 속에 들어 있는 희극적인 장면이다. 그렇게 함으로써 그들은 희극적인 안도감이라는 것을 만들어냈다. 고전극에서는 3명의 연기자들만이 어떤 장면에서 말을 할 수 있었다. 그리고 등장인물 중 누구도 자기 자신이나 관객에게 말하는 것이 허용되지 않았으므로, 고전극에는 독백이나 방백이 없었다. 하지만 독백이나 방백이 없었다면 셰익스피어는 셰익스피어가 되지 못했을 것이다. 무엇보다도 셰익스피어 시대 이전의 연극은 이른바 "3일치의 법칙"의 지배를 받았다. "3일치의 법칙"이란 아리스토텔레스의 「시학(*Poetica*)」에 나오는 연극 공연의 세 가지 원칙으로 연극은 하루에 한 장소에서 일어난 하나의 줄거리를 다루어야 한다는 원칙이었다. 셰익스피어도 자신의 의도와 맞을 때에는 기꺼이 이 규칙을 지켰다.(「실수연발」이 그런 예이다.) 그러나 그가 이 규칙을 철저하게 지켰다면, 「햄릿」이나 「맥베스」 또는 그외의 그의 가장 위대한 걸작들을 결코 쓰지 못했을 것이다.

다른 연극의 관행들은 형성되지 않았거나 그때 막 생겨나고 있었다. 연극을 막과 장으로 나누는 관행—고전극에서는 엄격하게 지켜지던 것—은 영국에서는 아직 정착되지 않았다. 벤 존슨은 등장인물이 추가로 무대에 나올 때마다 그 등장인물의 중요성에 관계없이, 또한 그 장면의 길이에 관계없이 그것을 새로운 장으로 쳐서 장의 번호를 매겼다. 그러나 일부 극작가들은 장의 구분을 아예 하지 않았다. 관객에게는 그것은 별로 문제가 되지 않았다. 연기가 연속적으로 이어지고 있었기 때문이다. 막과 막 사이에 잠시 쉬는 관행은 셰익스피어가 활동하던 시대 후기에 연극의 공연 장소가 실내로 이동하면서 시작되었다. 실내에서 공연을 하려면 조명을 조정하기 위한 휴식시간이 필요했기 때문이다.

런던 극장가에서 여전히 충실하게 지켜진 거의 유일한 "규칙"은 우리가 편의상 재등장의 법칙이라고 부르는 것이었다. 한 장면에서 퇴장한 등장인물이 다음 장면에 곧바로 다시 나올 수 없다는 규칙이었다. 그는 한동안 밖에 나와 있어야 했다. 이 규칙 때문에 「리처드 2세」에서 곤트의 존이 갑자기 어색하게 떠나는 장면이 있는데 이것은 순전히 중요한 다음 장면에 그를 등장시키기 위한 수단이다. 수많은 규칙들 가운데 왜 이 규칙만이 충실히 준수되었는지는 내가 아는 한 만족스럽게 설명된 적이 없다.

그러나 당시의 매우 이완된 기준으로 보아도 셰익스피어는 지나칠 정도로 자유분방한 작가였다. 그는 「줄리어스 시저」에서는 제목이기도 한 주인공을 연극이 채 반도 진행되기 전에 죽이기도 했다. (시저는 뒤에 유령으로 잠깐 돌아오기는 한다.) 그는 또 주인공이 무려 1,495행의 대사(「실수연발」에 등장하는 모든 인물들이 하는 대사와 맞먹는다)를 말하면서도 신경에 거슬릴 정도로 오랫동안 — 한번은 거의 30분 동안 — 사라지는 「햄릿」과 같은 희곡도 써낼 수 있었다. 또한 자주 관객들에게 그들이 실제 세계가 아니라 극장 안에 있음을 상기시키는 대사를 집어넣곤 했다. 「헨리 5세」에서 그는 "이 무대가 프랑스의 광대한 전쟁터를 담을 수 있을까?" 하고 물었고, 「헨리 6세」 제3부에서는 관객들에게 "우리 연기를 여러분들의 상상력으로 보충해달라"고 간청하기도 했다.

그의 희곡은 놀라울 정도로 다양하다. 장의 수만 해도 7에서 47개에 이르고, 대사를 하는 배역의 수도 14에서 50명 이상에 이른다. 당시 연극의 평균 길이는 대략 2,700행이었고 따라서 공연시간은 2시간 반이었다. 셰익스피어의 희곡은 짧은 것은 1,800행이 넘지 않았고(「실수연발」), 긴 것은 4,000행 이상(「햄릿」을 공연하면 5시간이 걸렸다. 그의 시대의 관객 가운데 이 극을 완전한 형태로 관람한 사람은 없었을 것이다)이었다. 평균적으로 그의 희곡은 약 70퍼센트의 무운시(無韻詩, blank verse), 5퍼센트의 운(韻)이 있는 시, 25퍼센트의 산문으로 이루어져 있지만, 그는 자신의 목적에 맞게 수시로 이 비율을 바꾸었다. 역사극을 제외한다면, 영국을 주무대로 삼은 희곡은 「윈저의 쾌활한 아낙들(The Merry Wives of Windsor)」과 「리어 왕」 2편뿐이고 런던을 무대로 삼은 희곡은 한 편도 없으며, 자기 시대의 줄거리는 전혀 사용하지 않았다.

셰익스피어는 특별히 다작을 하지는 않았다. 토머스 헤이우드(1574?-1641)는 200편 이상의 희곡을 단독 또는 공동으로 써냈는데, 이는 거의 같은 길이의 활동기간 동안에 셰익스피어가 써낸 작품 수의 다섯 배나 되는 양이다. 그래도 셰익스피어의 작품 여기저기에서 심지어 가장 위대한 그의 희곡들에서도 그가 서두른 흔적이 많이 발견된다. 햄릿은 연극이 시작될 무렵에는 학생인데 연극이 끝날 무렵에는 나이가 서른이다. 그러나 줄거리를 보면 그렇게 오랜 시간이 흐른 것 같지 않다. 「베로나의 두 신사」에 나오는 공작은 베로나에 있으면서도 자신은 밀라노에 있다고 말한다. 「자에는 자로(*Measure for Measure*)」의 무대는 오스트리아의 빈인데 등장인물들은 거의 다 이탈리아 이름을 가지고 있다.

셰익스피어가 영문학상의 가장 위대한 천재인 것은 사실이겠지만, 그렇다고 해서 그에게 결점이 없는 것은 아니다. 어지러울 정도로 현란한 표현이 그의 작품 도처에 등장한다. 그가 뜻하는 바가 무엇인지 모호한 경우도 더러 있다. 조너선 베이트는 「셰익스피어의 천재성(*The Genius of Shakespeare*)」에서 「한여름밤의 꿈」에 나오는 여섯 단어로 된 여왕에게 바치는 찬사("fair vestal enthroned by the west")에 대한 해석이 너무나 많아서 바리오룸(variorum) 판 셰익스피어 전집*에는 이 구절에 대한 논의가 무려 20쪽에 걸쳐 수록되어

---

* 셰익스피어의 전 작품과 여러 주석자들의 주석을 수록한 전집.

있다고 썼다. 거의 모든 희곡에 적어도 한두 군데 해석이 불가능한 구절이 있다. 「사랑의 헛수고」에 나오는 다음 구절도 그중 하나이다.

오, 패러독스! 지옥의 표지는 검다.
동굴과 밤의 학교의 색깔.
O paradox! black is the badge of hell,
The hue of dungeons and the school of night.

"밤의 학교(the school of night)"라는 말로 그가 무엇을 뜻하려고 했는지는 아무도 모른다. 「베니스의 상인」 첫머리에 나오는 "모래에 정박한 나의 부유한 앤드루(my wealthy Andrew docked in sand)"가 무엇을 의미하는지 역시 불분명하다. 배를 가리킬 수도 있고 어떤 사람을 가리킬 수도 있다. 그러나 가장 모호한 구절은 원래 「리어 왕」(1608년의 카르토 판)에 들어 있던 "swithald footed thrice the old, a nellthu night more and her nine fold"라는 구절이다. 그후 400년 동안 이 구절은 여러 버전으로 나타났지만, 이 구절이 무슨 뜻인지 구명한 사람은 한 사람도 없었다.

"셰익스피어는 장황한 표현, 불필요하게 모호한 표현, 어색한 표현, 평범한 운문, 상스러운 어휘를 사용하기도 했다." 스탠리 웰스는 이렇게 썼다. "그의 가장 위대한 작품들에서도 우리는 가끔 그가 줄거리를 살리기 위해서 언어를 희생한 경우, 그의 펜이 빗나가 상황이 허락하는 것보다 더 긴 대사를 쓴 경우를 감지할 수 있다." 또한 찰스 램이 일찍이 지적했듯이 셰익스피어의 문장은 "행과 행이 이어지면서 문장과 비유가 뒤엉키고 그러다가 마침내 하나의 아이디어가 껍데기를 깨고 나오고 또다른 아이디어가 나와 주목받기를 갈망한다."

셰익스피어는 그 시대 사람들 사이에서 작품을 빨리 쓰기로, 또 그의 원고가 깨끗하기로 유명했다.(아니면 그의 동료들인 존 헤밍과 헨리 콘델이 우리로 하여금 그렇게 믿게 했다.) "그의 머리와 손이 함께 움직였다." 그들은 퍼스트 폴리오의 서문에서 이렇게 썼다. "그가 생각한 것이 너무나 손쉽게 밖으로 나왔기 때문에 우리는 그의 원고에서 지운 흔적을 거의 발견하지 못했다." 이에 대해서 벤 존슨이 격노해서 내뱉은 대답은 유명하다. "그는 천 번은 지웠을 것이다!"

사실 그랬을지도 모른다. 우리로 하여금 셰익스피어가 작업하는 광경을 그려볼 수 있게 하는 것 중의 하나가 토머스 모어 경의 생애를 다룬 희곡의 원고이다. 이 희곡은 많은 수정이 가해졌고 여섯 사람의 필적으로 씌어 있다.(그중 한 사람은 그린의 「서푼어치 지혜」를 출판하는 데에 참여한 사실에 대해서 셰익스피어에게 깊이 사죄한 장본인인 헨리 체틀이었다.) 이 희곡은 한번도 공연되지 않았다. 주인공이 튜더 왕조에 도전한 독실하고 열렬한 가톨릭 신자였다는 점을 감안하면, 그런 사람을 소재로 희곡을 쓸 생각을 했다는 사실이 다소 놀랍다.

몇몇 셰익스피어 권위자들은 셰익스피어가 현재 남아 있는 원고 가운데 3장을 썼다고 보고 있다. 그것이 사실이라면 우리는 거기서 흥미로운 사실을 발견하게 된다. 그 3장의 원고에는 구두점이 거의 사용되지 않았고 철자노 아주 제멋대로이기 때문이다. 스탠리 웰스가 지적하듯이, 주지사(sheriff)라는 단어는 5줄에서 다섯 가지 서로 다른 철자 — sheriff, shreef, shreeve, Shreiue, Shreue — 로 등장한다. 이것은 철자에 대한 관심이 별로 없었던 엘리자베스 시대의 기준으로도 기록에 가까운 것이다. 원고에는 줄을 그어 지운 행들과 행간에 추가한 내용도 보인다. 이 원고가 셰익스피어의 것이 맞는다면, 그가 실제로는 첨삭을 했음을 보여주는 것이다. 셰익스피어가 이 원고를 쓴 증거로는 그의 서명에 나오는 a와 이 원고에 나오는 a가 비슷하다는 것, y를 쓴 철자(예를 들면, tiger 대신 tyger를 쓴 것, 구식 또는 시골 철자로 생각됨)가 많이 나온다는 것, 매우 별난 철자 scilens(silence를 이렇게 쓴 것임)가「토머스 모어 경」의 원고와 카르토 판「헨리 4세」제2부에 동시에 나타난다는 사실 등을 꼽을 수 있다. 마지막 증거는 물론 인쇄공이 셰익스피어의 원고를 가지고 식자를 했고 또 원고의 철자를 충실하게 따랐을 경우에는 증거가 될 수 있는데 두 가지 모두 불확실하고 그럴 가능성도 높지 않다. 이런 증거 외에는 그야말로 육감—그 구절을 셰익스피어가 직접 썼을 것 같다는 느낌— 밖에 내세울 것이 없다.

셰익스피어가 이 희곡 집필에 참여했으리라는 발상이 1871년에 비로소 처음 나왔다는 사실은 분명히 주목할 만한 가치가 있다. 이 구절이 셰익스피어가 쓴 것이라고 선언한 에드워드 몬드 톰슨 경이 현역으로 활동하던 고문서학자가 아니라 대영박물관에서 은퇴한 행정관리였다는 점 또한 주목할 만하다. 톰슨 경은 고문서학 부문의 공식적인 훈련을 받은 사람도 아니었다. 또한 셰익스피어가 살았던 시대의 어떤 것도 그를 이 희곡 집필과 연관시키지는 않는다.

셰익스피어의 학문에 대해서도 갖가지 주장이 많다. 그가 법률가, 의사, 정치가, 또는 그밖의 다른 전문가들에게도 뒤지지 않는 지식을 가지고 있었다고 주장하는 사람들이 많다. 「햄릿」에 나오는 두 행 ("별들이 불이라는 것을 의심하고 / 태양이 움직인다는 것을 의심하라")이 그가 다른 어떤 천문학자보다 훨씬 먼저 천체의 궤도 운행을 유추해냈음을 드러내준다고 주장하는 사람들도 있다.(그들의 주장은 진지해 보인다.) 셰익스피어가 쓴 수많은 구절들을 선택적으로 해석한다면, 그를 재능의 덩어리로 볼 수도 있다. 그러나 좀더 냉정하게 평가한다면 그는 사실 아주 인간적인 사람이다.

그는 프랑스어를 조금 했던 것 같고 분명히 이탈리아어는 상당히 잘 했다.(아니면 상당한 이탈리아어 지식으로 그를 도와준 사람이 있었을 것이다.) 「오셀로」와 「베니스의 상인」은 이탈리아의 원작이 나온 직후에 나왔고 그가 그 작품들을 쓸 당시 원작의 영어 번역본은 나오지 않았다는 것이 그 증거이다. 그가 사용한 어휘로 보아 그는 의학과 법률, 군사업무, 박물학에 대한 관심이 보통 이상이었다.(그는 180종의 식물을 언급하고 200개의 법률용어를 사용했는데 둘 다 상당히 많은 양이다.) 그러나 다른 면에서는 셰익스피어의 지식이 그리 대단하지는 않았다. 그는 지리에 관련된 실수를 자주 범했다. 그의 여러 희곡들의 무대인 이탈리아에 관한 실수가 특히 많았다. 「말괄량이 길들이기」에서 그는 돛 만드는 사람을 베르가모에 배치하는데 베르가모는 이탈리아에서 가장 바다와 멀리 떨어진 내륙 도시이다. 「템페스트」와 「베로나의 두 신사」에서 그는 프로스페로와 발렌타인을 각기 밀라노와 베로나에서 배를 타고 출발하게 하는데, 두 도시는 바다까지 가려면 이틀을 여행해야 하는, 바다에서 꽤 멀리 떨어진 곳에 있다. 그가 베네치아에 운하가 있다는 사실을 알았는지도 분명하지 않다. 그곳을 무대로 한 희곡들에서 그런 암시를 전혀 드러내지 않고 있기 때문이다. 물론 그에게 다른 강점들이 있었겠지만, 세계 여러 나라에 대한 지식이 특별했던 것 같지는 않다.

시대와 그 시대에 걸맞은 풍물을 맞추지 못한 실수도 그의 희곡에서 많이 발견된다. 고대 이집트인들이 당구를 치는가 하면, 최초의 기계적 장치를 갖춘 시계가 그곳에 알려지기 1,400년 전인 카이사르 시대의 로마에 시계를 가져다놓기도 한다. 일부러 그러기도 했고 무식해서 그러기도 했겠지만, 그는 자신의 목적에만 맞으면 사실을 무시하거나 왜곡하는 것도 서슴지 않았다. 예를 들면, 「헨리 6세」 제1부에서 그는 탤벗 경을 사실보다 22년 먼저 파견하는가 하면 자신의 편의에 따라 그를 잔다르크보다 먼저 죽도록 한다. 또 「코리올라누스」에서 그는 라르티우스로 하여금 카토가 태어나기 300년 전에 그에 대한 이야기를 하도록 한다.

셰익스피어의 천재성은 이러한 사실 관계보다는 야망, 음모, 사랑, 고통— 이런 것들은 학교에서 가르쳐주지 않는다 —과 관련된 것이었다. 그는 흡수, 동화하는 지능 같은 것을 가지고 있었다. 잡다한 지식의 파편들을 한데 모으는 능력을 가지고 있었던 것이다. 그의 희곡에는 딱딱한 지적 응용과 관련된 구절은 들어 있지 않다. 모든 단어에 학문이 작은 깃발처럼 매달려 있는 벤 존슨의 희곡과는 생판 다른 점이다. 셰익스피어가 타키투스(55?-120?, 로마의 역사가), 플리니우스(23-79, 로마의 학자), 수에토니우스(2세기 초에 활동한 로마의 전기작가 겸 역사가)에 대해서 알고 있었음을 나타내는 구절을 그의 희곡에서는 좀처럼 찾을 수 없다. 이런 사람들은 존슨에게는 많은 영향을 끼쳤고, 프랜시스 베이컨에게는 제2의 천성이 되었다. 셰익스피어가 그들을 몰랐다는 것은 좋은 일이다. 사실 대단히 좋은 일이다. 왜냐하면 그가 독서를 더 많이 했더라면, 그는 셰익스피어가 아니라 자기 지식을 자랑하는 평범한 작가가 되고 말았을 것이기 때문이다. 존 드라이든이 1668년에 지적한 것처럼, "학문이 부족하다고 그를 비난하는 사람들은 실상은 그를 더욱 칭찬하는 것이다. 그는 지식을 타고난 사람이었다."

셰익스피어의 어휘 수에 대해서 쓴 글들도 상당하다. 사실 셰익스피어가 얼마나 많은 단어를 알고 있었는지 말한다는 것은 불가능하다. 그런 시도 자체가 매우 무의미한 일일 것이다. 마빈 스피백은 그의 방대한 용어 색인—셰익스피어의 관용어구를 다룬 가장 꼼꼼한 책—에서 셰익스피어가 사용한 단어가 2만9,066단어라고 밝히고 있다. 그러나 이 숫자는 어미변화된 형태와 축약된 말까지 한 단어로 계산한, 후하게 늘린 숫자이다. 다양한 형태로 변화된 것들—예를 들면, take, takes, taketh, taking, tak'n, taken, tak'st, tak't, took, tooke, took'st, tookst—을 한 단어로 계산한다면—이것이 정상적인 관행이다—셰익스피어의 어휘 수는 2만 개로 줄어든다. 이것은 엄청나게 많은 어휘는 아니다. 오늘날의 사람들은 평균 5만 단어를 알고 있는 것으로 여겨진다. 요즘 사람들이 특별히 언어적 능력이 발달했거나 표현력이 좋아서가 아니라 셰익스피어 시대에는 그런 물건이 없었기 때문에 그가 알 수 없었던 수많은 평범한 단어들—

텔레비전, 샌드위치, 안전 벨트, 샤르도네(백포도의 일종/역주), 영화 촬영기사 등─을 사용하고 있기 때문이다.

어쨌든, 그리고 분명히, 셰익스피어가 얼마나 많은 단어들을 사용했느냐보다는 그가 그 단어들로 무슨 일을 했느냐가 더 중요하다. 그는 그 누구보다도 더 훌륭한 일을 해냈다. 흔히 말하기를 셰익스피어가 다른 작가들보다 뛰어난 점은 정신적인 것을 조명하는 그의 능력에 있다고들 한다. 그가 그런 일을 훌륭하게 해냈다는 사실은 누구나 알고 있다. 그러나 그의 작품들─시와 희곡 심지어 헌사까지를 망라한─의 진정한 특징은 언어의 힘을 제대로 알고 구사한다는 데에 있다. 「한여름밤의 꿈」은 나온 지 400년이 되었지만, 여전히 매혹적인 작품으로 남아 있다. 이 작품이 인간 행동의 핵심을 꿰뚫고 있다는 데에 이론을 제기하는 사람은 별로 없을 것이다. 이 작품의 특징은 언어적 표현의 유쾌한 가능성을 만끽할 수 있다는 데에 있다.

사실 16세기는 언어의 즐거움을 만끽하기에 가장 좋은 시절이었다. 16세기는 이국적인 요소들이 봄의 미풍처럼 영어 속으로 불어닥친 시기였다. 약 1만2,000개의 단어(엄청난 수이다)가 1500년에서 1650년 사이에 영어 속으로 들어왔다.(그중 절반은 아직도 사용되고 있다.) 그리고 전부터 있던 단어들은 전에는 시도해보지 않았던 방식으로 사용되었다. 명사가 동사와 부사가 되었고, 부사가 형용사가 되었다. 전에는 문법적으로 존재할 수 없었던 표현들("breathing one's last", "backing a horse" 같은)이 갑자기 여기저기서 나타나기 시작했다. 이중부정, 이중최상급─"the most unkindest cut of all"─이 별

저항 없이 사용되어 강조의 정도를 높이는 역할을 했다.

철자 역시 아주 다양했다. "St Paul's" 또는 "St Powles"라고 쓸 수 있었고 아무도 그런 것에 신경을 쓰지 않았다. 그레이스처스 가(街)(Gracechurch Street)를 "Gracious Street"라고 쓰기도 했고, "Grass Street"라고 쓰기도 했다. 스트랫퍼드-어폰-에이번(Stratford-upon-Avon)이 때로는 "Stratford upon Haven"으로 둔갑했다. 사람들은 자신의 이름에도 그다지 신경을 쓰지 않았다. 크리스토퍼 말로(Christopher Marlowe)는 지금까지 남아 있는 한 서명에서 "Cristofer Marley"라고 썼고 케임브리지에는 "Christopher Marlen"으로 등록되었다. 다른 것에는 그가 "Morley" 또는 "Merlin"으로 등록되어 있다. 마찬가지로 흥행주 필립 헨스로우(Philip Henslowe)는 서명할 때 "Henslowe" 또는 "Hensley"라고 쓰기도 했다. 다른 이들은 Hinshley, Hinchlow, Hensclow, Hynchlowes, Inclow, Hinchloe라고 그의 이름을 멋대로 썼다. 이것 외에도 대여섯 가지가 더 있다. 셰익스피어(Shakespeare)의 이름은 "Shappere"에서 "Shaxberd"에 이르기까지 무려 80가지 이상이나 된다.(우리 모두가 사용하고 있는 셰익스피어의 철자가 옥스퍼드 영어사전의 인정을 받지 못한 것이라는 점은 알아 둘 만하다. 옥스퍼드 사전은 "Shakspere"를 선호한다.) 이 시대의 철자가 얼마나 다양했는가를 웅변적으로 말해주는 사실로 1604년에 나온 사전 「어려운 단어들의 알파벳순 나열표(*A Table Alphabeticall of Hard Words*)」의 표지에 "단어들(words)"이 두 가지 철자로 나타나 있다는 것을 꼽을 수 있을 것이다.

발음 역시 오늘날의 발음과는 매우 다른 경우가 많았다. 우리는 세익스피어가 knees, grease, grass, grace를 같은 각운(脚韻)으로 취급했다는 것을 알고 있고, 그가 또한 reason과 raisin, Rome과 room을 같은 발음으로 보고 말장난을 했다는 것도 알고 있다. 「비너스와 아도니스」의 처음 100여 행은 satiety와 variety, fast와 haste, bone과 gone, entreats와 frets, swears와 tears, heat와 get으로 각운을 맞춘 예를 보여준다. 또다른 곳에서는 plague와 wage, grapes와 mishaps, Calais와 challice를 각운으로 맞춘 것도 볼 수 있다.(프랑스의 도시 칼레[Calais]는 Callis 또는 Callice라고 쓰기도 했다.)

단어의 글자(knight와 knee의 k 같은 글자)를 모두 발음할 필요가 있느냐 없느냐는 뜨거운 논쟁의 대상이었다. 세익스피어는 「사랑의 헛수고」에서 이 문제를 희극적으로 다루었다. 이 극에서 따분한 교장 홀로페르네스는 "calf를 cauf로, half를 hauf로, neighbour를 nebour로, neigh를 ne로 발음하는 철자법의 파괴자들"을 공격한다.

세익스피어가 사용했던 언어 중 상당 부분은 이미 없어져서 현대의 우리로서는 알 길이 없다. 런던의 글로브 극장은 2005년에 「트로일루스와 크레시다」를 "근대 초기 영어" 또는 "원래의 발음"으로 공연하는 실험을 했다. 비평가 존 래어는 「뉴요커」에 쓴 글에서 자신은 대사의 30퍼센트를 이해할 수 있었을 뿐이라고 밝혔다. 현대 발음으로 하더라도 그 의미가 제대로 전달되지 않는 경우가 많을 것이다. 오늘날의 관객들 가운데 「헨리 5세」에서 프랑스의 공주 캐서린이 neck을 nick이라고 발음함으로써 매우 외설적인 언사를 쓰게 되었다는 것(세익스피어 시대의 관객들에게는 이것은 아주 재미있는 웃음거리였다)을 알아차리는 사람은 별로 없을 것이다. 그러나 셰익스피어의 언어는 사실 아주 깨끗했다. 너무 얌전을 뺀다고 할 수 있을 정도였다. 벤 존슨은 그의 희곡을 매우 상스러운 욕이나 언사로 오염시킨 반면에, 셰익스피어의 관객들은 비교적 점잖은 욕이나 비어로 만족해야만 했다.(1606년 이후에는 상스러운 대사에 엄청난 벌금을 물렸으므로 외설스런 대사 대부분이 사라졌다.)

여러 면에서 셰익스피어는 아주 현대적인 언어를 사용했다. 그는 구투인 seeth를 절대로 사용하지 않고 더욱 현대적인 sees를 사용했다. 마찬가지로 spake보다 spoke, clave보다 cleft, goeth보다 goes를 선호했다. 이와는 대조적으로 당시 새로 나온 제임스 왕 판 성경은 각각의 예에서 구투의 단어를 택해 사용했다. 하지만 셰익스피어는 평생 you보다는 thou에 집착했다. 16세기 말쯤에는 thou는 조금 이상한 느낌을 주는 시대에 뒤진 단어였는데도 셰익스피어는 이 단어를 고집했다. 반면에 벤 존슨은 이 단어를 거의 사용하지 않았다. 셰익스피어는 또한 지방 사투리를 즐겨 사용했고 사투리 사용을 부끄럽게 생각하지 않았다. 그의 영향으로 영어 속에 확고한 자리를 잡은 사투리 단어들이 많이 있다.(cranny, forefathers, aggravate 등이 그런 예이다.) 그러나 이런 단어들은 처음에는 세련된 사람들의 귀에 거슬리는 것들이었다.

셰익스피어는 2,035개의 단어를 만들어냈고(더 정확하게 표현한다면 이 단어들의 기록된 최초 사용자였고) 흥미로운 점은 그가 작가생활을 시작할 무렵부터 새로운 단어를 만들어내는 일을 즐겼다는 것이다. 그의 초기 작품들인「티투스 안드로니쿠스」와「사랑의 헛수고」에는 새로운 단어가 140개나 나온다.

이런 창조적 충동을 모두가 좋아했던 것은 아니었다. 로버트 그린이 "우리의 깃털로 미화된(beautified by our feathers)"이라고 그를 비아냥거렸을 때, 그린은 "beautified"라는 단어로 셰익스피어의 신조어 사용 습관을 조롱했다. 이런 비난에 움츠러들지 않고 셰익스피어는 작가생활을 계속해나가면서 새로운 단어를 만드는 작업에 더욱 열을 올렸다. 그의 작품활동이 가장 활발하고 창작력이 가장 왕성하던 시기에 쓴 희곡들 ―「맥베스」, 「햄릿」, 「리어 왕」― 에 신조어는 두 줄 반에 하나꼴이라는 놀라운 비율로 나타난다. 그는 「햄릿」 한 작품에서만 모든 다른 증거로 미루어볼 때 관객들이 전에 들어본 적이 없는 약 600개의 단어를 선보였다.

셰익스피어의 작품에서 처음 발견되는 단어들의 예는 abstemious, antipathy, critical, frugal, dwindle, extract, horrid, vast, hereditary, excellent, eventful, barefaced, assassination, lonely, leapfrog, indistinguishable, well-read, zany 등 수없이 많다.('수없이 많다'는 뜻의 countless라는 단어도 셰익스피어가 만들었다.) 이런 단어들이 없었다면 우리의 언어생활이 어떠했겠는가? 데이비드 크리스털의 지적처럼 셰익스피어는 특히 기존의 단어에 un-이라는 접두어를 붙여 신조어를 만드는 데에 능숙했다. unmask, unhand, unlock, untie, unveil 등 이렇게 해서 만든 단어가 314개나 된다. 이런 단어들이 없어서 다른 단어로 그 뜻을 설명하려면 얼마나 장황해질지 생각해보면 셰익스피어가 영어에 얼마나 많은 활기를 불어넣었는지 실감할 수 있을 것이다.

셰익스피어는 새로운 단어와 단어의 새로운 뜻을 너무나 많이 쏟아냈기 때문에 언젠가 오토 예스페르센이 재미있게 말한 것처럼 그 중 상당수는 "셰익스피어 자신도 그 뜻을 분명히 모를 정도"였다. 그 가 만든 신조어 중 일부는 뿌리를 내리지 못했다. undeaf, untent, unhappy(동사), exsufflicate, bepray, insultment 등이 거의 들리지 않 게 된 단어들이다. 그러나 놀라울 정도로 많은 단어들이 일반적으로 널리 쓰였고, 그중 약 800개는 아직도 사용되고 있다. 이것은 매우 높은 생존율이다. 크리스털의 말처럼 "대다수의 현대 작가들은 미래 의 언어에 단 한 개의 어휘만 기여해도 기쁘게 생각할 것이다."

셰익스피어의 진짜 재능은 어구를 만드는 데에 있었다. "셰익스피 어의 언어는 듣는 사람들의 기억 속에 오래 남는 묘한 특질을 가지 고 있다. 그가 만든 많은 구절들이 일반적인 언어 속으로 들어가 정 착된 원인이 여기에 있다." 스탠리 웰스의 말이다. 그가 만들어낸 어 구는 너무나 많아서 「햄릿」에는 하나의 문장에 그런 어구가 둘이나 나오기도 한다.

「옥스퍼드 인용사전(*Oxford Dictionary of Quotations*)」에 따르면, 영어가 생긴 이후로 글이나 말로 가장 많이 인용된 구절들의 약 10 분의 1이 셰익스피어가 만들어낸 것이라고 한다. 놀라운 일이 아닐 수 없다.

그러나 당시 영어는 여전히 그다지 존경받는 언어가 아니었다. 공 식적인 문서와 진지한 문학 및 학술 서적은 여전히 라틴어로 기록되 었다. 토머스 모어의 「유토피아(*Utopia*)」, 프랜시스 베이컨의 「노붐 오르가눔(*Novum Organum*)」, 아이작 뉴턴의 「자연철학의 수학적 원 리(*Philosophiae Naturalis Principia Mathematica*)」는 모두 라틴어로 쓴 책들이었다. 1605년 옥스퍼드의 보들리 도서관은 약 6,000권의 책을 소장하고 있었는데, 이 책들 가운데 영어로 쓴 책은 36권에 불과했다. 라틴어에 대한 집착은 1568년 토머스 스미스라는 사람이 최초로 영어 교과서를 쓰면서 그 교과서를 라틴어로 쓸 정도로 심했다.

셰익스피어와 그의 동료들의 적지 않은 기여 덕분에, 영어가 그것을 만들어낸 나라에서 마침내 주도적인 자리에 오르기 시작했다. 스탠리 웰스는 이렇게 말한다. "윌리엄 셰익스피어의 출생기록은 라틴어로 되어 있는데 그의 사망기록은 '윌리엄 셰익스피어, 신사'라고 영어로 되어 있다는 것은 시사하는 바가 크다."

6

‖ ‖ ‖

명성의 시대, 1596-1603

엘리자베스 여왕 치세의 말년이 모든 면에서 황금시대였던 것은 아
니다. 역사가 조이스 유잉스는 엘리자베스 여왕의 치세가 황금시대
였다는 믿음은 "영어를 사용하는 민족들의 민간전승"에 기인한다고
주장하면서 "1590년대에 영국에 살면서 가난과 실업, 상업적 불황에
시달리던 사람들 가운데 그들의 시대가 전 시대보다 더 좋은 시대이
며, 인간의 창의성이 훌륭하고 정의로운 사회를 회복시켰다고 말할
사람은 별로 없었을 것"이라고 덧붙였다.

많은 가정이 역병으로 가장과 수입원을 잃었고, 전쟁과 외국 원정
이 낳은 절름발이 등 가난한 불구자들이 눈에 자주 띄었다. 이들은
거의 전부 은급(恩級)을 받지 못했다. 약자들에 대한 배려가 많지 않
던 시대였다. 토머스 그레셤 경은 런던에서 큰돈을 벌어들이던 바로
그때, 더럼 카운티의 자신의 시골 영지에서 거의 모든 소작인들을
철저하게 쫓아내고 있었다. 쫓겨나는 소작인들은 굶어죽을시노 노

르는 절박한 상황이었다. 그는 토지를 농경지에서 방목용 초지로 바꾸기 위해서 이런 모진 행동을 했다. 그렇게 하면 투자금액에 대한 이윤이 조금 많아지기 때문이었다. 이런 수단을 이용해서 그는 영국에서 가장 부유한 평민이 되었다.

자연 또한 친절하지 않았다. 흉작으로 물가가 치솟았다. 런던에서 식량 폭동이 터졌고 질서를 회복하기 위해서 군대를 동원해야 했다. "튜더 왕조 치하의 영국에서는 아마 최초로 일정 지역에 살던 수많은 사람들이 아사했을 것"이라고 유잉스는 쓰고 있다. 영양실조는 만성 질환이 되었다. 1597년경 평균임금은 실질가치로 따질 때 1세기 전의 3분의 1도 채 되지 않았다. 가난한 사람들의 주식품 — 콩, 완두콩, 각종 곡물 — 대부분의 값이 4년 전의 네 배로 올라 있었다. 빵 한 덩어리의 값은 여전히 1페니였지만, 전에는 1페니로 1.6킬로그램이 넘는 빵 덩어리를 살 수 있었던 반면, 1597년경의 빵 덩어리는 대개 230그램으로 줄어들었고 그나마 렌즈콩, 으깬 도토리 그리고 그밖의 쉽게 구할 수 있는 저질식품으로 채워져 있기 일쑤였다. 스티븐 인우드에 따르면, 노동자들에게 이 해는 어느 시기 중의 최악의 해가 아니라 역사상 최악의 해였다.

일을 해서 돈을 버는 사람들이 극장에 갈 여유가 있었다는 사실이 놀랍다. 그러나 당시의 모든 관련 기록들은 이 불황기 동안에도 극장이 노동계급 사이에서 매우 인기가 높았음을 분명히 밝히고 있다. 일을 하고 있던 사람들이 어떻게 그런 여유를 가질 수 있었는지는 미스터리이다. 왜냐하면 16세기 런던의 노동자들은 그야말로 많은 시간 일을 했기 때문이다. 그들은 겨울에는 오전 6시부터 오후 6시까지, 여름에는 오전 6시부터 오후 8시까지 일을 했다. 연극은 평일 대낮에 공연되었으므로 일하는 사람들이 직장을 빼먹고 극장에 오기는 쉽지 않았을 것으로 보인다. 어쨌든 그들은 연극을 보러 다녔다.

셰익스피어는 이 시기의 어려움을 개인적으로 체험했다. 1596년 8월, 열한 살이던 아들 햄닛이 스트랫퍼드에서 알려지지 않은 이유로 죽었다. 우리는 셰익스피어가 이 아픔을 어떻게 견뎌냈는지 알지 못한다. 그러나 그의 희곡 속에서 인간 셰익스피어의 편린을 잠깐 어렴풋이 훔쳐볼 수 있는 순간이 있다면, 아마도 그해에 쓰인 것으로 보이는 「존 왕」의 다음 구절일 것이다.

> 아이를 잃어버린 슬픔이 방 안을 채우고
> 그 아이의 침대에 누워 있는가 하면 나와 함께 서성거리기도 한다.
> 그 슬픔이 그 아이의 예쁜 표정을 짓기도 하고 그 아이의 말을 되뇌
> 기도 하고
> 그 아이의 아름다운 기억들을 내게 생각나게 하는가 하면
> 그 아이의 빈 옷을 그 아이의 모습으로 채우기도 한다.

그러나 에드먼드 체임버스 경이 오래 전에 지적한 것처럼, "아이를 잃은 후 3-4년 동안에 셰익스피어가 그의 가장 유쾌한 작품을 써냈다는 것, 그가 이 시기에 폴스타프, 핼 왕자, 헨리 5세 왕, 비어트리스, 베네딕, 로잘린드, 올란도를 창조했고 또 뒤이어 비올라, 토비벨치 경, 벨치 부인 같은 주인공들을 창조했다"는 것 또한 사실이다. 언뜻 보면 이것은 이해할 수 없는 모순처럼 보인다.

셰익스피어의 기분이 어떠했든 간에, 그에게 이 시기는 명성이 높아지고 직업적인 행운이 잇따르던 시기였다. 1598년경 그의 이름이 카르토 판 그의 희곡의 표지에 나타나기 시작했는데, 이것은 그의 작품이 상업적으로 성공을 거두고 있다는 분명한 표시였다. 이 해는 또한 프랜시스 메레스가 「팔라디스 타미아」에서 셰익스피어를 찬양하는 투로 평한 해이기도 하다. 1599년에 「열정적인 순례자(*The Passionate Pilgrim*)」라는 제목의 시집이 출판되었는데 이 시집 표지에 셰익스피어의 이름이 실렸다. 사실 그는 이 시집에 2편의 소네트와 「사랑의 헛수고」에 들어 있는 시적인 구절 3개를 기고했을 뿐이다.(아마도 간청에 못 이겨 기고했을 것이다.) 그 얼마 후에(날짜는 분명하지 않다) 「파르나소스에서 돌아오다 ─ 제1부(*The Return from Parnassus: Part I*)」라는 희곡이 케임브리지 대학생들에 의해서 공연되었는데, 그 희곡 안에는 다음과 같은 구절이 들어 있었다. "오, 존경스러운 셰익스피어 씨! 나는 그의 초상화를 뜰에 있는 내 서재에 걸어놓겠다." 이것은 당시 셰익스피어가 문학적 우상 같은 존재였음을 드러내준다.

런던에서 셰익스피어가 연극이 아닌 다른 일로 처음 언급된 것 또한 이 무렵이다. 그런데 이 일은 아주 당황스럽다. 1596년 그와 다른 세 사람 ─ 프랜시스 랭글리, 도로시 소어, 앤 리 ─ 이 법정으로부터 소란을 피우지 말라는 명령을 받았다. 이것은 윌리엄 웨이트라는 사람이 그들로부터 "생명의 위협"을 받고 있다고 그들을 고발한 후에 일어난 일이었다. 랭글리는 백조 극장의 소유주였다. 그러니까 그는 셰익스피어와 같은 업종에 종사하는 사람이었다. 그러나 우리가 알기로는 두 사람은 함께 일한 적이 없다. 여기에 이름이 언급된 두 여자에 대해서는 알려진 것이 전혀 없다. 학자들이 많은 조사를 했지만, 그들의 신원은 밝혀지지 않았고 그럴듯한 짐작조차 나오지 않았다. 이 사람들 사이에 어떤 충돌이 있었는지, 그리고 이 사건에서 셰익스피어의 역할이 무엇이었는지 역시 마찬가지로 불확실하다.

웨이트는 호감형이 아닌 인물로 알려져 있다. 그는 다른 사건에서 "생각이 없고 행실이 단정하지 못한 너절한 인간"으로 묘사되었다. 하지만 그의 불평이 정확히 무엇이었는지는 말할 수 없다. 이들의 한 가지 공통점은 그들이 같은 동네에서 살았다는 점이다. 따라서 쇼엔바움이 제시한 것처럼 셰익스피어는 다른 두 사람의 싸움에 무고한 증인으로 끌려나왔을 뿐이었는지도 모른다. 어쨌든 이것은 우리가 셰익스피어의 일생의 세부사항에 대해서 얼마나 아는 것이 없는지를 보여주는 좋은 사례이다. 우리가 조금밖에 모른다는 사실은 셰익스피어의 일생을 밝히는 데에 도움이 되기는커녕 그의 일생을 더욱 미스터리에 빠지게 하는 데에 일조하는 듯하다.

이와는 별도인 또 하나의 의문은 셰익스피어가 이 시기에 뱅크사이드로 이사를 했느냐 하는 것이다. 뱅크사이드는 특별히 좋은 동네도 아니었고 당시 그는 뱅크사이드와 정확하게 반대편에 있는 시어터와 아직 관련을 맺고 있었다. 두 구역 사이를 왔다 갔다 하는 것은 매우 힘든 일이었을 것이다.(날이 어두워지면 도시의 성문이 잠겨 길이 막힐 위험도 있었다.) 게다가 셰익스피어는 이 무렵 매우 분주했다. 희곡을 쓰고 다시 고치고, 대사를 외우고, 연습하는 곳에 가서 충고를 하고, 연기를 하고 또 극단의 사업적인 면에도 적극적인 관심을 보이는 외에도 그는 사적인 업무 —소송, 부동산 구입 그리고 집에서 직장까지 오가는 일 등— 에도 많은 시간을 할애해야 했다.

햄닛이 죽고 9개월이 지난 1597년 5월, 셰익스피어는 크지만 약간 낡은 집 한 채를 구입했다. 스트랫퍼드의 채펄 가(街)와 채펄 거리 모퉁이에 자리잡은 집이었다. 뉴플레이스(New Place)라고 불리게 된 이 집은 마을에서 두 번째로 큰 주거용 건물이었다. 목재와 벽돌로 지은 이 집은 벽난로가 10개, 멋진 박공이 5개, 두 채의 창고와 과수원을 수용할 만큼 넓은 대지가 있었다. 셰익스피어 시대에 이 집의 모양이 어떠했는지는 잘 알 수 없다. 우리가 짐작할 수 있는 이 집의 모양은 150년쯤 후에 조지 버투라는 사람이 기억을 더듬어서 그린 스케치 한 장에 근거한 것이기 때문이다. 그러나 셰익스피어가 살던 당시에도 이 집의 구조가 웅장했던 것만은 분명하다. 집이 약간 낡아서, 셰익스피어는 60파운드라는 매우 싼 값에 그 집을 살 수 있었다. 그러나 쇼엔바움은 이런 숫자는 흔히 세금을 줄이기 위한 거짓에 불과하고 밝혀지지 않은 액수의 돈이 추가로 건네졌을 것이라고 주의를 환기시킨다.

10년 남짓 지나는 동안에 윌리엄 셰익스피어는 자산가가 된 것이 분명하다. 그는 집안의 문장(紋章)을 만들어(자기 아버지의 이름으로 만들었지만 비용의 상당 부분을 그가 부담했다) 아버지와 아들 그리고 그들의 모든 상속자들이 신사(젠틀맨) 행세를 할 수 있게 함으로써 자신이 획득한 사회적 지위를 분명히 드러냈다.(하지만 햄닛의 죽음으로 그의 남성 상속자는 없어졌다.) 문장을 만드는 것이 우리가 보기에는 다소 경박하고 야심만만한 벼락출세자의 행동처럼 보일 수도 있지만, 사실 그것은 연극계 인사들의 공통된 욕망이었다. 존 헤밍, 리처드 버비지, 어거스틴 필립스, 토머스 포프 등이 모두 문장을 가지려고 했고, 결국에는 문장과 문장에 수반되는 존경받는 신분을 획득했다. 우리는 이들이 존경을 받는다는 것이 중요한 의미가 있던 시대에 별로 존경을 받지 못하는 직업에 종사하고 있었다는 사실을 기억해야 할 것이다.

존 셰익스피어는 신사의 특권을 오래 누리지 못했다. 그는 1601년에 일흔의 나이로 죽었는데 죽기 전 25년 동안, 그러니까 그의 생애의 3분의 1이 넘는 기간 동안 재정적으로 궁핍한 상태였다.

이 무렵에 윌리엄 셰익스피어가 어느 정도로 부유했는지는 정확하게 말할 수 없다. 그의 소득 중 대부분은 극단 소유권 지분에서 나왔다. 희곡을 써서 버는 돈은 비교적 얼마 되지 않았다. 셰익스피어 시대에 완성된 대본의 시세는 편당 6파운드 정도였고, 일류작품은 아마 10파운드까지 값이 올라갔을 것이다. 벤 존슨이 생전에 그의 희곡으로 벌어들인 돈은 200파운드가 채 되지 않았다. 셰익스피어도 그보다 훨씬 더 많이 벌지는 못했을 것이다.

정보에 정통한 추측들에 따르면, 셰익스피어의 전성기 소득은 연 200파운드 이상이었을 것으로 짐작되며 어쩌면 700파운드까지 되었을지도 모른다. 모든 것을 고려해서 쇼엔바움은 더 적은 쪽 액수가 정확할 것으로 보고 있다. 그러나 그는 늘 이 정도의 수입을 올리지는 못했을 것이다. 역병이 돌아 극장이 폐쇄되었을 때에는 극장에서 벌어들이는 수입 또한 크게 줄어들었을 것이다.

하여튼 셰익스피어가 30대 초반에 존경을 받을 만한 부유한 시민이 되었다는 사실에는 의심할 여지가 없다. 하지만 연간 200 내지 700파운드라는 그의 소득을 조신이었던 제임스 헤이가 단 한 번의 연회에 소비했던 3,300파운드, 서퍽 백작이 고향 에식스에 그의 시골 집을 짓는 데에 썼던 19만 파운드, 프랜시스 드레이크 경이 1580년에 단 한 번의 운 좋은 해상 모험의 결과로 집에 가져온 전리품 60만 파운드와 비교해보면, 셰익스피어의 재산이 어느 정도였는지 어렴풋이나마 짐작할 수 있다. 셰익스피어는 넉넉하게 살았지만, 결코 대재산가는 아니었다. 그리고 비교적 부유해진 후에도 그는 돈에 인색했던 것 같다. 스트랫퍼드의 대저택을 산 바로 그해에 그는 런던에서 5실링의 세금을 제때에 내지 않는 죄를 범했고, 이듬해에도 세금을 제때에 내지 않았다.

이 무렵에 그가 얼마나 많은 시간을 스트랫퍼드에서 보냈는지 말하기는 불가능하지만, 그가 투자가로서 그리고 가끔 소송에 등장하는 사람으로서 그곳에서 다소 두각을 나타낸 것만은 분명하다. 그리고 이웃 사람들에게 그가 재산가로 알려져 있었던 것 또한 분명한 듯하다. 1598년 10월, 스트랫퍼드의 리처드 퀴니(그의 아들이 뒤에 셰익스피어의 두 딸 중 한 명과 결혼하게 된다)는 셰익스피어에게 30파운드의 돈을 꾸어달라는 편지를 썼다. 이것은 오늘날의 돈으로는 1만5,000파운드에 해당되는 결코 적지 않은 액수였다. 그런데 퀴니는 생각을 바꾸었는지 혹은 하려던 일을 잊었는지 편지를 영영 부치지 않은 것으로 보인다. 이 편지는 그가 죽었을 때 그의 서류들 가운데에서 발견되었다.

조금 이상하지만, 셰익스피어가 그와 어울리지 않게 자신의 부를 과시하던 이 시기는 극단 '체임벌린 경의 사람들'의 재정상태가 불안정했던 것으로 보이는 시기와 일치한다. 1597년 1월, 극단의 지도자요 가장 연장자인 제임스 버비지가 예순일곱의 나이로 죽었다. 거의 같은 시기에 극단의 시어터 임대계약 기간이 만료되었다. 얼마 전 버비지는 많은 돈―최소한 1,000파운드― 을 시내에 있는 낡은 블랙프라이어스 수도원을 구입해서 수리하는 데에 투자했었다. 그는 그 수도원을 극장으로 개조할 생각이었지만, 불행하게도 이웃 주민들의 반대로 그의 계획은 실현되지 못했다.

제임스 버비지의 아들 커스버트가 시어터의 임대계약을 갱신하기 위한 협상을 벌였다. 통상적으로 이것은 손쉬운 과정이었는데 이상하게도 극장 주인은 까다롭게 굴며 계약을 회피했다. 아마도 주인은 극장 터와 그 건물에 대한 다른 계획을 가지고 있었던 것 같다. 1년간의 협상이 아무런 성과도 거두지 못하자, 극단 단원들은 행동에 나서기로 했다.

1598년 12월 28일 밤, '체임벌린 경의 사람들'은 10여 명의 인부들의 도움을 받으며 비밀리에 시어터를 철거하기 시작했다. 그들은 철거한 자재를 얼어붙은 템스 강 건너로 운반해서 전해지는 이야기에 따르면 하룻밤 사이에 재건축했다. 실상은(놀라운 일도 아니지만) 극장을 재건축하는 데에 하룻밤보다는 상당히 더 긴 시간이 필요했을 것이다. 그러나 정확히 얼마간의 시간이 걸렸는지는 계속되는 논쟁의 대상이다. 경쟁업체인 포춘 극장의 건설 계약서가 건축 기간을 6개월로 잡은 것을 보면 이 새 극장은 아무리 일러도 여름까지는 순비가 되지 못했을 것으로 보인다.(여름의 시작은 런던의 연극 시즌이 끝나는 시점이었다.)

새 글로브 극장(새로 지은 극장의 명칭이다)은 강에서 30미터가량 떨어져 있었고 런던 브리지와 웨스트민스터 주교관보다 약간 서쪽에 있었다.(1997년에 세워진 복원된 글로브 극장은 방문객들의 짐작과는 달리 원래의 터가 아니라 그 근처에 있을 뿐이다.) 사우스워크는 흔히 매음굴이 많고 노상강도가 횡행하며 그밖의 도시의 끔찍한 사고들이 빈발하는 장소로 묘사되어 있다. 그러나 비세르와 홀라의 그림을 보면 이 지역의 대부분에는 나무가 우거져 있고, 글로브 극장은 평화롭고 유쾌한 들판의 가장자리에 자리잡고 있어서 그 담 바로 옆에서는 풀을 뜯고 있는 소들도 볼 수 있다.

셰익스피어가 속했던 극단의 단원들이 극장의 공동소유주가 되었다. 극장이 들어선 땅은 1599년 2월 커스버트 버비지와 그의 동생 리처드 그리고 극단 단원 5명 —셰익스피어, 헤밍, 어거스틴 필립스, 토머스 포프, 윌 켐프— 에게 31년간 임대되었다. 셰익스피어의 지분은 다른 투자자들이 지분을 사들이거나 팔아버림에 따라 전체의 14분의 1에서 10분의 1까지 그때그때 달랐다.

글로브 극장은 가끔 "배우들이 배우들을 위해서 지은 극장"이라고 일컬어지며, 그 말에는 상당한 진실이 내포되어 있다. 「헨리 5세」에 이 극장이 "목재로 만든 O자형"이라고 언급된 것은 널리 알려진 사실이고 당시의 다른 서술들도 이 극장이 둥글다고 묘사하고 있지만, 극장이 글자 그대로 원형이었을 것 같지는 않다. 극장사가인 앤드루 거는 "튜더 시대의 목수들은 오크 목재를 구부리지 않았다"고 말했다. 원형 건물을 지으려면 구부린 목재가 필요했을 것이다. 이 극장은 원형이 아니라 다각형 모양이었을 것이다.

글로브 극장은 오로지 연극 공연만을 하도록 설계되었고 닭싸움이라든가 곰 놀리기 같은 당시 유행하던 다른 공연으로 수입을 올리지 않았다는 점에서 특이했다. 글에서 이 극장이 처음으로 언급된 것은 1599년 초가을이었다. 토마스 플라터라는 젊은 스위스 여행가가 자신이 본 것을 꽤 자세하게 기록으로 남겼는데, 그의 글에는 9월 21일 글로브 극장에서 있었던 「줄리어스 시저」 공연에 대한 설명이 들어 있었다. 그는 이 연극이 약 15명의 배우들에 의해서 "매우 유쾌하게 공연되었다"고 썼다.(우리가 엘리자베스 시대의 런던의 연극 공연에 대해서 알고 있는 것의 상당 부분은 플라터와 그의 일기 덕분이다. 한층 더 아이러니한 것은 그가 영어를 거의 하지 못했고, 따라서 자신이 보고 있는 것의 대부분을 이해할 수 없었으리라는 점이다.)

새 극장은 곧 그 주요 경쟁자인 로즈 극장을 능가하게 되었다. 로즈 극장은 에드워드 알레인과 '제독의 사람들'이 본거지로 삼은 극장이었다. 로즈 극장은 이웃에 있는 길을 따라 조금 걸어내려간 곳에 자리잡고 있었고 지은 지 7년밖에 되지 않았지만, 습지에 자리잡은 탓에 항상 습기가 많았고 불편했다. 글로브 극장과 경쟁이 불가능해지자, 알레인의 극단은 강 건너의 골든 거리로 자리를 옮겨 포춘 극장을 지었다. 이 극장은 글로브 극장보다 더 컸고, 당시 런던에 있던 극장들 중에서 건설에 관련된 세부사항이 지금까지 전해지고 있는 유일한 극장이다. 따라서 우리가 글로브 극장에 관해서 가지고 있는 "지식"의 대부분은 실상 포춘 극장에 관해서 알고 있는 것을 근거로 추정한 것이다. 이 극장은 1621년 단 2시간 만에 전소되어 '제독의 사람들'을 "회복할 수 없는 곤경"에 빠뜨렸다.

글로브 극장 역시 그리 오래가지 못했다. 이 극장도 1613년 화재로 소실되었다. 무대에서 쏜 대포의 불똥이 풀로 덮은 지붕에 튀어불이 났다. 그러나 그때까지의 10여 년은 황금시대였다. 10여 년이라는 짧은 기간 동안에 그런 영광을 누린 극장 — 아니 인간의 기업 — 은 글로브 극장 외에는 다시없을 것이다. 셰익스피어가 영국 문학사에 길이 남을 명작들을 쏟아낸 것도 바로 이 시기였다. 「줄리어스 시저」, 「햄릿」, 「십이야」, 「자에는 자로」, 「오셀로」, 「리어 왕」, 「맥베스」, 「안토니와 클레오파트라」 등 위대한 희곡들이 그의 펜 끝에서 하나씩 하나씩 탄생했다.

우리는 지금도 이들 작품에서 커다란 감동을 맛본다. 그러나 이 작품들이 갓 나왔을 때, 그러니까 작품의 배경이나 참고사항들이 시의적절하고 거기에 쓰인 단어들을 처음으로 듣게 되었을 때 관객들이 느꼈을 감동은 어떠했을까? 그 결말이 어떻게 될지 모르는 채 「맥베스」를 지켜보는 기분이 어떠했을까? 숨을 죽인 채 햄릿의 그 유명한 독백에 귀를 기울이고 있는 관객의 일부가 되어 있는 기분은 또 어떠했을까? 셰익스피어가 자신이 쓴 대사를 직접 연기하는 것을 듣는 감동 또한 크지 않았을까? 역사상 이렇게 사람들이 찾고 싶어한 장소는 많지 않았을 것이다.

셰익스피어는 또한 이 시기에 제목이 붙지 않은 우화적인 시를 내놓았다.(물론 그 전에 미리 쓴 시일 수도 있다.) 「불사조와 거북」이라는 이름으로 알려진 이 시는 1601년 출간된 「사랑의 순교자 : 또는 로잘린드의 불평(*Love's Martyr: or Rasalind's Complaint*)」이라는 제목의 시집에 실렸다. 이 시집은 로버트 체스터에 의해서 편찬되었고 체스터의 후원자들인 존 경과 솔즈베리 부인에게 헌정되었다. 셰익스피어가 체스터 또는 솔즈베리 부부와 어떤 관계였는지는 알려져 있지 않다. 67행 길이의 이 시는 어렵고 셰익스피어의 전기들에서 큰 주목을 끌지는 못하고 있다.(그린블랫의 「세계를 향한 의지[*Will in the World*]」와 쇼엔바움의 「간결한 다큐멘터리 일생[*Compact Documentary Life*]」은 다소 놀랍게도 이 시를 전혀 언급하지 않았다.) 그러나 프랭크 커모드는 "유례를 찾아볼 수 없는 뛰어난 작품" 이라고 이 시를 높이 평가하면서 시의 특이한 언어와 풍부한 상징을 찬양한다.

그러나―셰익스피어에 관련된 일에는 언제나 "그러나"가 따라다닌다―셰익스피어는 이 시기에 몇몇 그의 가장 위대한 작품들을 미친 듯이 쏟아내고 있었고, 또 성공의 절정을 만끽하고 있었음에도 불구하고 그의 사생활의 모든 행적은 그가 스트랫퍼드로 가서 살고 싶어한다는 점을 분명히 드러내는 것처럼 보인다. 우선 그는 대저택 뉴플레이스를 구입했고―전에 집을 가져본 적이 없는 사람으로서는 놀라울 정도로 과감한 투자였다―이어 뉴플레이스 길 건너편에 있는 대지와 오두막을 사들였다.(아마 하인의 주거로 쓰기 위해서였을 것이다. 세를 주기 위한 투자로는 오두막이 너무 작다.) 다음에는 스트랫퍼드 북쪽의 농지 107에이커를 320파운드를 주고 임대했다. 그리고 1605년 여름에는 440파운드라는 거액을 들여 이웃 3개 마을의 "옥수수, 곡물, 짚과 건초"의 10분의 1세 지분 50퍼센트를 사들였다. 이 지분으로 그는 연 60파운드의 수입을 기대할 수 있게 되었다.

이렇게 재산을 취득해가던 1601년 초겨울, 셰익스피어와 그의 동료들은 어처구니없는 경험을 하게 되었다. 그들이 여왕을 전복시키려는 기도에 가담했다는 혐의를 받게 된 것이다. 그들은 주모자 급으로 지목되지는 않았지만, 그래도 위험한 죄목에 연루되었다. 이런 무모한 일을 획책한 사람은 에식스의 2대 백작 로버트 데버루였다.

　에식스 백작은 장기간 엘리자베스 여왕의 총신이었고 여왕의 치세 대부분의 기간 동안 여왕의 실질적인 배우자였던 레스터 백작의 의붓아들이었다. 그는 비록 엘리자베스 여왕보다 30년 연하였지만, 세월이 흐르면서 역시 여왕의 총신이 되었다. 그러나 그는 방자하고 무모했으며 나이가 젊은 탓으로 어리석게도 여왕에게 순종하지 않았다. 가끔 그는 여왕의 인내심을 시험했다. 1599년 아일랜드 총독이었던 에식스 백작이 아일랜드 반군과 제멋대로 휴전협정을 맺고 왕의 명령을 어기고 영국으로 돌아오자, 여왕의 분노가 폭발하고 말았다. 화가 치밀 대로 치민 여왕은 에식스 백작을 엄격한 가택연금에 처했다. 그는 자신의 아내와도 접촉할 수 없었고 심지어 정원을 산책할 수도 없었다. 설상가상으로 그는 그의 수입원이었던, 수입이 짭짤한 직책들도 박탈당했다. 연금은 이듬해 여름에 해제되었지만, 이때는 이미 그의 자존심과 수입은 엄청난 피해를 입은 후였다. 그는 충실한 소수의 추종자들과 함께 대중봉기를 부추겨서 여왕을 퇴위시키려는 음모를 꾸미기 시작했다. 이 충실한 추종자들 가운데 사우샘프턴 백작이 끼어 있었다.

1601년 2월의 바로 이 시점에 에식스 백작의 추종자들 가운데 한 사람인 젤리 메이릭 경이 '체임벌린 경의 사람들'에게 접근해서 2파운드의 특별 공연료를 줄 테니 「리처드 2세」의 공연을 해달라고 요구했다. 메이릭이 특별히 지시한 바에 따르면, 이 희곡은 글로브 극장에서 일반 관객들을 대상으로 공연되지만, 왕이 퇴위되어 살해되는 장면을 연극에 삽입하도록 되어 있었다. 이것은 고의적으로 당국을 자극하는 행동이었다. 그 장면은 당시에 이미 정치적으로 매우 민감한 내용이었기 때문에 어떤 인쇄업자도 그 부분을 감히 출간하려고 하지 않을 정도였다.

엘리자베스 시대의 관객들에게 사극은 오래 전에 일어난 자신들과는 정서적으로 무관한 사건의 서술이 아니라 현재의 상황을 반영하는 거울과 같은 것으로 인식했다는 점에 유의할 필요가 있다. 따라서 「리처드 2세」를 무대에 올린다는 것은 의도적인 정치적 선동으로 보일 수밖에 없었다. 그보다 얼마 전에 존 헤이워드라는 젊은 작가가 「헨리 4세의 일생과 치세 제1부(The First Part of the Life and Reign of King Henry IV)」에서 리처드 2세의 양위에 대해서 동정적인 글을 썼다가 런던 타워에 갇히는 신세가 된 적이 있었다. 이 저자는 책을 에식스 백작에게 헌정하는 실수를 저질러 사태를 더욱 악화시켰다. 그는 여왕의 심기를 불편하게 해서는 안 될 시기에 큰 실수를 저질렀던 것이다.

그러나 '체임벌린 경의 사람들'은 2월 7일 주문받은 대로 성실하세 연극을 공연했다. 이튿날 에식스 백작은 300명의 병력을 이끌고 스트랜드에 있던 그의 집을 떠나 런던으로 향했다. 그의 계획은 넌저 런던 타워를 장악하고 다음에 화이트홀(관청들이 소재한 지역/역주)을 점령한 후, 여왕을 체포한다는 것이었다. 무모하기 짝이 없는 계획이었다. 그는 여왕 대신 스코틀랜드의 제임스 6세를 왕으로 추대할 생각이었던 듯하다. 그는 아마 런던을 향해 진군하는 동안 많은 지지자들이 합세할 것으로 기대했을 것이다. 실상은 아무도 그에게 동조하지 않았다. 단 한 사람도 그의 진군에 합세하지 않았다. 그의 부하들은 괴기스럽게 조용한 거리를 행군하면서 합세하라고 외쳐댔지만 시민들은 뚱한 표정으로 그들을 지켜볼 뿐이었다. 그들을 지원하는 군중이 없이는 그들은 승리할 희망이 없었다. 다음에는 어떻게 해야 할지 뚜렷한 계획이 없던 에식스 백작은 행군을 멈추고 점심 식사를 한 후 얼마 남지 않은 군대를 데리고 스트랜드를 향해 발길을 돌렸다.(병사들은 빠른 속도로 대열에서 이탈해 도망쳤다.) 러드게이트에서 그들은 한 무리의 놀란 병사들과 마주쳤다. 혼란 중에 그 병사들은 무기를 꺼내들고 몇 발의 탄환을 발사했다. 그중 한 발이 에식스 백작의 모자를 뚫고 지나갔다.

그의 혁명이 소극(笑劇)으로 변해가는 가운데, 에식스 백작은 자신의 집으로 도망쳐 들어갔고 집 안에서 음모와 관련된 서류를 없애버렸다. 사실 별 의미 없는 행동이었다. 잠시 후 일단의 병사들이 들이닥쳐서 그와 그의 지지자들 가운데 우두머리격인 사우샘프턴 백작을 체포했다.

그후 이어진 조사에서 어거스틴 필립스가 '체임벌린 경의 사람들'을 대변했다. 우리는 그가 극단의 신망 있는 단원이었다는 사실 외에는 아는 것이 별로 없다. 하지만 그가 해명을 매우 잘했던 듯하다.

극단은 순진하게 속았을 뿐이며, 강요에 못 이겨 공연을 했다고 진술했다. 하여간 극단은 어떤 죄도 짓지 않았다는 판결을 받았다. 실제로 극단은 여왕이 에식스 백작의 사형집행 명령서에 서명한 1601년 참회 화요일에 화이트홀에 와서 여왕 앞에서 다른 연극을 공연하도록 소환되었다. 에식스 백작은 그 이튿날 사형되었다. 메이릭과 다른 5명의 추종자들도 목이 잘렸다. 사우샘프턴 백작 역시 비슷한 운명에 처했지만, 그는 그의 어머니의 영향력 있는 탄원 덕에 형 집행을 면했다. 그는 2년 동안 런던 타워에 갇혀 지냈지만, 그 안에서 1주일에 9파운드의 집세를 내면서 널찍한 아파트에서 편안하게 지냈다.

에식스 백작이 인내심을 조금만 타고났더라면, 목이 잘리지도 않고 그 많은 고난을 당하지도 않았을 것이다. 소극으로 끝난 그의 반란이 있고 2년 남짓 지나 여왕도 세상을 떠났다. 여왕이 죽자 에식스 백작이 왕좌에 앉히려고 목숨을 바친 그 사람이 바로 여왕의 자리를 계승했다.

7

‖ ‖ ‖

제임스 왕의 치세, 1603-1616

프랑스의 사절 앙드레 위로가 남긴 글이 전적으로 믿을 만한 것이라고 하면, 1603년 겨울쯤에는 엘리자베스 여왕의 외모가 보기에 이상할 정도로 변해 있었다. 얼굴에는 늘 두껍게 하얀 화장을 했고 치아는 검게 변했거나 아예 없거나 했으며, 옷을 제대로 여미거나 매지못해 옷깃이 늘 열려 있었다. 위로는 다소 놀랍다는 투로 "여왕의 젖가슴이 훤히 들여다보였다"고 썼다.

12일절 전야제(1월 5일) 직후에 왕과 조신들은 리치먼드의 궁전으로 갔고, 2월 초에 '체임벌린 경의 사람들'(아마 셰익스피어도 끼어 있었을 것이다)은 마지막으로 여왕 앞에서 공연을 가졌다.(그들이 공연한 연극이 무엇이었는지는 알려져 있지 않다.) 그 직후에 여왕은 감기에 걸렸고 정신이 몽롱하고 기분이 우울한 증세를 보였다. 여왕은 이 병에서 영영 회복되지 못했다. 옛 율리우스력으로 그해의 마지막 날인 3월 24일, 여왕은 잠을 자다가 "양처럼 온순하게" 숨을 거두었다. 여왕의 나이 예순아홉 살이었다.

거의 모든 사람들이 다행스럽게 생각한 것은 별 사건 없이 그녀의 자리를 북쪽에 있던 그녀의 친척 제임스(스코틀랜드의 여왕 메리의 아들)가 계승했다는 사실이었다. 제임스는 서른여섯 살이었고 덴마크의 가톨릭교도와 결혼한 몸이었지만 그 자신은 독실한 신교도였다. 스코틀랜드에서는 제임스 6세였지만, 영국 왕이 되면서 제임스 1세가 되었다. 그는 이미 스코틀랜드를 20년간 통치했는데 다시 영국 왕이 되어 22년을 더 통치했다.

제임스는 여러 가지 점에서 결코 겉으로 보기에 매력 있는 사람은 아니었다. 이상하게 발을 질질 끄는 그의 걸음걸이는 우아하지 못했고, 바지 밑으로 손을 넣어 자신의 생식기를 주무르는 고약한 버릇이 있었다. 그의 혀는 입에 비해 너무 커 보였다. 그래서 "무엇을 마실 때면 음료수를 씹어 먹는 것처럼 모양이 꼴사나웠다"고 그 시대에 살았던 한 사람은 썼다. 그가 위생에 신경을 써서 하는 유일한 행동은 가끔 소량의 물로 그의 손가락 끝을 씻는 것이라고 보고되었다. 그의 옷에 묻은 얼룩과 고기국물의 자국을 보고 그가 왕이 되고 난 후에 먹은 식사의 횟수를 헤아릴 수 있다는 말이 나돌 정도였다. 그가 그 옷을 "누더기가 될 때까지" 입었기 때문이다. 그의 이상한 외모와 뒤뚱거리는 걸음걸이는 암살자들의 칼로부터 자신을 보호하기 위해서 그가 지나치게 솜을 많이 넣은 웃옷과 바지를 입었기 때문에 더욱 우스꽝스러웠다.

그러나 이런 이야기를 글자 그대로 믿어서는 안 될 것 같다. 이런 비판적인 말들은 사실 대부분 왕의 평판을 깎아내리고 싶어하는, 그에게 불만을 가진 정신들의 입에서 나온 것이기 때문에 실제로 그의 외모가 어느 정도로 형편없었는지 짐작하기는 어렵다. 5년 동안 그는 2,000켤레의 장갑을 산 적이 있고, 1604년에는 보석을 사는 데에만 4만7,000파운드라는 엄청난 돈을 쓰기도 했다. 이런 사실로 미루어볼 때, 그가 외모에 전혀 무관심했다고는 볼 수 없다.

물론 제임스의 행동이 조금 특이했던 것만은 분명한 듯하다. 특히 성적인 면에서 그는 색다른 데가 있었다. 즉위 초기부터 그는 장관들의 보고를 들으면서 잘생긴 젊은 청년들에게 집적거림으로써 신하들을 당황하게 했다. 그러나 그는 왕비 앤과의 사이에서 8명의 자녀들을 생산함으로써 자신의 의무를 충실하게 이행했다. 사이먼 설리는 1606년 제임스와 그의 인척인 덴마크의 크리스티안 4세가 "술에 만취해서" 템스 계곡의 으리으리한 저택들을 누비며 "술판을 벌였고" 크리스티안은 넘어져서 "젤리와 크림 범벅"이 되기도 했다고 지적한다. 그러나 하루 또는 이틀 뒤에 점잖게 앉아서 「맥베스」를 관람하는 두 사람의 모습이 목격되었다는 것이다.

제임스의 행동거지가 어떠했든지 간에, 그는 연극을 든든하게 후원해준 왕이었다. 그가 왕으로서 맨 처음 취한 행동들 가운데 하나는 셰익스피어와 그의 동료들에게 왕의 특허를 부여해서 그들을 '왕의 사람들'로 만든 것이었다. 이것은 극단이 누릴 수 있는 최고의 영예였다. 이 조치로 극단 단원들은 궁정 궁내관이 되었고, 왕이 하사한 4.5미터 길이의 진홍색 천으로 극장을 장식할 수 있는 권리 등여러 가지 특권을 누릴 수 있게 되었다. 제임스는 그후에도 줄곧 셰익스피어의 극단을 지원했고 이 극단을 자수 불러 공연을 하도록 했으며 또 그들에게 후한 보상을 내렸다. 그가 왕위에 오른 때로부터 셰익스피어가 죽기까지 13년 동안에 셰익스피어의 극단은 187회의 어전 공연을 했는데 이것은 다른 모든 극단들의 어전 공연을 합친 것보다 더 많은 횟수였다.

셰익스피어는 흔히 엘리자베스 시대의 극작가로 분류되지만, 그의 가장 위대한 작품들 중 대다수는 제임스 1세 치세에 나왔다. 이 시기에 셰익스피어는 특히 훌륭한 비극을 많이 써냈다. 「오셀로」, 「리어 왕」, 「맥베스」, 「안토니와 클레오파트라」, 「코리올라누스」가 이때 나온 희곡들이다. 이 밖에도 한두 편의 그보다 못한 희곡을 썼는데, 특히 「아테네의 타이먼」은 너무나 난해한데다가 미완성인 것처럼 보여서 오늘날 거의 공연되지 않고 있다. 제임스 자신도 제임스 왕 판 성경(Bible of King James Version) 편찬함으로써 후대의 문학을 위한 기여를 했다. 성경 편찬작업은 1604년에서 1611년까지 7년이 소요되었는데 이 기간 동안 왕은 관심을 가지고 이 작업을 진두지휘했다. 이 성경의 편찬은 셰익스피어의 작품에 비견할 만한 이 시대의 문학적 성과였다. 이것은 영국과 갓 생겨나기 시작한 세계 각지의 영국 식민지들에서 영어의 철자와 관용법을 통일하는 데에 매우 지대한 영향을 끼쳤다.

제임스가 왕위에 오를 무렵, 영국인들 가운데 진정한 가톨릭 신자는 얼마 되지 않았다. 셰익스피어가 태어날 무렵에는 영국 인구의 3분의 2가 가톨릭 신자였을 것으로 추정되지만, 1604년경에는 아직 살아 있는 사람들 가운데 미사가 진행되는 것을 들어보았거나 가톨릭 의식에 참가해본 사람은 얼마 없었다. 아마 인구의 2퍼센트 정도

(귀족들은 그 비율이 더 높았다)가 실제로 가톨릭을 믿었을 것이다. 그렇게 하는 것이 안전하다고 생각한 제임스는 1604년에 영국 국교 기피자 처벌법의 효력을 정지시키고 심지어 가정집에서 미사를 올리는 것까지 허용했다.

사실 신교 통치에 대한 가톨릭 신자들의 가장 극렬한 저항이 막 시작되려 하고 있었다. 일군의 음모자들이 의회의 공식 개원을 앞두고 웨스트민스터 궁 밑의 지하실에 36통(무게로는 약 450킬로그램)의 화약을 설치하는 사건이 일어났다. 그 정도 양의 폭발물이라면 궁전과 웨스트민스터 성당, 웨스트민스터 홀과 그 부근 동네를 폭파해서 하늘 높이 치솟게 하기에 충분했을 것이다. 그들의 음모가 성공했더라면, 왕과 왕비, 그들의 두 아들, 영국의 주요한 성직자들과 귀족들, 저명한 평민들 대다수가 목숨을 잃었을 것이다. 그리고 그런 사건으로 인한 파장은 엄청났을 것이다.

이 음모의 한 가지 약점은 무고한 가톨릭 의원들을 함께 죽일 수밖에 없다는 것이었다. 그들을 살리려는 생각에서 누군가가 가톨릭의 지도급 인사인 몬티글 경에게 음모에 대한 정보를 전해주었다. 매우 유화적인 몬티글은 이 사건이 몰고 올 무서운 역풍을 걱정한 나머지 그 편지를 곧바로 당국에 전달했다. 경찰관들이 궁의 지하실로 달려가보니, 기 포크스라는 자가 탄약통에 앉아서 폭발 신호를 기다리고 있었다. 그 이후로 매년 11월 5일에는 포크스의 허수아비를 태우는 행사를 벌여왔다. 사실 운이 나쁜 포크스는 당시 탄약 반역 사건이라고 알려진 이 음모에서 하수인에 불과했다. 이 음모의 주모자는 로버트 케이츠비였는데 그는 결혼으로 윌리엄 셰익스피어와 먼 인척관계를 맺은 사람으로 그의 집안은 스트랫퍼드에서 불과 20킬로미터 떨어진 곳에 토지를 소유하고 있었다. 그러나 그 두 사람이 생전에 의미 있는 관계를 맺었다는 증거는 없다. 하여간 케이츠비는 성인이 된 후 대부분의 기간을 독실한 신교도로 보냈고, 음모 사건이 있기 5년 전에 그의 아내가 죽으면서 비로소 가톨릭으로 개종한 사람이었다.

가톨릭교도들에 대한 반작용은 신속하고 단호했다. 그들은 중요한 전문직종에서 배제되었고 한동안 자신의 집에서 8킬로미터 이상 여행하는 것도 허용되지 않았다. 가톨릭교도들을 금방 알아볼 수 있도록 그들에게 우스꽝스런 모양의 모자를 쓰게 하자는 법안이 제안되기도 했지만, 법으로 제정되지는 않았다. 영국 국교를 믿지 않는 사람들에게 벌금을 물리는 법이 다시 제정되어 전보다 더 엄격하게 시행되었다. 그 이후로 가톨릭은 영국에서 위협적인 세력이 되지 못했다. 영국 국교에 대한 도전은 종교적 스펙트럼의 다른 한쪽 끝에서 시작되었다. 그것은 청교도들의 도전이었다.

셰익스피어는 점점 더 부유해졌고 이제 스트랫퍼드의 저명인사들 가운데 한 사람이 되었지만, 지금 남아 있는 증거로 미루어보면, 그는 런던에서는 계속 검소한 생활을 했다. 하숙생활을 계속했고 스트랫퍼드 이외의 지역에 있는 그의 재산은 세금징수관의 평가로는 5파운드에 불과했다.(하지만 셰익스피어가 세금 납부를 병적으로 싫어했다는 점을 감안할 때 그는 틀림없이 겉으로 보이는 재산을 최소화하는 조치를 취했을 것이다.)

찰스와 헐다 윌리스 부부의 꼼꼼한 조사와 벨롯-마운트조이 소송 서류 덕분에, 우리는 셰익스피어가 이 시기에 런던의 실버 가(街)와 몽크스웰 가(街)가 만나는 곳에 있던 위그노 크리스토퍼 마운트조이의 집에서 살고 있었다는 것을 알고 있다. 그러나 그는 그 집에서 계속 살지는 않았을지도 모른다. 역병이 다시 돌아서 1603년 5월부터 1604년 4월까지 극장이 문을 닫았기 때문이다. 앞에서도 언급했지만, 마운트조이가 딸의 결혼과 관련된 재산 문제로 사위인 벨롯과 싸움을 벌인 것도 이 시기였다. 이 문제로 재판까지 한 것을 보면 이 싸움은 꽤나 시끄러운 집안싸움이었던 것 같다. 그러잖아도 스트레스와 피로에 시달리는 윌리엄 셰익스피어가 싸움이 끊이지 않는 시끄러운 집의 2층에서 「자에는 자로」 또는 「오셀로」(이 두 작품은 그해에 쓴 것으로 짐작된다)를 쓰려고 애를 쓰는 광경을 상상하는 것은 그 나름대로 재미있는 일이다. 물론 그가 다른 곳에 가서 집필을 했을 가능성도 있다. 그리고 벨롯과 마운트조이가 속삭이는 말투로 싸웠을지도 모르는 일이다. 우리는 이 집에 하숙하던 사람들 가운데 조지 윌킨스라는 작가가 성질이 불같은 사람이었다는 것을 알고 있다. 따라서 벨롯과 마운트조이가 미리 겁을 먹고 목소리를 높이지 못했을 가능성도 있다.

이름난 셰익스피어 권위자 스탠리 웰스는 셰익스피어가 극단을 잠시 떠나 스트랫퍼드로 돌아가서 희곡을 썼을지도 모른다고 생각하고 있다. "그는 평생 스트랫퍼드에 깊은 관심을 가지고 있었습니다. 따라서 그가 평온한 분위기에서 작품을 쓰기 위해서 가끔 그곳으로 갔으리라는 추측을 부정할 만한 근거는 없습니다." 웰스는 나에게 이렇게 말했다. "극단 측이 이렇게 말했을지도 모르지요. '희곡이 필요합니다. 고향으로 가서 하나 쓰시지요.' 그는 꽤 큰 저택을 소유하고 있었습니다. 따라서 그가 거기 가서 시간을 보내고 싶어했을 거라고 추측해볼 수 있지요."

1603년부터 1608년, 1609년까지의 셰익스피어의 삶에 관해서는 이 시기에 그의 작품 집필이 활발하지 못했다는 사실 외에는 분명하게 말할 만한 것이 별로 없다. 이 시기에 동생 에드먼드가 죽었고 다음에 그의 어머니가 세상을 떠났다. 두 사람의 사인은 알려져 있지 않다. 에드먼드는 스물일곱 살이었고 런던에서 배우 노릇을 하고 있었다. 셰익스피어의 어머니는 일흔을 넘긴 노인이었다. 그 두 사람에 대해서 우리가 아는 것이라고는 이것이 전부이다.

셰익스피어의 어머니가 죽던 바로 그해에 '왕의 사람들'은 마침내 블랙프라이어스 극장을 개장해도 좋다는 허락을 얻어냈다. 블랙프라이어스 극장은 그 이후에 생긴 모든 옥내 극장의 원형이 되었다. 따라서 우리 후손들에게는 이 극장이 글로브 극장보다 더 중요한 의미를 가진다. 이 극장은 수용인원이 600명에 불과했지만 수익은 글로브 극장보다 더 좋았다. 입장료가 더 비쌌기 때문이다. 이 극장의 입장료는 가장 싼 좌석이 6페니였다. 이것은 극장 운영 수익의 6분의 1의 지분을 가진 셰익스피어에게는 좋은 소식이었다. 이 작은 극장은 목소리와 음악으로도 관객들에게 친근감을 줄 수 있었다. 즉 트럼펫 대신 현악기나 목관악기를 사용할 수도 있었다.

창문으로 얼마간의 빛이 들어왔지만, 조명의 대부분을 촛불이 담당했다. 관객은 돈을 더 내면 무대에 앉아서 연극을 볼 수도 있었다.

이것은 글로브 극장에서는 허용되지 않던 일이었다. 무대에 자리를 잡은 관객들은 그들의 화려한 옷차림을 최대한 뽐낼 수 있었고 그래서 이런 관행은 극단에는 좋은 돈벌이가 되었다. 그러나 연기를 하는 배우들의 주의가 산만해질 수도 있다는 위험이 따랐다. 스티븐 그린블랫은 무대에 자리를 잡은 한 귀족이 무대 반대쪽으로 들어오는 자기 친구를 보고, 한창 연극이 진행되고 있는 무대를 가로질러 가서 그 친구에게 인사를 건넨 일화를 소개하고 있다. 한 배우가 귀족의 생각 없는 행동을 나무라자, 귀족은 그 건방진 배우의 뺨을 때렸고 그래서 관객들의 소동이 벌어졌다고 한다.

무대 좌석 외에 가장 좋은 좌석은 1층의 뒤쪽이었을 것으로 짐작된다. 가지 달린 촛대들이 공중에 매달려 있었기 때문에 높은 곳에 있는 좌석의 관객들은 시야 일부가 방해를 받았기 때문이다. 블랙프라이어스 극장이 개장하면서 글로브 극장은 겨울 동안 문을 닫았다.

1609년 5월 20일, 「전에 인쇄된 적이 없는 셰익스피어의 소네트들 (*Shakespeare's Sonnets, Never Before Imprinted*)」이라는 제목이 붙은 카르토(4절) 판 책이 5페니에 판매되기 시작했다. 토머스 소프라는 출판업자가 내놓은 책이었다. 사실 소프는 인쇄기도 없었고 소매 서점도 가지고 있지 않았으므로, 그가 책을 펴낸 것은 다소 의외의 일이었다. 그러나 그는 셰익스피어의 소네트들을 가지고 있었다. 그가 어디서 그 시들을 입수했는지, 그가 그 시들을 가지고 있다는 사실에 윌리엄 셰익스피어가 어떤 반응을 보였는지는 단지 짐작을 할 수 있을 뿐이다. 소네트의 출판에 대해서 셰익스피어가 어떤 공개석인 반응을 보였다는 기록은 없다.*

"이 세상의 그 어느 문학작품보다 더 많은 의미 없는 논평과 비평이 가해지고 그것을 평하느라고 더 많은 지적, 정서적 에너지가 쓸데없이 낭비된 문학작품이 셰익스피어의 소네트들이다." W. H. 오든은 이렇게 말했는데 이것은 옳은 말이다. 우리는 이 시들에 대해서 사실 아무것도 명확하게 아는 것이 없다. 즉 셰익스피어가 그 시들을 언제 썼는지, 누구를 향해 썼는지, 어떤 상황에서 그 시들이 출판되었는지, 과연 그 시들이 제대로 배열되었는지 등을 전혀 모른다.

몇몇 비평가들은 이 소네트들을 셰익스피어 문학의 백미로 꼽는다. 하버드 대학교의 헬렌 벤들러 교수는 자신의 저서 「셰익스피어 소네트의 기교(The Art of Shakespeare's Sonnets)」에서 "그 어느 시인도 셰익스피어가 소네트들에서 한 것처럼 인간의 반응을 정확하게 복제하는 언어 형태를 발견하지 못했다"고 밝혔다.

소네트 가운데 셰익스피어의 가장 유명한 구절들을 담고 있는 것이 있음은 분명하다. 소네트 18번의 서두가 바로 그런 예이다.

그대를 여름날에 비할까?

---

* 소네트(sonnet)는 14세기 이탈리아의 시인 페트라르카(프란체스코 페트라르카, 1304-1374)가 완성한 1행시 형식이다. sonnet라는 말은 "작은 노래"라는 뜻의 이탈리아어 sonetto에서 온 말이다. 페트라르카의 이탈리아 소네트는 두 부분으로 나뉜다. 8행의 전반부는 하나의 운(abba, abba)으로 맞춰져 있고, 6행의 후반부는 또다른 운(cde, cde 나 cdc, dcd)으로 맞춰져 있다. 영국에서는 소네트가 다른 형태로 진화했다. 즉 세 개의 4행시와 좀더 박력 있는 2행 연구(聯句)로 이루어지게 된 것이다. 그리고 운은 abab, ccd, efef, gg로 고정되었다.

그대는 더 아름답고 더 온화하다.

거친 바람이 5월의 새 움을 흔들고

여름날은 너무나 짧다.

이 구절의 특이한 점(이보다 더 직접적이고 솔직한 표현을 담은 구절들은 이외에도 많다)은 이 시에서 찬미하는 대상이 여자가 아니라 남자라는 점이다. 희곡들에서 남녀 간의 사랑의 다정하고 감동적인 장면들을 수없이 만들어낸 장본인인 셰익스피어가 이 소네트들로 영국 문학사상 가장 위대한 동성애 시인이 된 것이다.

소네트는 비록 그 기간은 짧았지만 폭발적으로 유행했었다. 소네트는 1591년 필립 시드니의 「아스트로필과 스텔라(*Astrophil and Stella*)」가 나오면서 유행이 시작되었지만, 1609년쯤에는 대체로 가라앉았다. 이 사실이 왜 셰익스피어의 소네트집이 상업적으로 좀더 성공하지 못했을까를 설명하는 데에 도움이 된다. 그의 장시 두 편은 잘 팔렸지만, 소네트집은 별 관심을 끌지 못한 것 같다. 소네트집은 출판된 세기에 단 한 차례 다시 인쇄되었을 뿐이다.

출판된 소네트집은 154편의 소네트들을 불균형한 두 부분으로 나누었다. 즉 어느 아름다운 청년(또는 청년들일 수도 있다)에게 말하는 형식의 1번에서 126번까지의 시 — 흔히 미청년(the fair youth)이라고 알려져 있고, 시인은 이 청년에게 푹 빠져 있다는 것을 솔직하게 털어놓는다 —가 제1부를 이루고, "검은 귀부인"(시에서 그녀가 이렇게 불린 곳은 한 군데도 없다)에게 말하는 형식의 127번에서 154번까지의 시 — 이 부인은 1번에서 126번까지의 시에서 시인이 연모하는 청년에게 불성실하다 —가 제2부를 이룬다.(126번 시는 엄밀히 말해서 소네트가 아니고 운을 맞춘 2행 연구[聯句, couplet]의 모음이라고 해야 할 것이다.) 흔히 "연적 시인(rival poet)"이라고 알려진 정체가 모호한 인물도 등장한다. 소네트집에는 또한 일종의 종결부로 「연인의 불평」이라고 불리는, 다른 소네트들과는 무관한 시(형식도 소네트 형식이 아니다)가 포함되어 있다. 이 시에는 셰익스피어의 다른 작품에서는 발견되지 않는 많은 단어들(88개, 이 개수에 대해서도 이설이 많다)이 등장한다. 그래서 일부 학자들은 이 시가 셰익스피어의 작품이 아닐지도 모른다고 의심하고 있다.

많은 셰익스피어 권위자들은 셰익스피어가 인쇄된 소네트들을 보고 놀랐고 경계심을 가졌다(오든의 견해로는 "겁에 질렸다")고 믿는다. 통상적으로 소네트는 사랑을 기리는 내용으로 이루어져야 하는데 이 소네트집의 시들은 흔히 자기 혐오와 깊은 비탄을 담고 있기 때문이다. 또 많은 시들이 눈에 띄게 동성애적이며 "나의 사랑스런 소년", "내 열정의 주인", "내 사랑의 주인", "그대는 나의 것, 나는 그대의 것" 등 매우 대담하고 위험하게 비정통적인 표현을 담고 있다. 아무리 관대하게 보더라도 동성에게 사랑을 고백하는 시를 쓴다는 것은 정상적인 일이 아니었다. 궁 안에서 왕이 별난 행동을 하고 있기는 했지만, 동성애는 스튜어트 왕조(1603-1714, 제임스 1세, 찰스 1세와 2세, 제임스 2세, 메리, 앤 여왕) 시절의 영국에서 허용된 행동이 아니었고 남색은 법률적으로는 사형에 처해질 수 있는 대죄였다.(기소된 예가 드문 것을 보면 남색을 조용히 눈감아준 것 같기도 하다.)

소네트들과 관련된 일은 모두가 약간 이상하다. 우선 이 시집에 붙은 헌사가 출판과 거의 동시에 학자들을 어리둥절하게 했고 또한 그들의 호기심을 불러일으켰다. 헌사는 이렇게 되어 있다. "우리의 영원한 시인이 약속한 모든 행복과 영원을 다음에 소개하는 소네트들을 생겨나게 한 유일한 장본인인 Mr. W.H.에게 바친다. 모험을 떠나는 모험가의 행운을 빌면서." 끝에는 "T. T."라는 서명이 되어 있다. 이것은 토머스 소프(Thomas Thorpe)인 것으로 짐작할 수 있다. 그렇지만 "Mr. W.H."가 도대체 누구일까? 놀라울 정도로 자주 등장하는 한 후보자는 헨리 리즐리(Henry Wriothesly)이다. 그의 이니셜이 거꾸로 배열되어 있다는 것이다.(왜 거꾸로 배열되어 있는지를 그럴듯하게 설명한 사람은 아무도 없다.) 또다른 후보자는 펨브로크의 3대 백작 윌리엄 허버트(William Herbert)이다. 최소한 그의 이니셜은 제대로 배열되어 있다. 그는 셰익스피어와 약간의 관계가 있었던 인물이다. 헤밍과 콘델은 이때로부터 14년 후 퍼스트 폴리오 셰익스피어 전집을 그에게 헌정했다. 그런데 이 두 후보자의 문제점은 그들이 둘 다 귀족이라는 점이다. 그런데 헌정을 받는 장본인에게 "Mr."라는 호칭이 사용되었다. 소프가 다른 호칭 사용법을 몰랐을지도 모른다는 견해가 제시되었지만, 실상 소프는 같은 해에 나온 다른 책에서는 펨브로크를 제대로 된 경칭으로 불렀다. 당시의 관례인 아첨하는 투의 거창한 경칭을 사용한 것이다. "전하를 모시는 시종장이시며 가장 명예로운 추밀원 위원이시며 가장 고귀한 가터 작위를 수여받은 기사이신 펨브로크 백작 윌리엄 각하께 바칩니다……." 소프는 귀족에게 책을 바치는 헌사를 쓸 줄 알고 있었던 것이다. 보다 현실적인 것은 "Mr. W.H."가 소프와 마찬가지로 허가받지 않은 서적 제작을 전문으로 하던 윌리엄 홀(William Hall)이라는 문방구 업자였을지도 모른다는 추측이다.

또다른 논란의 대상은 "소네트들을 생겨나게 한 유일한 장본인 (onlie begetter)"이 시 안에서 시인이 사랑을 고백하는 그 사람이냐, 아니면 단순히 그 원고를 조달한 사람이냐, 즉 영감을 제공한 사람이냐 단순히 원고만을 제공한 사람이냐는 것이다. 대부분의 권위자들은 후자 쪽을 택한다. 그러나 헌사의 내용이 정말 이상할 정도로 모호하다. 쇼엔바움은 이렇게 썼다. "사실 헌사는 해석자들의 견해가 일치할 가능성이 없을 정도로 구문이 모호하기 짝이 없다."

우리는 셰익스피어가 언제 그 소네트들을 썼는지 모른다. 그러나 그는 「사랑의 헛수고」— 일부 학자들의 추측으로는 그의 가장 초기 작들 중 한 편이다—와 「로미오와 줄리엣」— 두 연인 사이의 대화가 소네트 형식으로 재치 있게(그리고 감동적으로) 처리되어 있다— 에서 소네트를 사용했다. 그러니까 시적 표현으로서의 소네트 형식이 1590년대 중반, 즉 그가 사우샘프턴 백작과 관계를 맺었을 무렵 (두 사람이 어떤 관계를 맺었다고 가정할 경우)에 그의 머릿속에 뚜렷이 자리잡고 있었을 것으로 보인다. 하지만 소네트들이 쓰인 연대를 추정하는 것은 유난히 까다로운 일이다. 소네트 107번에 나오는 단 한 줄("달이 월식을 견뎌냈다[The mortal moon hath her eclipse endured]")이 최소한 5개의 서로 다른 역사적 사건—월식, 여왕의 죽음, 여왕의 병, 스페인 무적함대의 패전, 또는 천궁도의 해석— 을 뜻하는 것으로 해석된다. 다른 소네트들은 훨씬 더 일찍 쓴 것으로 보인다. 소네트 145번은 "해서웨이(Hathaway)"라는 이름을 빗댄 말장난("'I hate' from hate away she threw")을 담고 있는데, 이것은 그가 이 시를 해서웨이에게 구애를 하고 있을 때 스트랫퍼드에서 썼을 것임을 암시한다. 소네트 145번이 정말로 자전적인 내용이라면, 이 시는 셰익스피어가 더 나이 많은 여인에게 유혹을 받은 순진한 청년이 아니라 그가 퇴짜를 맞고 그녀의 마음을 얻기 위해서 열심히 노력해야 했었다는 것을 분명히 드러내준다.

소네트들은 셰익스피어 학자들을 미치도록 감질나게 했다. 아주 솔직한 고백의 형태를 취하고 있으면서도 매우 모호하기 때문이다. 앞부분의 17편은 모두 주인공에게 결혼을 촉구하고 있다. 그래서 전기작가들로 하여금 그 시들이 사우샘프턴 백작을 대상으로 한 것이 아닌가 하는 생각을 가지도록 했다. 사우샘프턴 백작은 우리가 알고 있다시피 결혼할 뜻이 별로 없던 사람이었기 때문이다. 이 시들은 아름다운 청년에게 후손을 퍼뜨리라고 강요한다. 그래야 그의 아름다움이 후대에 전해질 것이라는 이야기이다. 이것은 사우샘프턴 백작의 허영심과 귀족으로서의 그의 가계에 대한 책임감에 매우 어필했을 것으로 보이는 접근방법이다. 셰익스피어가 (버레이 또는 사우샘프턴 백작의 어머니, 아니면 두 사람 모두로부터) 이런 시를 써달라는 부탁을 받았고 부탁받은 일을 하는 과정에 사우샘프턴 백작과 소위 검은 귀부인을 만나서 그들에게 홀딱 반해버렸을 것이라는 추측도 제시되고 있다.

매우 매력적인 시나리오이지만, 일련의 희망적 추측 외에는 근거가 없는 시나리오일 뿐이다. 셰익스피어가 사우샘프턴 백작을 일었었다는 증거는 없고 그가 사우샘프턴 백작을 연모했다는 증거는 더 더욱 없다. 소네트들에 나타나는 외모에 대한 구체적인 몇몇 언급이 알려진 사실과 항상 합치되는 것도 아니다. 예를 들면 사우샘프턴 백작은 그의 적갈색 머리를 매우 자랑스럽게 생각했지만, 소네트에서 셰익스피어가 찬미하는 인물은 "황금색 머릿단"을 가지고 있다.

셰익스피어의 것이든 그 누구의 것이든 그의 전기를 소네트들에서 찾는다는 것이 무용한 작업임은 거의 분명하다. 사실 우리는 첫 부분의 126편 소네트들이 모두 같은 젊은 청년을 대상으로 지은 것인지도 모른다. 또 모든 경우에 대상인 사람이 남자인지 여자인지도 모른다. 우리가 그 시들이 서로 연관이 있다고 생각하는 것은 그 시들이 연작으로 출판(무허가 출판이었을 것으로 짐작된다)되었다는 단 한 가지 이유 때문이다.

"만약 우리가 모든 소네트의 '나'가 다 같은 사람이라고 생각한다면, 그것은 엄청난 독단일 것입니다." 「셰익스피어의 소네트(*Shakespeare's Sonnets*)」라는 책을 스탠리 웰스와 공동저술한 '셰익스피어 탄생지 트러스트'의 폴 에드먼전은 스트랫퍼드를 방문한 나에게 이렇게 말했다. "사람들은 너무 쉽게 그 시들이 쓰인 순서대로 인쇄되었다고 믿는 경향이 있습니다. 우리는 그 사실 자체를 모릅니다. 그리고 '나'가 반드시 셰익스피어 자신의 목소리일 필요는 없습니다. 수많은 다른 상상의 '나'가 있을 수도 있지요. 성별에 대한 많은 결론은 단순히 문맥과 위치에 기초해서 내려진 것입니다." 그는 단 20편의 소네트만이 남성을 대상으로 삼고 있으며, 단 7편만이 여성을 대상으로 삼고 있다고 말할 수 있다고 지적한다.

검은 귀부인(dark lady) 역시 의심쩍기는 마찬가지이다. A. L. 로즈— 항상 명확한 결론을 내리기로 이름난 사람이다— 는 1973년 검은 귀부인이 여왕의 악사들 가운데 한 사람의 딸인 에밀리아 바사노라고 결론 내렸다. 그는 말 많은 문학가답게 자신의 결론에 "이의를 제기할 수 없다"고 주장했다. "그것이 답이기" 때문이라는 것이다. 그러나 그의 주장을 뒷받침하는 증거라고 할 만한 것은 아무것도 없다. 자주 언급되는 또다른 후보자는 펨브로크 백작의 정부(情婦)인 메리 피턴이었다. 그러나 시에 나타난 표현 —"그녀의 가슴은 짙은 갈색…… / 검은 머릿단이 머리 위에 자란다"— 은 그녀보다는 좀더 검은 누군가를 암시하고 있다.

우리가 그 귀부인이 누구인지 확실히 알아내지 못하리라는 것은 거의 분명하다. 그리고 사실 굳이 그것을 알아야 할 필요가 없을지도 모른다. 예를 들면, 오든은 그것을 아는 것이 시의 만족도에 아무런 도움도 되지 않으리라고 믿었다. 그는 이렇게 썼다. "나에게는 그 진위를 입증할 수 없는 억측에 많은 시간을 낭비하는 것이 조금 어리석어 보이지만, 내가 정말로 반대하는 것은 그 노력이 성공한다면, 즉 친구, 검은 귀부인, 연적 시인 등의 정체가 분명히 밝혀진다면, 이것이 소네트들 자체에 대한 우리의 이해를 높여주리라는 망상이다."

셰익스피어의 성생활 문제 —그의 성욕이 엉뚱한 방향으로 흘렀을지도 모른다는 생각— 는 이 소네트가 나온 이후로 줄곧 그의 찬양자들을 괴롭혀왔다. 소네트의 초기 편집자 한 사람은 모든 남성 대명사를 여성으로 바꿈으로써 논란의 씨앗을 일거에 세서했다. 아마 빅도리아 시대 사람들이 이 문제로 가장 괴로워했을 것이다. 많은 사람들이 완강하게 부인하는 것으로 일관했다. 그들은 그 소네트들은 단순히 "시적인 작업" 또는 "시적인 테크닉의 전문적 시험"(전기작가 시드니 리가 쓴 용어이다)에 불과하다고 스스로를 설득했다. 셰익스피어가 "아마도 친한 친구들의 제의를 받고" 수많은 가상의 목소리로 그 소네트들을 썼으리라는 것이다. 따라서 누군가를 애무하고 싶다는 표현은 셰익스피어가 자신의 다양한 표현력과 천재성을 드러내기 위해서 여성의 목소리를 빌려서 썼고, 셰익스피어의 진정한 우정은 "건강한 남성적 우정"이었으며 그와 다른 어떤 해석도 "논란의 여지가 별로 없는 시인의 명성에 누를 끼치는 것"이라고 리는 주장했다.

이런 불편은 20세기까지 지속되었다. 마치트 추트는 1949년에 나온 인기 높은 전기의 짧은 부록에서 소네트들에 대한 모든 논의를 다루었다. 그 부록에서 그녀는 이렇게 설명했다. "르네상스 시대에는 후대의 세대들이 남녀 간의 사랑에 사용하는 격렬하고 육감적인 용어들을 남자들 간의 우정에도 사용했다. 셰익스피어가 사용한 '남자 정부(master-mistress)' 같은 용어가 20세기 사람들에게는 이상하게 들리지만, 16세기 말에는 이상하지 않았다." 이 정도가 그녀 또는 다른 전기작가들이 핵심에 다가갈 수 있는 한계였다. 역사가 윌 듀런트는 1961년 소네트 20번에 "선정적인 단어의 사용"이 나타나 있다고 지적했지만, 그에 대해서 구체적으로 언급하지는 않았다.

우리는 더 이상 그렇게 부끄러워할 필요는 없다. 그가 지적한 구절은 다음과 같다. "But since she pricked thee out for women's pleasure, / Mine be thy love, and thy love's use their treasure." 대부

분의 비평가들은 이 구절이 셰익스피어의 그 아름다운 젊은이에 대한 집착이 결실을 맺지 못했음을 드러낸다고 믿는다. 그러나 스탠리 웰스가 지적한 대로 "셰익스피어 자신이 완전히 말 그대로의 의미로 한 남자를 사랑하지는 않았다고 하더라도, 그는 분명히 그런 사랑을 하는 사람들의 감정을 이해하고 있었다."

무엇보다도 큰 의문은 셰익스피어가 그 시들을 출판을 위해서 쓴 것이 아니라면 왜 그 시들을 썼을까 하는 의문이다. 소네트들은 몇 년에 걸쳐 쓴 상당한 양의 작품이며 그 수준 또한 최고의 수준이다. 이 시들이 정말로 발표를 위한 것이 아니었을까? 소네트 54번은 이렇게 큰소리를 치고 있다.

> 대리석도, 번쩍이는 귀족들의 동상도
> 이 멋진 시구보다 더 오래 남지는 못하리라.

셰익스피어가 정말로 종이에 휘갈겨 써서 서랍 안에 감추어둔 소네트가 대리석보다 더 오래 남을 것이라고 믿었을까? 그것은 모두 가식적인 자만이나 은밀한 자기만의 즐거움이었을지도 모른다. 다른 작가들보다 셰익스피어의 언어는 그의 생활과 동떨어져 있다. 그는 자신의 감정을 가장하는 데에 너무나 능숙한 사람이었기 때문에 그에게 과연 감정이라는 것이 있었을까 의심이 생길 정도이다. 우리는 셰익스피어가 단어들을 아주 효과적으로 사용했다는 것을 알고 있고 그래서 그가 감정을 지니고 있었을 것이라고 짐작한다. 우리가 모르는 것, 짐작하기도 어려운 것은 그 둘이 어디서 교차하는가이다.

만년에 셰익스피어는 다른 작가들과 협력해서 작품을 쓰기 시작했다. 1608년경에 조지 윌킨스와 합작으로 「페리클레스(*Pericles*)」를 쓴 것 같고, 또 존 플레처와는 「두 귀족 사촌 형제(*The Two Noble Kinsmen*)」, 「헨리 8세」(또는 「모두가 진실[*All Is True*]」) 그리고 유실된 희곡 「카르데니오의 역사(*The History of Cardenio*)」를 썼다. 이 희곡들은 모두 1613년경에 초연되었다. 윌킨스는 매우 호감이 가지 않는 성격의 소유자였던 것 같다. 그는 여관과 매음굴을 운영했고 끊임없이 법을 어겨 문제를 일으켰다. 한번은 임신한 여자의 배를 발로 차서 문제를 일으켰고 또 한번은 주디스 월턴이라는 여자를 때리고 발로 밟아서 말썽을 일으켰다. 하지만 그는 훌륭한 희곡작가로서 혼자만의 힘으로도 성공적인 희곡을 써냈고 ─ 그의 희곡 「강제결혼의 비참함(*Miseries of Enforced Marriage*)」은 1607년 '왕의 사람들'에 의해서 공연되었다 ─ 또다른 작가와 합작해서 희곡을 써냈다. 그와 셰익스피어와의 관계에 관련해서 알려진 것은 그들이 한때 마운트조이의 집에서 같이 하숙을 했었다는 것뿐이다.

플레처는 더욱 품위 있는 배경을 가진 사람이었다. 셰익스피어보다 15년 연하였던 그는 런던의 주교(스코틀랜드 여왕 메리의 처형을 주재했던 성직자였다)의 아들이었다. 플레처의 아버지는 한때 엘리자베스 여왕의 총애를 받았지만, 그의 첫 번째 아내가 죽은 후 너무 서둘러 재혼함으로써 여왕의 눈 밖에 나서 궁중에서 쫓겨났다. 그는 재정적으로 궁핍한 가운데 죽었다.

젊은 플레처는 케임브리지에서 교육을 받았다. 희곡작가로서 ─ 그리고 한 인간으로서 ─ 그는 프랜시스 보몬트(1584-1616, 영국의 희곡작가)와 절친한 사이였다. 두 사람의 관계는 특이했다. 1607년 부터 1613년까지 두 사람은 거의 붙어 있다시피했다. 그들은 같은 침대에서 잠을 잤고 정부(情婦)를 공유했으며, 존 오브리에 따르면 심지어는 옷도 똑같은 옷을 입었다. 이 시기에 그들은 「하녀의 비극 (The Maid's Tragedy)」과 흥행에 크게 성공한 「왕과 왕이 아닌 사람 (A King and No King)」 등 10편가량의 희곡을 공동집필했다. 그러다 가 보몬트가 갑자기 결혼했고 따라서 이들의 긴밀한 관계는 급작스 레 끝나고 말았다. 플레처는 그후 필립 매싱어와 윌리엄 로울리 등 많은 다른 작가들과 공동으로 희곡을 썼다.

셰익스피어와 플레처의 관계에 대해서는 알려진 것이 아무것도 없다. 두 사람은 따로 떨어져서 작업을 했거나 아니면 셰익스피어가 은퇴한 후 플레처가 미완성의 원고를 받아서 그것을 완성했을지도 모른다. 그러나 웰스는 희곡의 흐름에 무리가 없는 것으로 보아 그 들이 긴밀하게 연락을 취하며 공동작업을 했을 것이라는 의견을 제 시했다.

「두 귀족 사촌 형제」는 셰익스피어가 아직 살아 있는 동안에 공연 된 것이 거의 확실하지만, 이 희곡은 표지에 플레처와 셰익스피어를 공동저자로 실어 출판된 1634년 이전에는 알려져 있지 않았다. 「헨 리 8세」와 「카르데니오의 역사」 역시 플레처와 셰익스피어의 공동 집필로 되어 있다. 「카르데니오」는 「돈키호테(Don Quixote)」에 나 오는 등장인물에 기초한 작품인데, 1653년 "플레처와 셰익스피어 씨"의 공동저작물로 출판등록되었지만 출판되어 나오지는 않은 것 으로 보인다. 이 희곡의 원고를 런던 코벤트 가든에 있던 한 박물관이 소장하고 있었는데, 불행하게도 이 박물관이 1808년 화재로 소실되면서 희곡의 원고 역시 사라지고 말았다. 플레처는, 1625년에 역병으로 죽은, 그의 동료작가였으며 한때 협력자였던 매싱어와 함께 묻혔다. 오늘날 이 두 사람은 셰익스피어의 동생 에드먼드의 무덤 옆에 있는 사우스워크 성당의 성단소에 누워 있다.

셰익스피어는 1596년에 저자를 밝히지 않은 채 출판된 「에드워드 3세(*Edward III*)」도 다른 작가와 합작으로 집필했을 것이라고 추측된다. 몇몇 권위자들은 셰익스피어가 적어도 이 희곡의 일부를 썼다고 생각한다. 그러나 다른 견해를 제시하는 사람들도 있다. 「아테네의 타이먼」은 토머스 미들턴과의 합작일 것으로 추측된다. 스탠리 웰스는 이 희곡의 집필연도로 1605년을 제시했지만, 그것이 확실하지는 않다는 점을 강조했다. 조지 필이 「티투스 안드로니쿠스」의 공동집필자일지도 모른다는 견해도 흔히 제시된다.

"셰익스피어는 나이가 들면서 전혀 다른 작가가 되었습니다. 여전히 재기가 넘쳤지만, 더욱 도전적으로 변했어요." 스탠리 웰스는 한 인터뷰에서 나에게 이렇게 말했다. "그의 언어는 더욱 농축되고 간결해졌어요. 그는 일반 관객들의 욕구와 관심에 신경을 덜 쓰게 되었습니다. 희곡들이 덜 연극적이고 더욱 내향적이 되었지요. 만년에는 그는 아마 별로 인기가 없었을 것입니다. 지금도 그의 후기 희곡들 ―「심벨린」, 「겨울 이야기」, 「코리올라누스」 등― 은 그의 중기 희곡들보다 인기가 덜합니다."

그의 집필 속도도 분명히 점점 느려지고 있었다. 글로브 극장이 전소된 1613년 이후에는 아무것도 쓰지 않은 듯하다. 그러나 그가 아직도 런던으로의 여행을 했던 것만은 분명하다. 1613년 그는 블랙 프라이어스에 있는 집 한 채를 140파운드라는 적지 않은 돈을 주고 구입했다. 투자 목적으로 이 집을 산 것이 분명하다. 흥미로운 사실은 그가 이 집을 사면서 동시에 집을 담보로 융자를 받고 수탁자로 그의 동료 존 헤밍과 그의 친구 토머스 포프, 그리고 유명한 머메이드 선술집 주인 윌리엄 존슨을 세웠다는 것이다.(전하는 이야기는 많지만, 사실 셰익스피어가 그 유명한 선술집과 분명히 연관을 맺은 것은 이 경우뿐이다.) 이런 식으로 집을 구입함으로써 초래된 한 가지 결과는 그가 죽은 후에 이 집이 그의 미망인 앤에게 넘어가지 않게 되었다는 것이다. 이 집은 수탁자들에게 넘어갔다. 셰익스피어가 왜 그런 조치를 취했는지에 대해서는 억측만 할 수 있을 뿐이다.

8

‖ ‖ ‖

죽음

1616년 3월 하순, 셰익스피어는 그의 유언을 다소 바꾸었다. 그가 건강이 좋지 못했고 아마 죽어가고 있었을지도 모른다는 추측이 가능하다. 그의 상태가 온전하지 못했던 것만은 분명하다. 그의 서명은 떨리는 손으로 한 것처럼 보이며 유언장의 내용 또한 그의 정신이 맑지 못했음을 드러내고 있다. 그는 그의 매제 토머스 하트 또는 하트의 아들들 가운데 한 명의 이름을 기억해내지 못했다. 5명의 증인들이 그런 이름들을 알려주지 못했다는 것도 이상하기는 하다. 또한 2명의 증인을 세우는 것이 상례인데, 셰익스피어가 왜 그렇게 많은 증인을 필요로 했는지도 궁금하다.

그 무렵은 셰익스피어의 일생 중 불행하게도 사건이 많은 시기였다. 한 달 전에 그의 딸 주디스가 사람 됨됨이가 의심스러운 그 지역의 포도주 양조업자 토머스 퀴니와 결혼했다. 주디스의 나이는 서른한 살이었고 따라서 그녀가 아이를 낳을 가능성이 빠르게 사라지고 있었다. 어쨌든 그녀의 선택은 잘못된 것이었던 듯하다. 왜냐하면 결혼 한 달 남짓 후에 퀴니가 마거릿 휠러라는 여자와 사통을 함으로써 5실링의 벌금형을 받았기 때문이다. 새 신부와 그녀의 가족들에게는 매우 수치스러운 일이었다. 설상가상으로 휠러가 퀴니의 아이를 낳다가 죽자, 스캔들에 비극이 더해졌다.

이것만으로는 부족하다는 듯, 4월 17일에는 셰익스피어의 매제로 모자 제작업자인 하트가 죽어 그의 누이 조안이 과부가 되었다. 6일 후 윌리엄 셰익스피어 자신도 알려지지 않은 이유로 세상을 떠났다. 정말 최악의 몇 달이었다.

셰익스피어의 유언장은 지금 런던의 큐에 있는 국립문서 보관소의 특별 자물쇠가 달린 방 안의 상자 속에 보관되어 있다. 유언은 서로 크기가 다른 3장의 양피지에 쓰여 있고 각각의 장에 1개씩 셰익스피어의 서명이 들어 있다. 알려진 6개의 셰익스피어 서명 가운데 3개가 이 유언장에 들어 있다. 유언장의 내용은 놀라울 정도로 무미건조하다. "우리의 위대한 시인에게 영감을 준 영혼의 극히 작은 알갱이도 들어 있지 않다"라고 스트랫퍼드의 조지프 그린 목사는 썼다. 골동품 수집가인 그는 1747년에 이 유언장을 재발견하고는 그 내용에 사랑이 담겨 있지 않은 데에 솔직하게 실망감을 드러냈다.

셰익스피어는 350파운드의 현금 외에 4채의 집과 그 집들에 딸린 세간 그리고 꽤 많은 토지 —모두 합쳐 1,000파운드가 조금 안 되는 것으로 추정된다— 를 남겼다. 결코 대단한 유산은 아니었지만 그런대로 꽤 많은 재산이었다. 유언의 내용은 대개 분명했다. 그는 자신의 누이동생에게 현금 20파운드를 주고 헨리 가(街)에 있는 가정집을 여생 동안 사용하도록 했다. 그는 또한 그녀의 세 자녀(그가 이름을 기억하지 못하는 한 명을 포함해서)에게 각기 5파운드씩을 주었다. 그는 또 누이동생 조안에게 자신의 옷들을 주었다. 옷이 가치가 있기는 하지만, 데이비드 토머스에 의하면 옷가지를 자신과 성별이 다른 사람에게 물려준다는 것은 매우 특이한 일이었다. 셰익스피어가 그 옷들을 기꺼이 받을 만한 다른 사람을 생각해내지 못했을지도 모른다.

유언장의 내용 가운데 가장 유명한 한 줄은 세 번째 장에 나온다. 원래의 내용에 다음과 같은 한 줄이 덧붙여져 있다. "나는 나의 아내에게 두 번째로 좋은 침대를 가구와 함께 준다."(가구란 침구를 가리킨다.) 유언장에는 이 밖에 셰익스피어의 미망인을 언급한 구절이 없다. 여기서 그들의 관계에 관한 어떤 결론을 이끌어낼 수 있는가를 놓고 학자들은 오랫동안 논쟁을 벌여왔다.

침대와 침구는 값나가는 물건들로서 자주 유언장에 언급되었다. 두 번째로 좋은 침대가 부부가 쓰던 침대 ―첫 번째로 좋은 침대는 중요한 손님들을 위해서 준비해놓은 침대이다― 이며 따라서 그 침대에는 다정한 추억들이 서려 있다는 주장이 가끔 제기되기도 한다. 그러나 토머스는 이런 사실을 입증할 만한 증거는 없고 남편들은 거의 예외 없이 가장 좋은 침대를 아내나 장남에게 주었다고 말한다. 두 번째로 좋은 침대는 아내의 체면을 손상시키는 유증이라고 그는 믿고 있다. 미망인으로서 앤은 자동적으로 셰익스피어의 재산의 3분의 1을 받을 자격이 있었을 것이고, 따라서 셰익스피어는 특별히 아내에게 무엇을 준다는 말을 할 필요가 없었을 것이라는 지적도 가끔 나오고 있다. 비록 그렇더라도 배우자가 유언장에 그렇게 간단하게 언급된 것은 매우 특이한 일이다.

　지금은 은퇴한, 토머스의 동료 제인 콕스는 16세기의 유언들을 연구한 결과 남편들은 대개 아내에 관해서 다정하게 말하고 ― 콘델, 헤밍, 어거스틴 필립스가 모두 그렇게 했다 ― 흔히 아내에게는 조금 특별한 유품을 남긴다는 것을 알아냈다. 셰익스피어는 둘 중 어느 쪽도 하지 않았다. 그러나 새뮤얼 쇼엔바움의 지적처럼 그는 "다른 가족들에게도 역시 다정한 말을 남기지 않았다." 토머스는 앤에 관해서 그녀가 정신적 무능력 상태에 빠져 있었을지도 모른다는 의견을 제시했다. 또 셰익스피어 자신이 그런 다정한 언사를 하기에는 너무 병세가 위중했을지도 모른다. 토머스는 유언장에 있는 셰익스피어의 서명이 위조되었을지도 모른다고 생각한다. 사악한 의도에서 위조한 것이 아니라 그가 스스로 펜을 놀릴 수 없을 정도로 병세가 악화되어 있었기 때문에 그렇게 했으리라는 것이다. 만약 그 서명이 위조된 것이라면, 역사적 기록을 연구하는 사람들에게는 큰 충격이 될 것이다. 알려진 셰익스피어의 서명 6개 가운데 절반이 유언장에 있는 것이기 때문이다.

　셰익스피어는 스트랫퍼드의 가난한 사람들에게 10파운드를 남겼다. 이것을 인색한 행동이라고 보는 사람들도 더러 있지만, 토머스에 따르면 이것은 사실상 매우 관대한 행동이었다. 그 정도 신분의 사람들이 가난한 사람들에게 남기는 더 통상적인 액수는 2파운드였다. 그는 또 20실링을 한 대자(代子)에게 남겼고, 얼마 안 되는 액수의 돈을 여러 친구들에게 남겼다. 그는 헤밍과 콘델 그리고 리처드 버비지에게 추모 반지를 사라고 각기 26실링씩을 남겼는데(역시 행간에 추가한 문구로) 이것은 다른 사람들도 흔히 하는 일이었다. 나머지 재산은 모두 두 딸들에게로 돌아갔는데 수잔나가 더 많은 재산을 받았다.

두 번째로 좋은 침대와 그가 조안에게 남긴 옷가지 외에 단 두 가지 개인 소지품이 언급되었는데, 그것은 금을 입힌 은 사발과 의식용 칼이었다. 사발은 주디스에게 주었다. 이 사발은 아마 지금 교외의 어느 집 찬장에 놓여 있을 가능성이 높다. 그것은 그냥 버릴 집기가 아니기 때문이다. 칼은 그 지역에 사는 친구 토머스 콤에게 주었다. 이 칼이 어떻게 되었는지도 역시 알려져 있지 않다. 셰익스피어가 가지고 있던 글로브 극장과 블랙프라이어스 극장의 지분은 그 전에 이미 팔아버린 것으로 짐작된다. 유언장에 그에 대한 언급이 없기 때문이다. 그의 재산 총목록(그가 가지고 있던 책들과 역사적 가치가 있는 그밖의 여러 물품들의 목록이 들어 있었을 것이다)은 런던으로 보내졌을 것이고 거기서 1666년의 대화재 때 소실되었을 가능성이 높다. 그 흔적은 전혀 남아 있지 않다.

셰익스피어의 아내는 퍼스트 폴리오가 출판되기 직전인 1623년 8월에 세상을 떠났다. 셰익스피어의 딸 수잔나는 1649년에 예순여섯 살의 나이로 세상을 떠났다. 둘째 딸 주디스는 1662년에 일흔일곱의 나이로 죽었다. 주디스는 세 자녀를 두었는데 그중 한 아들의 이름은 셰익스피어였다. 그러나 그들은 모두 자녀를 남기지 못하고 그녀보다 먼저 세상을 떠났다. "수디스가 가상 아까운 놓쳐버린 기회였지요."스탠리 웰스의 말이다. "만약 셰익스피어의 초기 전기작가들 가운데 어느 한 사람이 그녀를 찾아냈다면, 그녀는 우리가 지금 알고 싶어하는 많은 일들을 그에게 말해줄 수 있었을 겁니다. 그러나 누구도 그녀를 찾아가 이야기를 나누는 수고는 하지 않은 것 같습니다."역시 셰익스피어와 관련된 많은 미스터리에 빛을 던져주었을 것으로 보이는 셰익스피어의 손녀 엘리자베스는 1670년까지 살았다. 그녀는 두 번이나 결혼했지만 자녀를 두지 못했다. 그녀가 죽으면서 셰익스피어의 혈통은 끊어지고 말았다.

셰익스피어가 세상을 떠난 직후의 몇 년 동안 극장들은 호황을 누렸다. 셰익스피어의 생전에 누렸던 것보다 더 큰 호황이었다. 1631년경에는 런던 부근에서 17개의 극장이 성업 중이었다. 그러나 호황은 오래가지 못했다. 청교도들이 극장을 폐쇄한 1642년쯤에는 6개만이 남아 있었다. 3개는 원형 극장이었고 3개는 실내 극장이었다. 그후 연극은 다시는 그렇게 넓은 사회계층의 사랑을 받거나 그렇게 보편적인 오락이 되지 못했다.

셰익스피어의 절친한 친구이자 동료인 존 헤밍과 헨리 콘델의 영웅적인 노력이 없었다면, 그의 희곡들 역시 잊혀지고 말았을지도 모른다. 이 두 사람은 셰익스피어가 죽고 7년 후에 그의 모든 작품을 담은 퍼스트 폴리오를 출판했다. 그들의 노력으로 셰익스피어의 희곡 18편 ―「맥베스」, 「템페스트」, 「줄리어스 시저」, 「베로나의 두 신사」, 「자에는 자로」, 「실수연발」, 「뜻대로 하세요」, 「말괄량이 길들이기」, 「존 왕」, 「끝이 좋으면 다 좋아(All's Well That Ends Well)」, 「십이야」, 「겨울 이야기」, 「헨리 6세」 제1부, 「헨리 8세」, 「코리올라누스」, 「심벨린」, 「아테네의 타이먼」, 「안토니와 클레오파트라」
― 이 처음으로 인쇄되었다. 헤밍과 콘델이 이런 수고를 하지 않았다
면, 이 모든 희곡들은 우리에게 알려지지 않았을 가능성이 높다. 그
러니 이들의 행동이야말로 진정한 영웅적 행동이라고 할 만하다.

헤밍과 콘델은 '체임벌린 경의 사람들'의 원년 멤버 가운데 마지
막으로 남은 두 사람이었다. 이 이야기에 나오는 거의 모든 사람들
이 그렇듯이, 우리는 이 두 사람에 대해서도 아는 것이 얼마 되지
않는다. 헤밍(Heminges)(커모드는 Heminge라고 적었고, 다른 사람
들은 Heming 또는 Hemings라고도 했다)은 극단의 영업 담당 책임자
였지만, 한때 배우 노릇도 했고 전하는 이야기에 따르면 폴스타프
역을 맨 처음 한 사람이라고 한다. 그러나 그는 말더듬이였다고 전
해지고 있는데 이것은 "배우로서는 불운한 장애"였을 것이라고 웰스
는 지적한다. 그는 유언장에서 자신을 "런던의 시민이며 식료품 상
인"이라고 지칭했다. 셰익스피어 시대의 식료품 상인은 가게에서 식
료품을 파는 사람이 아니라 큰 규모로 장사를 하는 사람이었다. 어
쨌든 이 지칭은 그가 식료품 상인 조합의 회원이었음을 의미할 뿐,
그가 적극적으로 그 사업을 했다는 뜻은 아니다. 그는 아내 레베카
가 낳은 13명 혹은 14명의 자녀들을 두었다. 레베카는 배우 윌리엄
넬의 미망인이었다. 앞에서 이미 언급했지만, 일부 비평가들은 넬이
1587년 테임에서 살해되었고 그의 죽음으로 '여왕의 사람들'에 생긴
빈자리를 젊은 윌리엄 셰익스피어가 메웠을 것이라는 추측을 쏟아
냈다.

콘델(Condell)(유언장에 쓰여 있는 것처럼 가끔 Cundell이라고 쓰

기도 했음)은 희극적인 역할을 잘하는 것으로 정평이 나 있던 배우였다. 셰익스피어처럼 그도 현명하게 투자를 해서 "신사(gentleman)"라고 부르기에 충분할 정도의 재산을 모았다. 그는 또 당시 풀햄의 외곽 마을이었던 곳에 시골 저택도 소유하고 있었다. 그는 유언장에서 5파운드라는 적지 않은 돈—셰익스피어가 헤밍, 콘델, 버비지 세 사람에게 남긴 돈을 합친 것보다 훨씬 더 많은 액수이다— 을 헤밍에게 남겼다.(1파운드는 20실링/역주) 그와 헤밍은 도시 성벽 안에 있는 세인트 메리 올더먼베리에서 32년 동안 이웃으로 살았다.

셰익스피어가 죽은 후 그들은 셰익스피어의 모든 작품을 모으기 시작했다. 이것은 수월한 일이 아니었다. 그들은 셰익스피어가 죽던 해인 1616년에 자신이 쓴 작품들을 모아 예쁜 폴리오 판 책을 펴낸 벤 존슨의 사례에서 영향을 받았을 것으로 보인다. 당시 희곡은 오래 기억될 만한 가치 있는 작품으로 간주되지 않았기 때문에 벤 존슨의 이 행동은 매우 용감하지만 쓸데없는 행동으로 생각되었다. 존슨은 다소 도전적인 태도로 그 책에 "작품들(Workes)"이라는 제목을 붙였다. 이 제목을 보고 한 익살맞은 평자(評者)는 벤 존슨이 일(work)과 놀이(play, '희곡'이라는 뜻도 있음/역주)를 구분하는 능력을 상실한 것이 아닌지 의심된다고 비아냥거렸다.

우리는 헤밍과 콘델이 그 일을 하는 데에 어느 정도의 시간이 걸렸는지 모른다. 하여간 셰익스피어가 죽고 7년이 지난 1623년에야 이 책의 출판 준비가 완료되었다. 이 책의 공식 제목은 『윌리엄 셰익스피어 씨의 희극, 역사극, 비극(Mr. William Shakespeare's Comedies, Histories, and Tragedies)』이었지만 그후 세상에 알려진 이름은 퍼스트 폴리오(First Folio = 제1이절판)였다.

폴리오(folio)는 "잎 또는 장"이라는 뜻의 라틴어 폴리움(folium)에서 온 말로 전지의 가운데를 한 번 접어서 만든 책을 말한다. 그러니까 전지 1장이 책에서는 2장, 4쪽이 된다. 따라서 폴리오 판은 한 면이 매우 크다. 대개 길이가 38센티미터쯤 된다. 카르토(quarto) 판 책은 전지를 두 번 접어서 만든 책이다. 그러니까 전지 1장이 책에서는 4장, 8쪽이 된다.

퍼스트 폴리오는 에드워드 블라운트와 윌리엄과 아이작 재거드 부자 팀에 의해서 출판되었다. 재거드 부자를 출판사로 선택한 것은 기묘하다. 왜냐하면 아버지 재거드는 전에 「열정적인 순례자」라는 제목이 붙은 시집을 출판한 적이 있는 사람이기 때문이다. 이 시집의 표지에는 윌리엄 셰익스피어가 저자로 소개되어 있었지만, 사실 이 시집에는 셰익스피어의 소네트 2편과 「사랑의 헛수고」에서 뽑은 3편의 시가 들어 있을 뿐이었다. 그러니까 이 시집 출판이 무허가였고 따라서 이 시집이 셰익스피어에게는 혐오스러운 일이었을 것으로 짐작된다. 어쨌든 퍼스트 폴리오가 나올 무렵에는 윌리엄 재거드는 병이 위중해서 인쇄에 관여하지 못한 것이 거의 확실하다.

출판은 가볍게 내린 결정이 아니었다. 폴리오 판 책은 크기가 커서 제작비가 많이 들었다. 매우 야심차게 책 값을 1파운드(송아지 가죽으로 장정한 책, 그런 장정을 하지 않은 책은 조금 더 쌌다)로 매겼다. 이에 반해서 소네트집은 출판 당시 한 권에 5페니에 불과했다. 그러니까 폴리오 판 전집 값의 48분의 1에 불과했다. 이렇게 값이 비쌌는데도 퍼스트 폴리오는 잘 팔려서 1632년, 1663-1664년, 1685

년에 각각 2판, 3판, 4판이 나왔다.

퍼스트 폴리오를 출판한 목적은 단순히 전에 인쇄된 적이 없는 희곡들을 출판한다는 데에 그치지 않고 부주의하게 베끼거나 인쇄해서 틀린 곳이 많은 희곡들의 오류를 고쳐 원작을 되살리는 데에 있었다. 헤밍과 콘델은 오랫동안 셰익스피어와 함께 일했었고, 따라서 그 누구보다도 그의 작품을 가장 가까이에서 접해보았다는 이점이 있었다. 그들은 그들의 기억을 되살리는 데에 도움이 되는 매우 가치 있는 자료들—프롬프터용 대본, 셰익스피어가 직접 쓴 초고, 극단에서 만든 대본 등—을 가지고 있었다. 지금은 그런 자료들 모두가 없어졌다.

퍼스트 폴리오가 나오기 전에 세상에 나돌던 셰익스피어의 희곡들은 그 품질이 각양각색인 싸구려 카르토 판들뿐이었다. 그중 12개는 전통적으로 "좋은" 것으로 취급되었고, 다른 9개는 "부실한" 것으로 취급되었다. 좋은 카르토 판 책들은 그런 대로 충실한 희곡 대본에 기초해서 만들어진 것이었고 부실한 책들은 대개 "기억에 의한 재생"으로 여겨지는 것들이었다. 다시 말해서 동료 배우들이나 연극을 관람하면서 그 대본을 능력껏 받아 적으라고 고용된 서기가 기억력(흔히 아주 형편없는 기억력이었던 것 같다)에 기초해서 기록한 원고를 가지고 만든 책들이었다. 부실한 카르토 판은 그 내용이 정말이지 짜증스러웠다. 다음에 한 부실한 카르토 판에 수록된 햄릿의 독백을 소개한다.

죽느냐, 사느냐, 내가 중요하다.

죽는 것은 잠드는 것, 그것이 전부일까? 내가 전부다.

아니지, 자는 것은 꿈꾸는 것,

그 죽음의 꿈에서 우리는 깨어나

영원한 재판관에게 불려가리라.

어떤 여행자도 그곳에서 돌아온 적은 없느니…….

헤밍과 콘델은 이 모든 부실한 책들을 쓰레기 더미에 버리고—"각양각색의 훔친 무허가 판들, 사악한 사기꾼들에 의해서 망가지고 변형된 내용"이라고 그들은 폴리오 판의 서문에 썼다—부지런히 셰익스피어의 희곡들을 "진정한 원래의 상태"로 회복시켰다. 그들의 기묘한 문구를 인용한다면 희곡들이 이제 "치유되어 사지가 온전한 상태가 되었다." 적어도 그들은 그렇게 되었다고 주장했다. 그러나 실상 퍼스트 폴리오는 결정적인 오류가 있는 작품이었다.

비전문가의 눈에도 그 책의 인쇄 상태는 조잡했다. 엉뚱한 단어가 엉뚱한 자리에 나타나기 일쑤였다. 예를 들면 38쪽 아랫부분에는 내용과 전혀 상관없는 "THE"라는 단어가 크게 찍혀 있다. 쪽 번호도 있다가 없다가 했고 오자도 많았다. 81쪽과 82쪽은 두 번 나오고, 77-78쪽, 101-108쪽, 157-256쪽은 전혀 나오지 않는다. 「헛소동」에서는 도그베리와 버지스의 대사 앞에 갑자기 등장인물의 이름 대신 "윌"과 "리처드"라는 이 희곡이 초연될 당시 그 역을 맡았던 배우들의 이름이 나왔다. 공연 당시라면 이해할 수 있는 실수이지만, 이 희곡이 몇 년 후에 인쇄되었다는 점을 감안할 때 도저히 용납될 수 없는 편집상의 실수이다.

희곡들은 어떤 때는 막(幕)과 장(章)으로 나뉘어 있지만, 어떤 때는 나뉘어 있지 않았다. 「햄릿」의 경우는 장 나누기를 희곡의 후반부에서는 포기해버렸다. 등장인물 목록이 희곡의 앞부분에 있기도 하고 희곡의 뒷부분에, 또는 아예 없는 것도 있다. 무대 지시는 어떤 때는 포괄적이고 또 어떤 때는 거의 없었다. 「리어 왕」의 중요한 대사 앞에 "Cor."라는 등장인물의 생략된 이름이 붙어 있어 이 이름이 콘월(Cornwall)을 가리키는지 혹은 코르델리아(Cordelia)를 가리키는지 알 수 없었다. 그 어느 쪽을 넣어도 의미가 통하기는 하지만, 누구를 넣느냐에 따라 연극에 주는 효과가 서로 다르다. 이 문제는 그 이후로 줄곧 연출자들을 괴롭혀왔다.

그러나 이런 결함들은 이 책이 없었을 경우 우리가 겪을 어려움을 생각할 때 사소한 것에 불과하다는 점을 말해두어야 할 것 같다. 앤서니 제임스 웨스트는 이렇게 썼다. "폴리오 판이 없었다면, 셰익스피어의 역사극은 그 첫 작품과 마지막 작품을 잃게 되었을 것이고, 로마를 소재로 한 희곡은 「티투스 안드로니쿠스」 단 한 편뿐이었을 것이며, 4대 비극이 아니라 3대 비극이 되었을 것이다. 이 책에 실린 18편을 뺀다면, 셰익스피어는 지금과 같은 위대한 극작가가 되지 못했을 것이다."

헤밍과 콘델이 역사를 통틀어 가장 위대한 문학적 영웅들이라는 것은 의심의 여지가 없다. 다시 말하거니와 셰익스피어 시대에 나온 약 230편의 희곡들이 지금까지 전해지는데 그중 15퍼센트가 퍼스트 폴리오에 들어 있다. 따라서 헤밍과 콘델은 윌리엄 셰익스피어의 희곡 절반을 구해 후대에 남겨주었을 뿐만 아니라 엘리자베스 시대와 제임스 1세 시대의 희곡들의 상당 부분을 후대에 전하는 공로를 세웠다고 할 수 있다.

희곡들은 희극, 역사극, 비극으로 분류되어 있다. 셰익스피어의 마지막 작품들 가운데 한 편인 「템페스트」가 맨 앞에 수록되어 있는데 그 이유는 이 작품이 상대적으로 새로운 작품이기 때문이었을 것이다. 「아테네의 타이먼」은 미완성 초고(스탠리 웰스의 말을 빌리면 "심하게 앞뒤가 맞지 않는" 완성된 희곡)이다. 「페리클레스」는 수록되어 있지 않다. 이 작품은 그후 40년 동안 폴리오 판에 수록되지 않았는데, 그 이유는 아마도 이 작품이 다른 사람과의 합작이기 때문이었을 것이다. 아마도 같은 이유로 헤밍과 콘델은 「두 귀족 사촌형제」와 「카르데니오의 진정한 역사」를 제외했을 것이다. 이것은 매우 애석한 일이다. 「카르데니오의 진정한 역사」가 유실되어 지금은 전하지 않기 때문이다.

두 사람은 「트로일러스와 크레시다」도 제외할 뻔했다. 그들은 마지막 순간에 이 작품을 집어넣었다. 그들이 왜 그랬는지는 아무도 모른다. 두 사람은 역사극의 제목을 과감하게 다듬었다. 셰익스피어가 살아 있던 시절에는 「헨리 6세」 제2부가 없었다. 대신 「유명한 가문 요크와 랭커스터 간의 다툼(The First Part of the Contention Betwixt the Two Famous Houses of York and Lancester)」 제1부가 있었고, 「헨리 6세」 제3부 대신 「요크 공작 리처드와 선왕 헨리 6세의 비극(The True Tragedy of Richard Duke of York and the Good King Henry the Sixth)」이 있었다. 게리 테일러의 말을 빌리면 "더욱 흥미롭고 더욱 설명적이며 과장된" 제목이 사용되었다.

여러 가지 결함과 오류가 있기는 하지만, 헤밍과 콘델은 그들의 능력이 미치는 한도 내에서 가장 완벽하고 정확하게 만들어내려고 온갖 수고와 시간을 아끼지 않았다. 예를 들면, 「리처드 2세」의 경우 대부분이 믿을 만한 카르토 판에 의거해서 인쇄되었지만, 다른 부실한 카르토 판들과 프롬프터용 대본에서 추려낸 151행의 좋은 내용이 추가되었다. 수록된 다른 작품들에도 비슷한 노력을 기울였다.

"일부 작품들에 대해서는 그들은 무척 공을 들였다." 스탠리 웰스의 말이다. "「트로일러스와 크레시다」는 1쪽당 평균 18번이나 내용을 바꾸었는데 이것은 엄청난 횟수이다. 일부 다른 작품들에는 그렇게 공을 들이지 않았다."

그들이 왜 들쑥날쑥했는지 — 즉 어느 작품에는 까다롭게 굴고 또 어느 작품은 대충 넘어갔는지 — 역시 아무도 답할 수 없는 또 하나의 의문이다. 셰익스피어가 살아생전에 왜 그의 희곡들을 출판하지 않았느냐도 쉽게 대답할 수 없는 의문이다. 그의 시대에는 극작가의 작품이 극작가가 아니라 극단 소유였고 따라서 작가가 그 작품을 마음대로 이용할 수 없었다는 사실이 흔히 지적된다. 그것은 의문의 여지가 없는 사실이지만, 셰익스피어와 그의 동료들과의 돈독한 관계를 감안할 때 그가 자신의 작품의 충실한 기록을 남기고 싶어했다면 틀림없이 그 뜻을 이룰 수 있었을 것이다. 많은 작품들이 부실한 판으로만 나돌고 있었으므로 그런 생각을 했을 법도 하다. 그러나 셰익스피어가 일단 공연된 자신의 작품에 대해서 특별한 관심을 보였다는 증거는 찾아볼 수 없다.

셰익스피어의 희곡들 가운데 몇몇은 공연은 물론이고 읽히도록 쓰였을지도 모른다고 믿을(적어도 의심할) 만한 이유가 있기 때문에 그것은 더욱 이상하다. 특히 4편의 희곡들 ―「햄릿」, 「트로일러스와 크레시다」, 「리처드 3세」, 「코리올라누스」―은 부자연스럽게 길어 3,200행 이상이나 된다. 이 내용이 일부 삭제되지 않고 공연된 경우는 거의 없을 것이다. 여분의 내용을 담은 대본은 집에서 여가 시간이 많은 사람들에게 일종의 보너스 같은 역할을 했을 것이다. 셰익스피어의 동시대인인 존 웹스터는 자신의 작품인 「말피의 공작부인 (*The Duchess of Malfi*)」 서문에서 공연되지 않은 원래의 내용 상당 부분을 읽기를 좋아하는 사람들을 위해서 남겨두었다고 밝혔다. 아마 셰익스피어도 같은 생각을 가지고 있었을 것이다.

퍼스트 폴리오 판이 모든 텍스트의 원본이라고 말하는 것은 완전히 옳은 말은 아니다. 몇몇 카르토 판(부실한 판도 포함된다)의 내용이 추가되어 뒤에 희곡의 내용이 더욱 개선되고 다듬어졌으며 드물기는 하지만 폴리오 판의 내용이 의심스럽거나 모호한 경우에는 카르토 판이 읽을 만한 텍스트가 된 경우도 있다. 가장 부실한 카르토 판도 같은 텍스트의 여러 가지 버전을 비교하는 유용한 토대를 마련해줄 수 있다. G. 블레이크모어 에번스는 「리어 왕」의 한 행이 서로 다른 초기 판들에 제각기 다르게 나타나 있는 예를 열거했다. "내 광대가 내 몸을 찬탈한다", "내 발이 내 몸을 찬탈한다", "내 발이 내 머리를 찬탈한다" 등이 나오지만 의미가 통하려면 "내 광대가 내 침대를 찬탈한다"가 되어야 한다. 카르토 판은 또한 더욱 많은 내용의 무대 지시를 담고 있는 경향이 있다. 이것은 학자들과 연출자들에게 큰 도움이 된다.

때로는 카르토 판과 폴리오 판의 내용이 너무 달라서 그것을 어떻게 해석해야 할지, 셰익스피어가 어느 쪽을 더 좋아했을지를 짐작할 수 없는 경우도 있다. 가장 악명이 높은 예가 「햄릿」이다. 「햄릿」은 세 가지 판이 존재한다. 1603년에 나온 2,200행의 "부실한" 카르토 판과 1604년에 나온 3,800행의 훨씬 더 나은 카르토 판 그리고 1623년에 나온 3,570행의 폴리오 판이다. 세 가지 판 가운데서 "부실한" 첫 번째 카르토 판이 실제로 공연된 희곡과 가장 가까울 것이라고 믿을 만한 이유들이 있다. 이 판은 다른 두 판들보다 분명히 어투가 더 무뚝뚝하다. 또 런던 킹스 칼리지의 앤 톰슨이 지적하듯이 이 판은 다른 두 판들과는 다른, 더 좋은 대목에 햄릿의 유명한 독백을 삽입해놓았다. 자살을 생각하는 것이 더욱 적합하고 합리적인 대목에 그 독백을 삽입한 것이다.

전반적으로 더욱 문제가 되는 것이 「리어 왕」이다. 이 희곡의 경우, 카르토 판에 퍼스트 폴리오 판에는 없는 300행과 1장(章)이 들어 있다. 두 버전은 대사를 서로 다른 등장인물에게 배당하는가 하면 세 명의 주요 인물들 — 올버니, 에드거, 켄트 — 의 역할의 성격도 다르다. 카르토 판은 특히 종반부가 완전히 다르다. 이렇게 두 버전이 매우 다르기 때문에 「옥스퍼드 셰익스피어」의 편집자들은 두 버전을 모두 전집 속에 포함시켰다. 그 두 버전은 같은 희곡의 두 버전이 아니라 다른 두 희곡이라는 것이 그 이유였다. 「오셀로」도 카르토 판과 퍼스트 폴리오 판이 100행 이상이 다르다. 더욱 중요한 사실은 두 버전에 사용된 단어 수백 개가 서로 다르다는 점이다. 이것은 뒤에 내용이 대대적으로 수정되었음을 시사한다.

퍼스트 폴리오 판이 몇 권 인쇄되었는지는 아무도 모른다. 약 1,000권이 인쇄되었다는 것이 통상적인 추측이지만, 이것은 어디까지나 추측일 뿐이다. 퍼스트 폴리오의 출중한 권위자인 피터 W. M. 블레이니는 책이 1,000권이 채 되지 않았을 것이라고 생각한다. 블레이니는 이렇게 썼다. "불과 9년 후에 재판이 인쇄되었다는 사실이 초판이 비교적 소량— 대략 750권 정도 혹은 그보다 적은 양— 인쇄되었을 것임을 암시한다." 이중 300권의 일부 또는 전부가 지금까지 남아 있다. 상당히 많은 양이 남아 있는 셈이다.

오늘날 퍼스트 폴리오 판을 가장 많이 소장한 곳은 미국 워싱턴의 국회의사당에서 두 블록 떨어진 유쾌한 거리의 허름한 건물에 자리잡은 폴저 셰익스피어 도서관이다. 이 도서관은 스탠더드 오일의 사장이었던(폴저스 커피 가문의 일원이다) 헨리 클레이 폴저의 이름을 따서 명명되었다. 헨리 클레이 폴저는 돈에 쪼들리는 귀족이나 재정난에 허덕이는 기관들로부터 비교적 싼 값에 퍼스트 폴리오 판을 살 수 있던 20세기 초에 퍼스트 폴리오 판 수집을 시작했다.

진지한 수집가들에게 가끔 일어나는 일이지만, 폴저는 시간이 지나면서 수집의 범위를 점점 넓혀나가서 셰익스피어가 지었거나 셰익스피어에 관해서 다른 사람이 쓴 책뿐만 아니라 셰익스피어를 좋아한 사람들이 쓰거나 그들에 관해서 다른 사람이 쓴 책까지 수집하게 되었다. 그래서 그의 컬렉션은 매우 귀중한 셰익스피어에 관한 자료뿐만 아니라 다소 뜻밖의 진기한 자료까지 포함하게 되었다. 예를 들면, 토머스 드 퀸시(1785-1859, 영국의 작가)가 죽 만드는 법에 대해서 쓴 원고 같은 것이다. 폴저는 그의 이름을 딴 도서관의 개관을 보지 못하고 죽었다. 1930년 도서관의 초석을 놓고 2주일 후, 그는 급작스런 심장 발작으로 세상을 떠났다.

오늘날 그의 컬렉션은 35만 권의 도서와 다른 품목들로 이루어져 있지만, 그 핵심은 퍼스트 폴리오 판 책들이다. 폴저 도서관은 퍼스트 폴리오 판 책을 세계의 다른 어느 기관보다 더 많이 보유하고 있다. 그러나 놀랍게도 정확히 몇 권인지는 누구도 말할 수 없다. "어느 것이 퍼스트 폴리오이고 어느 것이 아닌지를 말하기는 실제로 쉽지 않습니다. 대다수의 폴리오 판 책들은 완전한 원형이 아니고 또 전체가 온전하게 남아 있는 것은 몇 권 안 됩니다." 2005년 여름 내가 이 도서관을 방문했을 때 큐레이터인 조지애너 지글러가 나에게 말했다. "18세기 후반부터 불완전하거나 파손된 책을 다른 책에서 떼어낸 부분으로 채우는 것이 흔한 관행이 되었어요. 그 정도가 아주 심한 경우도 더러 있어요. 저희 컬렉션의 66호 책은 대략 60퍼센트가 다른 책들에서 떼어내 채운 것입니다. '파본' 퍼스트 폴리오 중 3권이 사실 그보다 더 온전하다고 할 수 있어요."

"저희는 통상적으로 남아 있는 퍼스트 폴리오의 약 3분의 1을 소장하고 있다고 말합니다." 그녀의 동료 레이철 도깃이 덧붙였다.

관례적으로 폴저 도서관이 79권의 완전한 퍼스트 폴리오와 몇 권의 일부를 가지고 있다고 기술되지만, 실상은 79권의 "완전한" 책들 가운데 단 13권만이 정말로 완전하다. 그러나 피터 블레이니는 폴저 도서관이 82권의 완전한 퍼스트 폴리오 책을 가지고 있다고 주장해도 무방하다고 생각한다. 그것은 사실 대체로 의미론의 문제라는 것이다.

지글러와 도깃은 폴저 컬렉션의 가장 희귀하고 중요한 책들이 보관되어 있는 창문이 없는 으슥한 지하실 방으로 나를 데리고 갔다. 그 방은 써늘했지만 밝게 조명이 설치되어 있었고 소독약 냄새가 약간 났다. 나의 눈이 가려져 있었다면, 나는 그곳이 시체 부검실이라고 생각했을 것이다. 그러나 그 방에는 현대적인 서가가 늘어서 있었고 매우 오래된 책들이 그 안에 놓여 있었다. 퍼스트 폴리오 책들은 그 양옆 뒷벽을 따라 놓인 12개의 얇은 선반에 놓여 있었다. 각각의 책들은 대략 세로 45센티미터, 가로 35센티미터의 크기, 그러니까 브리태니커 백과사전만 한 크기였다.

　　활판 인쇄 초창기에 책이 어떻게 제작되었는가를 잠시 생각해보는 것이 좋을 듯하다. 1장의 카드를 반으로 접어서 4개의 면 — 앞면, 내부의 왼쪽 면, 내부의 오른쪽 면 그리고 뒷면 — 이 생기도록 한 표준 인사장 카드를 생각해보라. 이 첫 번째 카드에 다시 2장의 접은 카드를 끼워넣으면 12쪽의 작은 책자가 된다. 이것을 첩(quire)이라고 하는데 대략 희곡 길이의 절반으로 어느 때이건 인쇄소에서 작업을 할 수 있는 양이다. 인쇄업자의 입장에서 어려운 점은 이렇게 끼워넣어 만든 책자의 면이 순서대로 배열되도록 하려면 인쇄할 때는 순서가 엉망이 된다는 것이다. 예를 들면 첩의 겉장은 왼쪽 장에 1, 2쪽이 들어가고 오른쪽 장에 11, 12쪽이 들어간다. 첩의 가장 안쪽에 있는 2쪽(6, 7쪽)만이 책으로 나왔을 때나 인쇄할 때나 다 같이 연속적으로 나타날 것이다. 모든 다른 쪽들은 최소한 서로 이어지지 않는 쪽을 이웃에 하나씩은 가지게 된다.

　　따라서 책을 제작할 때는 어느 본문이 12개 면의 각각에 늘어갈 것인지를 미리 결정해야 한다. 이것을 면 앉히기라고 하는데 이 과정이 잘못되면(잘못되는 일이 흔했다), 식자공들은 행과 쪽이 올바른 곳에서 끝나도록 조정을 해야 했다. 그렇게 하려면 때로는 글자 수를 줄여야 했고 — 예를 들면, "the" 대신 "ye"를 사용했다 —경우에 따라서는 더욱 심한 수단을 사용해야 했다. 가끔 몇 줄을 아예 빼버리기도 했다.

퍼스트 폴리오는 3개 인쇄소에서 따로따로 책을 만들었다. 각각의 인쇄소에서 고용한 식자공들의 숙련도, 경험, 헌신도가 제각기 달랐고 따라서 나온 책들도 서로 다를 수밖에 없었다. 어느 쪽이 인쇄되는 동안 잘못이 발견되면(그런 일은 종종 벌어졌다), 인쇄 도중에 그 잘못을 수정했다. 이런 수정 때문에 같은 인쇄소에서 나온 책들도 서로 달랐다. 그리고 셰익스피어 시대의 인쇄공들은 고집이 세고 자기 주장이 강하기로 악명이 높았고(그후에도 오랫동안 그러했다) 따라서 본인들 생각에 고치는 것이 낫겠다고 생각되면 서슴지 않고 원고를 고쳤다. 출판업자 리처드 필드가 시인 존 해링턴의 책을 출판할 때 그의 식자공들이 철자와 어구를 1,000군데 이상 고쳤다는 것은 현재 남아 있는 원고를 보면 알 수 있다.

제작과정에서 일어나는 모든 고의적인 수정에 덧붙여서, 서로 다른 활자 간의 마멸 정도와 품질에도 미세한 차이가 있었다. 서로 다른 활자 케이스에서 활자를 골랐을 경우 이런 차이는 더욱 심했다. 이러한 사실을 실감한 찰턴 힌먼은 1950년대에 자신이 직접 제작한 특수 확대경을 사용해서 폴저 도서관에 있는 55권의 폴리오 책들을 세밀하게 관찰했다. 그 결과가 지난 세기에 나온 가장 별난 문학적 연구서들 중 한 권인 「셰익스피어 퍼스트 폴리오 판의 인쇄와 교정 (*The Printing and Proof-Reading of the First Folio of Shakespeare*)」 (1963)이었다.

개개인의 식자공이 선호하는 것과 어떤 글자들의 사소한 흠 등을 유심히 관찰하고 대조함으로써 힌먼은 누가 어느 부분을 작업했는지를 밝혀낼 수 있었다. 결국 그는 9명의 식자공이 퍼스토 폴리오의 작업을 했다는 것을 확인하고, 그 식자공들에게 A, B, C, D의 이름을 붙였다.

9명이 작업을 했지만, 그들이 한 일의 양은 아주 달랐다. B 혼자서 출판된 본문의 근 절반을 작업했다. 우연한 일이지만, 식자공 가운데 한 사람이 존 셰익스피어라는 사람일지도 모른다는 견해가 제시되었다. 그는 그전 10년 동안 재거드와 함께 식자공 수련을 받은 사람이다. 그렇다면 그가 이 일에 참여하게 된 것은 순전히 우연이었을 것이다. 그가 윌리엄 셰익스피어와 무슨 관계가 있다고는 알려져 있지 않다. 아이러니하게도 그 신원을 가장 자신 있게 짐작할 수 있는 식자공 —존 리슨이라는 햄프셔의 허슬리 출신의 젊은이로 힌먼은 그를 식자공 E라고 지칭했다 —의 솜씨가 최악이었다. 그는 도제였고 그의 일솜씨로 보아 장래가 촉망되지 않는 도제였다.

힌먼은 또 퍼스트 폴리오 책 두 권이 완전히 똑같은 경우는 없다는 사실도 밝혀냈다. "한 권의 책이 모든 다른 책과 다르다는 것은 뜻밖의 사실이었어요. 물론 그런 결정을 내리려면 더 많은 책들이 있어야 할 것입니다." 레이철 도깃이 아주 만족한 표정으로 말했다. "그러니 폴저가 폴리오 판을 모으려고 한 집념은 학계를 위해서 매우 가치 있는 일이었던 것으로 판명된 셈입니다."

"다소 놀라운 것은 사실 별로 잘 만들어지지도 못한 책을 놓고 그런 소동을 벌였다는 점입니다." 지글러가 말했다. 그녀는 자신의 주장을 뒷받침하기 위해서 탁자 위에 퍼스트 폴리오 판 책 한 권을 펼쳐놓고 그 옆에 벤 존슨의 전집 한 권을 놓았다. 그 질의 차이가 뚜렷했다. 셰익스피어의 퍼스트 폴리오의 인쇄 상태는 조잡해 보였다. 인쇄가 희미하거나 아주 희미한 잡티가 있는 부분이 여러 군데 눈에 띄었다.

"종이는 수제입니다." 그녀가 덧붙였다. "하지만 품질은 중간 정도예요." 그에 비해서 존슨의 책은 정성을 들인 책의 표본이었다. 아름답게 구성되어 있고 장식적인 대문자와 인쇄소의 장식 문양으로 꾸며져 있었으며 셰익스피어의 책에서는 찾아볼 수 없는 초연 날짜 등 유용한 세부사항들이 곁들여 있었다.

셰익스피어가 세상을 떠날 무렵에 그가 언젠가는 영국에서 가장 위대한 극작가로 추앙받게 되리라고 예상했던 사람은 별로 없었을 것이다. 그 당시에는 프랜시스 보몬트, 존 플레처, 벤 존슨이 더 인기가 있었고 더 존경을 받았다. 퍼스트 폴리오에는 찬양의 시가 단 4편 실려 있는데 이것은 아주 적은 양이다. 지금은 거의 잊혀지다시피한 윌리엄 카트라이트가 1643년에 죽었을 때, 60명의 찬미자들이 조시(弔詩)를 바치러 몰려들었다고 한다. "명성이란 이렇게 덧없이 변하는 것"이라고 쇼엔바움은 그의 「간결한 다큐멘터리 일생」에서 한탄한다.

이것은 그리 놀라운 일도 아니다. 어느 시대고 그 시대의 가치를 판단하는 데에는 대체로 무능한 법이기 때문이다. 오늘날 과연 몇 사람이 펄 벅, 에리크 폰토피단, 루돌프 오이켄, 셀마 라게를뢰프에게 노벨상을 주라고 투표할 것인가? 이 밖에도 자신이 살던 세기가 끝나면서 그 명성도 끝나버린 작가들은 얼마든지 더 있다.

하여간 셰익스피어는 왕정복고 시대(1660-1685)에는 그다지 큰 인기를 끌지 못했고, 그의 희곡들은 공연이 되더라도 심하게 각색되어 무대에 올려졌다. 그가 죽고 불과 40년이 지난 후에 새뮤얼 페피스(1633-1703, 영국 해군부 관리로 일기작가)는 「로미오와 줄리엣」을 "내 평생 들어본 최악의 작품"이라고 생각했고, 그후 「한여름밤의 꿈」을 보고는 "내가 생전에 본 가장 재미없고 보잘것없는 연극"이라고 평했다. 대다수의 관객들은 그보다는 더 찬양하는 편이었지만, 그래도 그들은 보몬트와 플레처의 「하녀의 비극」, 「왕과 왕이 아닌 사람」 그리고 그밖의, 이제는 학자들 외의 사람들에게는 대체로 잊혀진 다른 희곡들의 복잡한 줄거리와 스릴 넘치는 급진전을 더 좋아했다.

셰익스피어는 결코 완전히 잊히지는 않았지만─제2, 제3, 제4 폴리오 판의 출판이 이를 분명히 입증한다─그렇다고 오늘날처럼 존경을 받지도 못했다. 그가 죽은 후, 그의 희곡들 중 일부는 아주 오랫동안 다시 공연되지 않았다. 「뜻대로 하세요」는 18세기에 접어들 때까지 재공연되지 않았다. 「트로일러스와 크레시다」는 1898년까지 기다린 후에야 비로소 독일에서 다시 무대에 오를 수 있었다. 그동안 존 드라이든이 완전히 개작된 버전을 세상에 선보이기는 했었나.

드라이든은 자신이 그런 일을 한 것은 셰익스피어의 문장의 상당 부분이 문법에 맞지 않고 일부는 거칠며 그 전부가 "비유적인 표현이 남용되어 있어 모호하고 부자연스럽기" 때문이었다고 설명했다. 거의 모든 사람이 "너무 늦게 발견된 진실"이라는 부제가 붙은 드라이든의 버전이 원작보다 훨씬 낫다는 데에 동의했다. "당신은 흙을 발견해서 그것을 금으로 만들었다"고 시인 리처드 듀크는 드라이든을 찬양했다.

시 역시 사람들의 관심을 끌지 못했다. W. H. 오든에 따르면, 소네트는 "150여 년 동안 거의 잊혀지다시피 되었고", 「비너스와 아도니스」, 「루크리스의 능욕」도 새뮤얼 테일러 콜리지와 그의 동료 낭만주의자들에 의해서 1800년대 초에 재발견될 때까지 마찬가지로 간과되었다.

셰익스피어의 지위가 이렇게 흔들렸으므로 시간이 지나면서 세상은 그가 정확히 무엇을 썼는지 잊기 시작했다. 퍼스트 폴리오가 나오고 40년 후에 출판된 제3 폴리오 판에는 실상 셰익스피어가 쓰지 않은 6편의 희곡들 ―「요크셔 비극(A Yorkshire Tragedy)」, 「런던의 탕아(The London Prodigal)」, 「로크린(Locrine)」, 「존 올드캐슬 경(Sir John Oldcastle)」, 「토머스 크롬웰 경(Thomas Lord Cromwell)」, 「청교도 과부(The Puritan Widow)」― 이 포함되어 있다. 그러나 이 판에는 그동안 빠져 있던 「페리클레스」가 들어갔다. 이것은 학자들과 극장 출입자들이 아주 고마워하는 일이다. 다른 셰익스피어 작품집들에는 또다른 작품들 ―「에드먼턴의 즐거운 악마(The Merry Devil of Edmonton)」, 「무세도루스(Mucedorus)」, 「이피스와 이안테(Iphis and

Ianthe)」, 「멀린의 탄생(*The Birth of Merlin*)」─ 이 들어갔다. 이들 작품의 작가를 대체로 가려내는 데에 근 200년이 걸렸다. 그러나 아직도 가려지지 않은 세부사항이 남아 있다.

윌리엄 셰익스피어의 죽음과 그의 전기를 쓰려는 최초의 시도 사이에 근 100년의 괴리가 있다. 이 100년 동안 그의 생애의 세부적인 내용이 대부분 영영 사라지고 말았다. 그의 생애를 글로 쓰려는 최초의 시도는 1709년 영국의 계관시인이며 그 자신도 극작가였던 니컬러스 로에 의해서 이루어졌다. 그는 새로 출판되는 6권으로 된 셰익스피어 전집의 서문의 일부로 40쪽 분량의 배경 스케치를 썼다. 그 내용의 대부분은 전해지는 이야기와 소문을 옮긴 것으로 거의가 부정확한 내용이었다. 로는 셰익스피어에게 3명의 딸이 있다고 썼고 (실제로는 2명임) 셰익스피어가 쓴 장시는 「비너스와 아도니스」 1편 뿐이라고 썼다. 그는 「루크리스의 능욕」에 대해서는 전혀 몰랐던 듯하다. 셰익스피어가 찰르코트에서 밀렵을 하다가 붙잡혔다는 재미있지만 신빙성이 떨어지는 이야기가 오늘날까지 전해지는 것은 로 덕분이다. 후대의 학자 에드먼드 말론에 의하면, 셰익스피어의 생애에 대해서 로가 주장한 11가지 사실 가운데 8가지가 부정확한 것이라고 한다.

셰익스피어의 명성을 회복시키려고 노력한 사람들 역시 항상 그에게 제대로 봉사한 것만은 아니다. 시인 알렉산더 포프는 드라이든이 시작한 전통을 이어받아 1723년 꽤 많은 양의 셰익스피어 작품을 다시 써냈다. 그런데 그는 자신이 좋아하지 않는 자료는 마음대로 고쳐버렸다. 이런 부분이 상당히 많다. 그는 자신이 무가치하다고 생각한 구절들(셰익스피어가 쓴 것이 아니라 배우들이 만들어넣은 것이라고 그는 주장했다)을 빼버렸고, 그가 이해하지 못하는 고어를 자신이 아는 현대어로 대체했으며 동음이의어로 하는 말장난이나 그 밖의 말장난을 거의 모두 없애버렸고 자신의 취향에 맞춰 어구나 운율을 마구 바꾸었다. 예를 들면, 셰익스피어가 엄청난 고난을 당해 무기를 들다(taking arms against a sea of troubles)라고 쓴 구절에서 그는 sea를 siege로 바꾸어 뜻을 분명히 했다.

포프의 잘못된 노력이 일조한 결과로, 꽤 많은 새로운 판의 셰익스피어 작품들과 학자들의 연구가 쏟아져나왔다. 루이스 데오볼드, 토머스 핸머 경, 윌리엄 워버턴, 에드워드 카펠, 조지 스티븐스 그리고 새뮤얼 존슨이 제각기 저작을 내놓음으로써 셰익스피어에 대한 관심을 되살리는 데에 기여했다.

한층 더 큰 영향을 끼친 사람은 배우이자 흥행주였던 데이비드 개릭이었다. 개릭은 1740년대부터 셰익스피어의 작품들과 관계를 맺기 시작했다. 그가 제작한 연극이 그 나름의 결점이 없는 것은 아니었다. 그는 「리어 왕」을 해피엔딩으로 끝나게 만들었고 5막으로 된 「겨울 이야기」의 이야기 전개를 빠르게 하려는 목적에서 3막을 빼버렸다.(그 결과로 앞뒤가 다소 안 맞을 수밖에 없었다.) 이런 기행을 했음에도 불구하고 개릭은 셰익스피어를 궤도에 올려놓았고 이때부터 인기가 높아진 셰익스피어 연극은 지금도 그 인기가 식을 줄 모른다. 그는 스트랫퍼드를 관광지도에 올리는 데에도 누구보다 더 큰 공헌을 했다. 관광객이 몰려들자 셰익스피어가 구입했던 저택 뉴플레이스의 소유자 프랜시스 개스트럴 목사가 가장 애를 먹었다. 시끄

러운 관광객들이 찾아드는 데에 신물이 난 그는 1759년에 이 집을
헐어버렸다.

(그래도 셰익스피어의 생가만은 흥행주 P. T. 바넘이 구상했던 험
한 운명을 모면할 수 있었다. 바넘은 1840년대에 이 집을 미국으로
가져가서 거기에 바퀴를 달아 미국 전역을 끌고 다니면서 사람들에
게 구경시키겠다는 생각을 가지고 있었다. 이런 구상을 전해들은 영
국인들이 재빨리 모금을 해서 그 집을 구입하여 박물관과 성소로 보
존했다.)

셰익스피어에 대한 비평가의 평가는 윌리엄 도드에게서 비롯되었다
고 말할 수 있다. 그는 성직자이면서 일류 학자였다. 그의 저서 「셰
익스피어의 아름다움(*Beauties of Shakespeare*)」(1752)은 150년 동안
큰 영향력을 행사했다. 그러나 그는 나쁜 선례의 효시가 되기도 했
다. 1770년대 초 그는 빚을 졌고 채권에 체스터필드 경의 서명을 위
조하여 4,200파운드를 갈취했다. 이 사기 행각으로 그는 사형에 처
해졌고 그래서 셰익스피어 학자들은 제멋대로가 아니면 최소한 다
소 이상한 사람들이라는 오랜 전통을 만든 장본인이 되었다.

진정한 셰익스피어 연구는 에드먼드 말론으로부터 시작된다. 아
일랜드 출신으로 변호사 자격을 가지고 있던 말론은 여러 면에서 위
대한 학자였지만 늘 자질구레한 걱정에 시달리는 사람이었다. 1763
년, 아직 20대 초반의 청년이었던 말론은 런던으로 왔고 셰익스피어
의 생애 및 작품과 관련이 있는 것이면 무엇이든 관심을 가지게 되
었다. 그는 제임스 보스웰, 새뮤얼 존슨과 교우관계를 맺었고, 가장

쓸모 있는 기록을 가진 모든 사람들과 가까이 하려고 애썼다. 덜위치 칼리지의 학장은 그에게 필립 헨스로우와 에드워드 알레인이 수집한 서류들을 빌려주었다. 스트랫퍼드의 목사는 그가 교구 등록부를 빌려갈 수 있도록 허락했다. 역시 셰익스피어 학자였던 조지 스티븐스는 말론을 너무나 좋아해서 자신이 수집한 오래된 희곡들을 몽땅 말론에게 주었다. 그러나 그 직후에 두 사람은 심하게 싸웠고, 「영국 전기사전」의 말을 인용한다면 그후로는 스티븐스는 글을 쓸 때마다 거의 예외 없이 "말론에 대한 공격적인 언사"를 많이 담았다.

말론은 셰익스피어 연구에 매우 가치 있는 몇 가지 기여를 했다. 그가 셰익스피어 연구를 시작하기 전에는 사람들은 윌리엄 셰익스피어의 직계가족에 대해서 별로 아는 것이 없었다. 문제를 더욱 복잡하게 만든 것은 1580년대와 1590년대에 윌리엄 셰익스피어와 무관한 제2의 존 셰익스피어가 스트랫퍼드에 살았다는 사실이었다. 구두 제작공이었던 이 셰익스피어는 결혼을 두 차례 했고 적어도 3명의 자녀들을 두었다. 말론은 어느 셰익스피어가 어느 가문에 속하는지를 힘든 작업 끝에 가려냈고 — 이것은 셰익스피어 연구에 크게 기여한 작업이었다 — 셰익스피어의 생애의 세부적인 사항에 관련된 많은 오류들을 수정했다.

이런 교묘한 탐색작업에 대해서 큰 열정을 가지고 있던 말론은 한층 더 까다로운 문제 해결에 도전하게 되었고, 몇 년 동안 노력한 결과 「셰익스피어의 희곡들이 집필된 순서를 확정하기 위한 기도 (*An Attempt to Ascertain the Order in Which the Plays of Shakespeare Were Written*)」라는 책을 내놓았다. 불행하게도 이 책은 완전히 잘못된 것으로 방향이 크게 빗나간 것이었다. 어떤 이유에서인지 말론은 헤밍과 콘델은 믿을 수 없다고 단정했고 몇몇 희곡들― 특히 「티투스 안드로니쿠스」와 「헨리 6세」 3부작―을 셰익스피어의 작품 목록에서 빼기 시작했다. 그 작품들이 별로 좋지 않고 자신이 그 작품들을 좋아하지 않는다는 것이 제외의 근거였다. 그가 스트랫퍼드의 교회 당국자들을 설득해서 홀리 트리니티에 있는 윌리엄 셰익스피어 기념 흉상에 하얀 회칠을 하게 함으로써 흉상의 쓸모 있는 세부조각을 사실상 모두 없애버린 것도 이 무렵이었다. 원래 그 흉상에는 페인트칠이 되어 있지 않았었다는 잘못된 믿음에서 한 행동이었다.

한편 스트랫퍼드와 덜위치의 교회 당국자들은 말론이 이상하게도 빌려간 서류들을 돌려주지 않고 미적거리는 데 대해서 점점 불안감을 느끼게 되었다. 스트랫퍼드의 목사는 교구 등록부를 되찾기 위해서 소송을 제기하겠다고 그를 위협하기까지 했다. 덜위치의 당국자들은 그렇게 심한 행동을 하지는 않았지만, 그들이 빌려주었던 서류가 돌아왔을 때 말론이 자신에게 필요한 부분을 가위로 잘라낸 사실을 발견하고는 놀라움을 금할 수 없었다. "그 서류에 있던 유명한 극작가들의 서명을 보관하기 위해서 잘라낸 것이 분명하다"고 R. A. 포크스는 썼다. 학계를 위해서나 말론의 명성을 위해서나 아무런 도움이 되지 않는 야만적인 행동이었다.

그러나 말론은 존 페인 콜리어 같은 다른 사람들에 비하면 아주 점잖은 편이었다. 콜리어 역시 재능이 많은 학자였지만 셰익스피어의 생애와 관련된 물리적 증거를 찾아내기가 너무 어려워서 심한 좌

절감을 느낀 나머지, 자신 스스로 그런 서류들을 만들어내기 시작했다. 자신의 주장을 뒷받침하는 서류들을 위조한 것이다. 이 사실이 결국 그의 명성에 먹칠을 한 것은 물론이다. 대영박물관 광물 담당자가 일련의 교묘한 실험을 통해서 콜리어가 "발견한" 몇몇 서류들이 먼저 연필로 쓰고 그 위에 잉크를 덧씌운 것이며 이 위조된 구절에 쓰인 잉크는 예전에 쓰이던 잉크가 아님이 분명하다는 것을 입증함으로써 그의 위조 사실은 들통이 나고 말았다. 1859년에 있었던 이 사건이 본질적으로 과학수사의 탄생을 가져왔다.

행실이 더욱 고약했던 사람은 제임스 오처드 핼리웰(뒤에 핼리웰-필립스가 됨)이었다. 그는 10대에 왕립협회와 골동품협회의 회원으로 선출된 대단한 천재였다. 그러나 그는 또한 대단한 도둑이기도 했다. 그는 케임브리지의 트리니티 칼리지 도서관에서 열일곱 뭉치의 희귀한 원고를 훔쳤고(그러나 그는 이 혐의에 대해서 유죄판결을 받은 적이 없다) 수백 권의 책을 훼손했다. 그가 훼손한 책 가운데는 카르토 판 「햄릿」도 있었는데, 이 책은 남아 있던 단 2권 가운데 1권이었다. 그가 죽은 후에 그의 서류 속에서 약 800건의 책이나 원고에서 찢어낸 3,600쪽(또는 그 일부)이 나왔다. 그가 그 일부를 찢어낸 800건의 책이나 원고는 그 대부분이 다른 것으로 대치할 수 없는 귀중한 책이나 원고였다. 정말 그 유례를 찾아보기 힘든 파괴행위였다. 그가 세운 공로로는 19세기의 결정판이라고 할 만한 셰익스피어의 전기를 썼다는 것 그리고 그밖의 많은 글을 썼다는 것을 들 수 있다. 그리고 핼리웰은 혐의는 받았지만 결코 유죄판결은 받은 적은 없다는 것과 그가 도서관을 방문한 때와 책들이 사라진 때 사이에 이상하게 긴 시간적 간격이 있었다는 것을 한 번 더 말해두는 것이 공평한 일일 것이다.

세상을 떠난 윌리엄 셰익스피어는 에이번 강 옆에 있는 크고 아름다운 교회 홀리 트리니티의 성단소(교회당의 성가대와 성직자의 자리, 대개 동쪽 끝/역주)에서 영면에 들어갔다. 생을 마감하는 데에도 미스터리 — 아니 몇 개의 작은 미스터리 — 가 동반되었다. 그의 묘비에는 이름 대신 다음과 같은 서투른 시가 새겨져 있을 뿐이다.

> 좋은 친구, 제발
> 여기 덮인 흙을 파지 말게나.
> 이 돌을 건드리지 않는 사람에게는 축복이,
> 내 뼈를 옮기는 자에게는 저주가 있기를.

셰익스피어는 그의 아내 그리고 다른 가족들과 함께 묻혀 있지만, 스탠리 웰스의 지적처럼, 그들이 누워 있는 순서는 분명히 이상하다. 왼쪽에서 오른쪽으로 읽어가면, 각각의 무덤 주인공들의 사망연도는 1623, 1616, 1647, 1635 그리고 1649년으로 논리적 일관성을 찾기 어렵다. 그들의 관계를 따져봐도 배열은 여전히 이상하다. 셰익스피어는 그의 아내와 토머스 내시 사이에 누워 있다. 내시는 그의 손녀 엘리자베스의 남편으로 그보다 31년 후에 죽었다. 그다음에 사위 존 홀과 딸 수잔나가 누워 있다. 셰익스피어의 부모와 동기간들 그리고 쌍둥이 자녀는 이곳이 아니라 교회 뜰에 묻혔다. 옆에 다른 무덤 둘이 더 있다. 프랜시스 와츠와 앤 와츠의 무덤이다. 이들은 셰익스피어와 어떤 연관이 있다고 알려진 인물들이 아니다. 이들이 정확히 누구인지는 앞으로 학자들이 연구해야 할 과제일 것이다. 이유는 역시 모르지만, 셰익스피어의 묘비는 옆에 있는 다른 묘비들보다 눈에 띄게 작다.(45센티미터쯤 더 작다.)

페인트칠이 된 실물대의 흉상이 이 무덤들을 내려다보는 성단소 북쪽 벽에 부착되어 있다. 이 흉상이 바로 에드먼드 말론이 19세기에 흰 회칠을 하라고 지시했던 흉상이다. 그후 흉상에는 다시 페인트칠을 했다. 흉상은 깃털 펜을 들고 무엇인가를 응시하는 셰익스피어의 모습을 보여준다. 흉상에는 다음과 같은 글이 들어 있다.

> 잠깐 멈추시오, 길손이여, 왜 그리 급히 가시는 거요?
> 읽을 수 있으면 읽어보시오, 악의적인 죽음이 이 기념비에
> 실어놓은 사람이 누구인가를. 그는 바로 셰익스피어라오.
> 그와 함께 생기 있는 자연은 죽었지만, 그의 이름이
> 이 묘비를 멋지게 장식하고 있다오. 살아남은 예술의 세계는
> 그의 지혜를 담은 페이지에 의해서만 남겨지기 때문이지요.

셰익스피어가 기념물에 담긴 예는 이외에는 전혀 없으므로 많은 사람들이 이 구절이 무엇을 의미하는지 궁금해했다. 폴 에드먼전은 셰익스피어의 무덤과 기념물에 대해서 특별한 연구를 했지만, 결국 이 구절을 의미 있게 해석한다는 것은 거의 불가능하다는 데에 기꺼이 동의했다. "우선 이 문구는 흉상이 무덤이 아니고 기념물인데도

스스로를 무덤이라고 하고 있다"고 그는 말한다. 여러 번 제시된 하나의 해석은 이 기념물이 셰익스피어의 몸이 아니라 그의 작품의 몸, 즉 그의 원고를 담고 있다는 것이다.

"많은 사람들이 그 원고가 아직도 어딘가에 존재한다고 믿고 싶어 합니다." 에드먼전의 말이다. "하지만 그 원고가 이 기념물 속에, 또는 다른 어딘가에 있다고 추측할 만한 증거는 없습니다. 그 원고들이 영영 사라졌다는 사실을 받아들여야 합니다."

이 장의 영웅들에 대해서 말한다면, 헨리 콘델은 퍼스트 폴리오가 출판되고 4년 후인 1627년에 세상을 떠났고 존 헤밍도 그보다 3년 후에 그의 뒤를 따랐다. 그들은 런던의 세인트 메리 올더먼베리 교회에 서로 가까이 묻혔다. 그 교회는 1666년 런던 대화재로 소실되었고 그 자리에 크리스토퍼 렌의 구조물이 들어섰다가 이 구조물 역시 제2차 세계대전 중 독일군의 공습으로 사라졌다.

9

‖ ‖ ‖

이색적인 주장을 펴는 사람들

아주 많은 사람들이 윌리엄 셰익스피어의 희곡들을 윌리엄 셰익스피어가 아닌 다른 누군가가 썼다고 믿고 싶은 별난— 언뜻 보기에 만족할 줄 모르는— 충동을 느끼는 것 같다. 그런 견해를 제시하는—또는 주장하는— 책들이 5,000종 이상 출판된 것으로 추측된다.

셰익스피어의 희곡들이 법률, 의학, 정치, 궁정 생활, 군사, 골동품, 외국 생활 등 다방면의 해박한 지식을 담고 있기 때문에 교육도 그다지 많이 받지 않은 지방 출신의 한 사람이 그것들을 다 썼다고 보기가 어렵다는 것이 그들의 주장이다. 스트랫퍼드 출신의 윌리엄 셰익스피어는 더 큰 재능을 가진 누군가, 이런저런 이유로 극작가로 알려지기를 꺼린 누군가가 쓴 희곡의 표지에 이름을 빌려준 사람 좋은 배우에 불과하다는 것이 이런 주장을 펴는 사람들의 생각이다.

이러한 논란은 고급 교양 프로그램으로 제작되기도 했다. 미국의 텔레비전 방송국 PBS는 1996년 셰익스피어가 어쩌면 셰익스피어가

217

아닐지도 모른다고 분명히 암시하는 한 시간짜리 다큐멘터리를 방송했다. 「하퍼스 매거진」과 「뉴욕 타임스」도 이런 주장에 동조하는 요지의 상당히 긴 기사를 실었다. 스미소니언 연구소는 2002년 "누가 셰익스피어를 썼는가?"─ 대부분의 학자들이 동의어 반복이 지나치게 심하다고 생각했을 질문이다 ─ 라는 제목의 세미나를 개최했다. 영국의 잡지 「히스토리 투데이」의 가장 많이 읽힌 기사도 이 문제를 다룬 것이었다. 「사이언티픽 아메리칸」까지도 그 유명한 드뢰샤웃 조각에 그려진 얼굴이 실제로는─입에 올리기도 부끄럽다─엘리자베스 1세였을지도 모른다는 견해를 소개하는 기사로 이 싸움에 끼어들었다. 아마 가장 해괴한 사태의 진전은 셰익스피어의 희곡을 위한 기념 건축물로 세계적인 셰익스피어 연구 센터가 되겠다는 열망에 의해서 지어진 런던의 글로브 극장이 이 극장의 예술감독 마크 라일런스의 관리 아래에서 반(反)스트랫퍼드(셰익스피어의 존재를 의심하는) 정서의 정보 센터 같은 것이 된 일일 것이다.

사태가 이러하다 보니 거의 모든 반(反)셰익스피어 정서 ─ 아니 모든 그런 주장들 ─ 에는 술수를 쓰는 학자들이나 사실의 어처구니없는 왜곡이 개입되어 있다는 점을 말해두어야 할 것 같다. 셰익스피어는 "한 권의 책도 가진 적이 없다"고 「뉴욕 타임스」의 한 기고자는 2002년에 그 진위가 의심되는 글을 통해서 독자들에게 엄숙하게 알렸다. 사실 우리는 이 말을 반박할 수는 없다. 셰익스피어가 어떤 물건을 가지고 있었는지 모르기 때문이다. 그러나 그 기고자가 셰익스피어는 구두 한 켤레, 바지 한 벌도 가진 적이 없다고 주장해도 우리는 역시 그의 주장을 반박할 수 없을 것이다. 엄격하게 증거만 보고 따진다면, 그는 평생 책 한 권 없이, 아랫도리를 드러내놓고 살았다고 해야 할지도 모른다. 그러나 실은 증거가 없을 뿐이지 옷이나 책이 없었던 것은 아니었을 가능성이 높다.

오리건 주 포틀랜드의 컨커디어 대학교의 교수이며 적극적인 반(反)스트랫퍼드파 학자인 대니얼 라이트는 「하퍼스 매거진」에 기고한 글을 통해서 셰익스피어는 "교육을 받지 못한 소박한 양모 및 곡물 상인"이었으며 "문학계와는 별 관련이 없었던 평범한 사람"이었다고 주장했다. 이런 주장은 오로지 상상력에 근거한 것으로 분류될 수 있을 뿐이다. 마찬가지로 애버리스트위스에 있는 웨일스 대학교 교수인 윌리엄 D. 루빈슈타인은 평상시에 별로 실수를 범하지 않는 「히스토리 투데이」에 기고한 그의 반(反)셰익스피어 논문의 첫 구절에서 이렇게 주장했다. "지금까지 알려진 셰익스피어라는 이름이 나오는 75건의 당시 서류들 가운데 그의 직업을 작가라고 기재한 것은 단 한 건도 없다."

이것은 사실과 전혀 다른 주장이다. 1604-1605년도의 연회 국장 기록 ― 왕 앞에서 공연된 연극의 기록으로 그 어느 문서보다 공식적인 기록이다 ―에 셰익스피어는 제임스 1세 앞에서 공연된 희곡의 작가로 7번이나 거명되었다. 셰익스피어는 소네트의 작가로 소네트집의 표지에 이름이 나와 있고, 시 「루크리스의 능욕」과 「비너스와 아도니스」의 헌사에도 이름이 나온다. 셰익스피어는 몇몇 카르토 판 희곡집에도 저자로 이름이 나와 있고, 프랜시스 메레스의 「팔라디스 타미아」와 로버트 그린의 「서푼어치 지혜」에도 이름이 나온다. 존 웹스터는 「하얀 악마(*The White Devil*)」 서문에서 셰익스피어를 그 시대의 위대한 극작가들 가운데 한 사람이라고 지칭했다.

당시 기록 가운데 없는 것은 셰익스피어를 그의 작품들과 연관시키는 서류가 아니라 다른 어떤 인간을 그 작품들과 연관시키는 서류이다. 셰익스피어 학자 조너선 베이트가 지적했듯이, "셰익스피어의 생전 또는 그의 사후 첫 200년 동안에는 그가 그의 희곡을 쓴 작가라는 사실을 조금이라도 의심하는 말을 한" 사람은 한 사람도 없었다.

그렇다면 이 모든 반(反)스트랫퍼드 정서의 연원은 무엇일까? 다소 의외이기는 하지만 이 이야기는 이 문제와는 별 관련이 없어 보이는 한 미국인 여성 델리아 베이컨으로부터 시작된다. 베이컨은 1811년 오하이오 주의 변경지방에서 태어났다. 그녀는 여러 식구가 작은 통나무집에서 사는 가난한 가정에서 성장했다. 델리아가 어렸을 때 그녀의 아버지가 죽으면서 가세는 더욱 기울었다.

델리아는 영리하고 상당히 예뻤던 것 같지만 그다지 착실하지는 않았다. 성인이 된 후, 그녀는 학교에서 아이들을 가르치면서 짧은 소설 한 편을 썼다. 하지만 그녀는 코네티컷 주 뉴헤이번에서 평범한 노처녀로 살았다. 그녀는 목사가 된 오빠와 함께 살았다. 은둔자처럼 살아가던 그녀에게 1840년대에 활기를 불어넣은 사건이 일어났다. 그녀가 자신보다 몇 살 아래인 한 신학생에게 열정적으로 — 어찌 보면 병적으로 — 집착하게 된 것이다. 그 젊은이가 자신의 친구들에게 그녀가 보낸 열정적이고 다정한 편지를 읽어줌으로써 친구들을 기쁘게 해주는 습관이 있다는 사실을 그녀가 알아내면서 이 사건은 결국 그녀에게 모멸감만 안겨준 채 끝나버렸다. 그녀는 이때 받은 상처로부터 영영 회복하지 못했다.

서서히, 알 수 없는 이유로, 그녀는 자신과 성(姓)이 같은 프랜시스 베이컨이 윌리엄 셰익스피어 작품들의 진정한 작가라고 확신하게 되었다. 이런 생각을 델리아 베이컨이 맨 처음 한 것은 아니었다. 제임스 윌못이라는 워릭셔의 교구목사가 1785년에 이미 셰익스피어가 과연 그 희곡들을 썼을지에 대해서 의문을 제기했다. 하지만 그가 그렇게 의심했다는 사실은 1932년에 와서야 알려졌으므로 델리아의 확신은 독자적으로 도달한 결론이었다. 그녀와 프랜시스 베이컨의 관계가 족보에 의해서 확인된 것은 아니지만, 성이 일치한다는 것이 단순한 우연만은 아니었던 것이 거의 확실하다.

1852년 델리아는 영국으로 가서 윌리엄 셰익스피어가 진짜 작가가 아님을 입증하는 길고도 집착에 사로잡힌 연구를 시작했다. 그녀를 약간 정신이 온전하지 못한 대수롭지 않은 여자라고 치부하는 것은 쉬운 일이지만, 그녀에게는 사람을 매혹시키는 무엇인가가 있었던 것이 분명하다. 왜냐하면 그녀는 많은 영향력 있는 사람들의 도움을 이끌어내는 데에 성공했기 때문이다.(그녀를 도운 사람들 가운데 상당수가 나중에 후회를 했다는 점을 말해두어야겠다.) 부유한 사업가였던 찰스 버틀러는 그녀의 영국 여행비용을 대주기로 동의했다. 그녀가 근 4년 동안 영국에 머문 것으로 보아 아마 그는 넉넉하게 비용을 대주었던 것 같다. 랠프 월도 에머슨은 그녀를 토머스 칼라일에게 소개했고 칼라일은 그녀가 런던에 도착하자 그녀를 도와주었다. 베이컨의 연구방법은 아주 특이했다. 그녀는 프랜시스 베이컨의 고향 마을인 세인트 올번스에서 10개월을 보냈다. 그러나 그녀는 그기간 동안 누구하고도 이야기를 나누지 않았다고 한다. 또한 박눌란이나 문서 보관소에서 정보를 입수하지도 않았고, 유명한 학자들에게 소개해주겠다는 칼라일의 제의도 정중하게 거절했다. 대신 그녀는 베이컨이 시간을 보냈던 장소들을 찾아가서 조용히 "분위기를 흡입하면서" 일종의 지적 삼투(滲透)로 자신의 이론을 다듬었다.

1857년 그녀는 자신의 대작 「밝혀진 셰익스피어 희곡의 철학(*The Philosophy of the Plays of Shakespere[sic] Unfolded*)」을 완성했고, 이 책은 보스턴의 티크노 앤드 필즈에 의해서 출판되었다. 아주 방대하고 읽기 어려운, 거의 모든 면에서 괴상한 책이었다. 우선 빽빽하게 인쇄된 675쪽 분량의 책 어디에서도 프랜시스 베이컨은 나오지 않는다. 그녀가 셰익스피어 희곡의 저자로 염두에 두고 있는 사람이 그라는 사실을 독자가 스스로 추론해내야 했다. 당시 리버풀 주재 미국 영사였던 너대니얼 호손이 서문을 썼다. 그러나 그는 거의 즉시 후회했다. 평자들이 이구동성으로 이 책을 앞뒤가 맞지 않는 엉터리라고 혹평했기 때문이다. 질문을 받은 호손은 사실 자신은 그 책을 읽지 않았다고 인정했다. "이것이 내가 선의에서 저지른 마지막 실수가 될 것이오. 이제 나는 죽을 때까지 누구에게도 친절을 베풀지 않을 생각이오." 그는 한 친구에게 보낸 편지에서 이렇게 단언했다.

오랜 노고에 지친 델리아는 고향으로 돌아와서 정신이 돌아버리고 말았다. 그녀는 1859년 요양기관에서 자신이 성령이라고 믿으면서 평화롭게 그러나 불행하게 죽었다. 그녀의 책이 실패로 끝났고 그녀의 서술이 요령부득이었음에도 불구하고, 베이컨이 셰익스피어의 희곡들을 썼을 것이라는 생각은 날개를 단 듯이 퍼져나갔다. 마크 트웨인과 헨리 제임스가 베이컨 작가설의 저명한 지지자들이 되었다. 많은 사람들은 셰익스피어의 희곡들에 진정한 작가(이 단계에서는 그 작가는 언제나 베이컨으로 생각되었다)를 드러내는 비밀 암호가 들어 있다고 확신하게 되었다.

소수(素數), 제곱근, 대수(對數) 그리고 그밖의 난해한 수단을 동원한 교묘한 공식을 이용해서 희곡 속에 숨어 있는 메시지를 찾아냈다고 주장하는 사람들도 나왔다. 1888년의 베스트셀러였던 「위대한 암호(The Great Cryptogram)」에서 미국의 법률가 이그나티우스 도넬리는 「헨리 6세」 제1부에서 다음과 같은 비밀 메시지를 해독했다고 선언했다. "세실[버글리 경 윌리엄 세실을 가리킴]은 모로나 샥스트푸르가 이 희곡들의 한 단어도 쓰지 않았다고 말했다." 그러나 도넬리의 교묘한 해독방법을 찬양할 수 없는 이유가 있다. 또다른 아마추어 암호해독가인 R. 니컬슨 목사는 같은 희곡에서 아주 똑같은 방법으로 "마스터 윌-이-엄 샥스트스푸르가 희곡을 썼고 무대에도 출연했다"는 메시지를 찾아냈기 때문이다.

위의 두 사람 못지않은 독창적인 기술을 개발한 사람으로 에드윈 더닝-로렌스 경을 들 수 있다. 그는 1910년에 출판된 또다른 베스트셀러 「베이컨이 셰익스피어이다(Bacon is Shakespeare)」에서 셰익스피어의 희곡들 도처에 숨겨진 의미심장한 철자 바꾸기(live를 vile로 바꾸는 것 같은)를 찾아냈다고 주장했다. 그가 「사랑의 헛수고」에 사용된 임시로 만든 단어 "honorificabilitudinitatiubus"를 "베이컨의 자식인 이 희곡들을 세상을 위해서 보존한다(Hi ludi F. Baconis nati tuiti orbi)"는 뜻의 라틴어 시구로 쉽사리 바꿀 수 있다고 수상한 내

목이 가장 화제가 되었다.

셰익스피어의 희곡에 스트랫퍼드가 등장하지 않는 데에 반해서 베이컨의 고향인 세인트 올번스는 17번이나 나온다는 사실이 여러 차례 글로 발표되었다.(베이컨은 세인트 올번스 자작이었다.) 정확을 기한다면, 세인트 올번스는 17번이 아니라 15번 언급된다. 이 언급 들은 거의 모두가 세인트 올번스 전투와 관련된 것이다. 세인트 올번스 전투는 「헨리 6세」의 제2부와 제3부의 줄거리에서 중요한 위치를 차지하는 역사적 사건이다.(다른 3번은 성자 세인트 올번스에 대한 언급이다.) 이런 증거에 의거해서 주장한다면, 셰익스피어를 요크셔 사람이라고 주장하는 편이 더 그럴듯할 것이다. 그의 희곡들에 요크가 세인트 올번스보다 14번이나 더 많이 등장하기 때문이다. 어느 희곡에서도 중요한 역할을 하지 않는 카운티인 도싯도 세인트 올번스보다 더 많이 언급되었다.

베이컨이 셰익스피어의 희곡들을 썼다는 주장은 일종의 사교(邪教) 같은 것이 되어버렸다. 이 주장을 열렬히 신봉하는 사람들은 베이컨이 셰익스피어의 희곡들뿐만 아니라 말로, 키드, 그린, 릴리의 희곡들도 썼고, 또한 스펜서의 「요정 여왕」, 로버트 버턴의 「우울의 해부(The Anatomy of Melancholy)」, 몽테뉴의 「수상록(Essais)」(프랑스어로 되어 있음), 제임스 왕 판 성경까지도 그가 쓴 것이라고 주장했다. 심지어 베이컨이 엘리자베스 여왕과 여왕의 총신 레스터 사이에 태어난 사생아라고 믿는 사람들까지 있었다.

베이컨의 저작설에 반대할 수 있는 한 가지 확실한 논거는 그가 셰익스피어의 작품들(몽테뉴와 스펜서 그리고 기타 다른 작품들은 제외하더라도)에 대한 책임을 떠맡기 이전에 이미 매우 바쁜 생활을 하고 있었다는 점이다. 게다가 베이컨을 극장과 연관이 있는 어떤 사람과 연결시키기에는 조금 무리가 있다. 베이컨은 연극을 매우 싫어했던 것으로 보이기 때문이다. 그는 한 수필에서 연극을 천박하고 가벼운 오락이라고 공격했다.

부분적으로는 이러한 이유 때문에 셰익스피어의 존재를 의심하는 사람들은 다른 곳으로 시선을 돌리기 시작했다. 1918년 영국 북동부 게이츠헤드 출신의 교장인 J. 토머스 루니(Thomas Looney)는 그의 필생의 저작인 「정체가 밝혀진 셰익스피어(*Shakespeare Identified*)」라는 책에서 셰익스피어 희곡의 진짜 저자가 17대 옥스퍼드 백작 에드워드 드 비어임을 자신이 증명했다고 주장했다. 루니가 자신의 이름을 저자로 넣고 책을 출판하겠다는 출판업자를 찾아내는 데에는 2년이 걸렸다.(Looney는 loony[미치광이]와 발음이 같다.) 그는 가명을 쓰기를 완강히 거부했고 자신의 이름은 '루니'가 아니라 '로우니'라고 발음되기 때문에 미치광이와는 아무런 상관도 없다고 주장했다.(재미있는 것은 이런 흥미로운 성을 가진 사람이 루니 한 사람만이 아니었다는 것이다. 새뮤얼 쇼엔바움이 재미삼아 지적했듯이 당시 반(反)셰익스피어파 저명인사로 셔우드 E. 실리먼['어리석은 사람']과 조지 M. 배티['머리가 돈']가 있었다.)

루니의 주장은 윌리엄 셰익스피어가 그의 작품이라고 일컬어지는 희곡들을 쓸 정도의 세상 경험과 교양을 갖추지 못했다는 확신에 근거한 것이었다. 따라서 그 희곡들은 학문적인 바탕이 넓고 경험이 더 많은 사람에게서 나왔을 것이고, 그 사람은 십중팔구 귀족일 것이라는 것이 그의 주장이었다. 옥스퍼드 백작은 그 후보가 될 만한 몇 가지 조건을 갖추었다고 할 수 있다. 그는 영리했고 시인 및 극작가로 어느 정도의 지위를 가지고 있었다.(하지만 그의 희곡은 한 편도 남아 있지 않고 그의 시 중에는 위대하다고 할 만한 것이 없다—셰익스피어와 맞먹을 정도로 위대한 시가 없는 것은 더 말할 것도 없다.) 그는 여행을 많이 했고 이탈리아어를 구사했으며 궁중의 일을 이해할 만한 교우관계를 유지했다. 그는 엘리자베스 여왕의 총애를 받았다. 여왕은 "그의 인품과 춤, 용맹함이 즐거움을 준다"고 말했다고 한다. 그의 딸들 가운데 한 명은 한때 사우샘프턴 백작과 약혼했었다. 사우샘프턴 백작은 셰익스피어의 장시 두 편이 헌정된 장본인이다. 그의 인간관계가 흠잡을 데 없었다는 것은 분명하다.

그러나 옥스퍼드 백작은 셰익스피어의 희곡들에서 흔히 들을 수 있는 동정적이고 차분하고 냉정하고 현명한 목소리와는 잘 합치되지 않는 결점을 가지고 있었다. 그는 거만하고 성을 잘내고 버릇이 없으며, 돈 씀씀이가 헤프고 성생활이 문란하고 많은 사람들의 미움을 받았으며 자주 폭력을 사용했다. 열일곱 살 때 그는 분을 이기지 못하고 집안의 하인을 살해한 적이 있었다.(그러나 그는 말 잘 듣는 배심원 한 사람을 설득해서 그 하인이 그의 칼을 향해 뛰어들었다고 판정하게 함으로써 처벌을 모면했다.) 그의 행동거지로 미루어볼 때, 동정심이나 다른 사람들에 대한 배려, 관대함이 매우 부족한 것은 제쳐놓더라도, 조신 노릇을 활발하게 하면서, 자신의 이름으로 내놓은 희곡들 외에 또 30여 편의 희곡을 쓸 정도의 중노동을 그가 감당할 수 있었을 것 같지는 않다.

루니는 허영심이 많은 옥스퍼드 백작이 왜 그의 정체를 숨겼는지를 설명할 만한 근거는 제시하지 못했다. 어째서 그는 기억되지 못할 희곡들과 대수롭지 못한 시들은 자기 이름으로 내놓고, 중년에 접어들어 놀라운 천재가 된 후에는 작품을 익명으로 발표하면서 만족할 수 있었을까? 루니는 이 문제에 대해서 다만 이렇게 말했을 뿐이다. "하지만 그것은 그가 알아서 한 일로 우리가 알 바가 아니다." 그러나 옥스퍼드 백작을 셰익스피어 희곡의 진짜 작가로 믿는 것은 우리가 알아서 해야 할 일이다.

옥스퍼드 백작의 문제점은 여기서 끝나지 않는다. 그의 이야기체 시 2편을 누구에게 바쳤느냐의 문제가 있다. 「비너스와 아도니스」가 나올 당시 옥스퍼드 백작은 마흔네 살이었고 그때 아직 애송이 청년이었던 사우샘프턴 백작보다 나이가 많았다. "이렇게 하잘것없는 짐에 그렇게 튼튼한 받침대"를 택했다는 사과의 말과 "더 큰 노력으로 각하에게 영광을 드리기 위해서 모든 여가 시간을 바칠 것"이라는 약속이 담긴 아첨하는 투의 이 헌사를 나이 많은 귀족이 자신보다 어린 귀족에게 바치는 헌사라고 보기는 어렵다. 또다른 의문이 있다. 그 자신의 극단 '옥스퍼드 백작의 사람들'의 후원자인 옥스퍼드 백작이 왜 자신의 가장 좋은 작품을 경쟁 극단인 '체임벌린 경의 사람들'을 위해서 써주었을까 하는 의문이다. 또한 윌리엄 셰익스피어가 지은 작품임을 나타내는 많은 본문 속의 내용을 설명해야 하는 어려움도 있다. 예를 들면, 소네트에 들어 있는 앤 해서웨이의 이름을 가지고 하는 말장난 같은 것이다. 옥스퍼드 백작이 그의 작품 속에 자신이 앞잡이로 내세운 사람의 아내의 이름을 이용한 말장난을 넣었다면 그는 정말 머리가 좋은 사람이었을 것이다.

옥스퍼드 백작을 희곡의 진짜 작가라고 보는 주장의 가장 큰 약점은 에드워드 드 비어(옥스퍼드 백작)가 1604년에 죽은 것이 분명하다는 사실이다. 이때는 셰익스피어의 많은 희곡들이 아직 세상에 나오지 않았다. 사실 그 희곡들은 그때 아직 집필되지도 않았다고 해야 할 것이다. 그 희곡들은 그후에 일어난 사건들의 영향을 받은 것들이기 때문이다. 두드러진 예로 「템페스트」는 1609년 윌리엄 스트래치라는 사람이 쓴, 버뮤다에서 일어난 선박 난파 사건 이야기에서 영감을 얻은 작품이다. 또한 「맥베스」는 옥스퍼드 백작이 죽고 난 후에 일어난 화약 음모 사건을 알고 쓴 작품임이 분명하다.

옥스퍼드 백작을 작가로 믿는 사람들 ― 아직도 많이 남아 있다 ―은 드 비어가 많은 원고를 남겨놓고 죽었고, 그 원고들이 윌리엄 셰익스피어의 이름으로 시간 간격을 두고 발표되었거나 아니면 그 희곡들은 실제로는 옥스퍼드 백작이 죽기 전에 나온 것이지만 그 집필 연대가 잘못 기재되어 있을 뿐이라고 주장한다. 옥스퍼드 백작이 죽은 후에 일어난 일들이 희곡 속에 명확히 언급되어 있는 것은 뒤에 다른 사람들이 희곡에 추가한 것이 분명하다고 그들은 주장한다. 그럴 수밖에 없는 것이 그렇지 않다면 우리는 옥스퍼드 백작이 그 희곡들을 쓰지 않았다고 결론지어야 할 것이기 때문이다.

루니의 책이 그 주장이나 학구적 연구방법에서 이런 뚜렷한 결점이 있음에도 불구하고, 이상하게도 이 책의 주장을 지지하는 사람들이 상당히 많다. 영국의 노벨상 수상자 존 골즈워디(1867-1933, 영국의 소설가, 희곡작가)가 이 책을 칭찬했고 지그문트 프로이트도 그러했다.(프로이트는 뒤에 셰익스피어가 프랑스 혈통으로 그의 진짜 이름은 자크 피에르라는 주장을 내놓았다. 흥미롭지만 프로이트 외에는 그 누구도 지지하지 않은 망상이다.) 미국에서는 다트머스 대학교의 L. P. 베네제트 교수가 대표적인 옥스퍼드 백작 지지파가 되었다. 그는 배우 셰익스피어는 드 비어의 사생아 아들이라는 주장을 내놓은 장본인이었다. 오선 웰스는 이 주장을 열렬히 지지했고 그후에 나온 지지자로는 배우 데릭 자코비가 있었다.

짧은 기간 동안 비교적 인기를 끈 제3의 후보는 크리스토퍼 말로였다. 그는 생존 시기가 적당했고(셰익스피어보다 두 달 먼저 태어났다) 필요한 재능이 있었으며, 그에게 일을 할 수 있는 기력이 남아 있었다고 가정한다면 1593년 후에 여가 시간이 충분했다. 이 주장을 펴는 사람들은, 말로의 죽음은 가짜였고 그는 다음 20년 동안 켄트나 이탈리아(어느 버전을 따르느냐에 따라 지명이 결정된다)에 숨어서 그의 후원자이며 또한 연인이었을 것으로 짐작되는 토머스 월싱엄의 보호 아래, 셰익스피어 희곡들의 대부분을 써냈다고 주장한다.

이 주장의 챔피언은 캘빈 호프먼이라는 뉴욕의 홍보 전문가였다. 그는 1956년 자신의 주장을 입증할 원고나 서한을 찾을지도 모른다는 희망을 가지고 월싱엄의 무덤을 발굴해도 좋다는 허락을 받아냈다. 그러나 그는 아무것도 찾아내지 못했다. 심지어 월싱엄의 유해도 그 무덤에는 없었다. 그는 다른 곳에 매장된 것으로 판명되었다. 그럼에도 그는 이것을 바탕으로 「"셰익스피어"였던 사람의 살해(*The Murder of the Man Who Was "Shakespeare"*)」라는 베스트셀러를 써냈다. 그러나 「뉴욕 타임스」 서평란은 "쓸데없는 소리의 넝어리"라고 혹평했다. 호프먼의 주장이 미치광이의 매력 같은 것을 가지고 있었다는 점은 말해두어야 할 것 같다. 예를 들면, 그는 소네트집의 표지에 나타나 있는 "Mr W. H."는 "Mr 월싱-햄(Walsing-Ham)"이라고 주장했다. 호프먼의 주장이 논리가 취약하고 그 지지자도 거의 없어졌음에도 불구하고, 2002년 웨스트민스터 수도원의 주임사제와 참사회는 시인 묘역에 새로 세워진 말로의 기념비 사망연도 뒤에 물음표를 새겨넣는 별난 일을 했다.

그리고 지금도 셰익스피어를 대신할 후보자들의 명단은 자꾸만 길어지고 있다. 또다른 후보자는 펨브로크 백작부인 메리 시드니이다. 이 견해의 주창자들 — 몇 명 되지 않는다 — 은 퍼스트 폴리오가 펨브로크 백작과 몽고메리 백작에게 헌정된 이유가 바로 여기에 있다고 주장한다. 그 두 백작은 펨브로크 백작부인의 아들이다. 백작부인은 에이번 강 가에 재산이 있었고 그녀의 사적인 문장(紋章)은 백조였다. 그래서 벤 존슨의 "에이번의 아름다운 백조"라는 표현이 나온 것이다. 메리 시드니는 분명히 매력적인 후보자이다. 그녀는 아름다웠을 뿐만 아니라 학식이 풍부했고 연줄도 좋았다. 그녀의 삼촌은 레스터 백작 로버트 더들리였고 그녀의 오빠는 그 자신이 시인이며 시인들의 후원자였던 필립 시드니 경이었다. 그녀는 일생의 대부분을 문학적 성향을 가진 사람들과 어울려 살았다. 그녀가 알고 지냈던 가장 걸출한 문학가는 에드먼드 스펜서였다. 스펜서는 그녀에게 자신의 시 한 편을 헌정하기까지 했다. 그러나 그녀를 셰익스피어와 연관짓는 데에 부족한 것은 딱 한 가지, 그녀와 셰익스피어가 아무런 관련이 없다는 점이다.

이외에 셰익스피어의 작품들은 너무나 훌륭해서 그것을 모두 한 사람이 지었다고 할 수 없다는 주장이 있다. 셰익스피어의 작품들은 실상은 재능이 뛰어난 여러 사람들의 합작이라는 것이다. 그 사람들에는 베이컨, 펨브로크 백작부인, 필립 시드니 경, 심지어는 월터 롤리 경 등 앞에서 이미 언급된 거의 모든 사람들이 포함된다. 그러나 불행하게도 이 주장은 증거도 없을 뿐만 아니라 여러 사람들의 논의의 대상도 되지 못하고 있다.

마지막으로 리버풀 대학교 과학대학 학장이었던 아서 티털리 박사에 대해서도 한마디 언급해야 할 것 같다. 그는 30년 동안 여가 시간을 바쳐 윌리엄 셰익스피어가 6대 더비 백작 윌리엄 스탠리임을 밝히는 연구를 했다.(그의 이 작업은 순전히 자기 만족을 위한 것이었다.) 지금까지 통틀어 셰익스피어 후보자로 50명 이상이 제시되었다.

이 모든 주장의 한 가지 공통점은 셰익스피어가 그 현란한 희곡들의 작가로는 조금 불만족스럽다는 확신이다. 정말 납득하기 어려운 생각이다. 이 책을 통해서 보여주었기를 희망하는 바이지만, 셰익스피어가 자라난 환경은 열악하거나 결코 보잘것없지 않았다. 그의 아버지는 꽤 큰 도시의 시장이었다. 그리고 사실 보잘것없는 환경에서 자라난 사람이 뒤에 성공을 거둔 예는 얼마든지 있다. 셰익스피어가 대학 교육을 받지 못한 것은 분명하지만, 훨씬 더 지적인 희곡을 쓴 벤 존슨 역시 마찬가지로 대학 교육을 받지 못했다. 그렇다고 해서 존슨이 가짜라고 주장하는 사람은 한 명도 없다.

윌리엄 셰익스피어가 그의 작품에서 다소 박식한 어휘를 사용한 것은 사실이지만, 그는 또한 그가 시골에서 자라났음을 분명히 반영

하는 비유적 표현법도 사용했다. 조너선 베이트는 「심벨린」에 나오는 2행 "황금의 젊은이와 처녀들은 모두 / 굴뚝 청소부처럼 흙으로 돌아가야 한다"를 인용했는데, 이 구절은 16세기에 워릭셔에서 꽃이 피어나는 민들레를 황금의 젊은이(golden lad)라고 하고 그 씨를 퍼뜨리려고 하는 민들레를 굴뚝 청소부라고 했다는 사실을 알 때에 추가적인 의미를 가지게 된다. 누가 이런 표현을 사용했을까, 특권층에서 자라난 조신일까, 아니면 시골에서 자란 사람일까? 비슷한 예로 폴스타프는 소년 시절에 자신은 "시 참사회원의 엄지반지 속으로" 기어들어갈 수 있을 정도로 작았다고 말하는데, 이런 특이한 이미지가 누구에게 떠오를 가능성이 더 높을까, 귀족일까, 아니면 그 아버지가 실제로 시 참사회원이었던 사람일까?

사실 스트랫퍼드에서 보낸 소년 시절이 희곡 여기저기에 숨어 있다. 우선 셰익스피어는 동물 가죽과 그 용도를 속속들이 알고 있었다. 그의 작품에는 제혁업과 관련된 특수용어들 — skin bowgets, greasy fells, neat's oil 등 — 이 자주 등장하는데, 이런 단어들은 가죽공장 일꾼들에게는 일상용어이지만 부자들은 거의 쓰지 않는 말들이다. 셰익스피어는 류트(현악기의 일종/역주)의 현은 소창자로 만들고 활줄은 말총으로 만든다는 것을 알고 있었다. 옥스퍼드 백작이나 다른 후보자들이 과연 그런 지식을 시 속에 담을 수 있었을까?

셰익스피어는 자신이 시골 출신임을 부끄러워하지 않았던 듯하고 그의 작품 속의 어느 구절에도 "자신의 출신 성분을 부정하거나 감추려는" 의도가 전혀 나타나 있지 않다고 스티븐 그린블랫은 지적한다. 셰익스피어가 그린 같은 사람들로부터 조롱을 받은 한 가지 이유는 그가 이런 촌티 나는 표현을 계속 사용했다는 데에 있었다. 이런 표현이 그린 같은 사람들에게는 우스꽝스럽게 보였던 것이다.

셰익스피어에게는 이상한 기벽(奇癖)이 하나 있었는데 그것은 also라는 단어를 거의 사용하지 않는다는 것이다. 그의 모든 희곡을 통틀어 이 단어는 단 36번 사용된 것으로 보이는데, 이 단어는 거의 예외 없이 그의 점잖은 체하는 언동으로 사람들을 웃겨야 하는 희극적인 등장인물들의 입에서 나온다. 이것은 그 시대의 어느 작가에게서도 찾아볼 수 없는 묘한 편견이다. 베이컨은 단 한 쪽에서 셰익스피어가 그의 전 작품에서 사용한 것만큼 이 단어를 사용하기도 했다. 셰익스피어는 그의 희곡에서 might 대신 mought를 단 한 번 사용했다. 다른 사람들은 mought를 일상적으로 사용했다. 셰익스피어는 대개 hath를 사용했지만, 20퍼센트가량은 has를 사용했다. 대부분 그는 doth를 사용했지만 4번에 1번꼴로 dost를 사용했다. 당시로서는 지나치게 현대적인 단어였던 does는 더욱 드물게 사용했다. brethren을 압도적으로 많이 사용했지만, 아주 가끔(8번에 1번꼴로) brothers도 사용했다.

이런 특별한 버릇을 개인언어벽(idiolect)이라고 하는데 이것은 누구에게나 있는 것이다. 옥스퍼드 백작이나 베이컨이 가명으로 작품을 쓰면서 그런 독특한 언어 사용 습관을 가장했을 수도 있지만, 과연 그런 까다로운 가장(假裝)까지 할 필요가 있었을까 의심하는 것이 합당한 일일 것이다.

간단히 말해서 여러 셰익스피어 후보자들에게 자신의 정체를 감추고 윌리엄 셰익스피어의 희곡들을 쓰는 데에 필요한 시간과 재능 그리고 동기를 무리하게 부여할 수는 있을 것이다. 그러나 아무도 하지 못한 일은 그들이 실제로 그렇게 했음을 암시하는 눈곱만큼의 증거를 찾아내는 것이었다. 그들이 자신의 여가 시간을 이용해서 그것도 남의 목소리를 가장해서 영국 문학사상 가장 위대한 작품들을 써냈고, 그러고도 자신의 정체를 숨기는 방법이 너무나 교묘해서 생전에 그리고 그후 400년 동안 거의 모든 사람들을 속일 수 있었다면, 그들은 믿을 수 없을 정도의 재능을 가진 사람이었을 것임이 분명하다. 옥스퍼드 백작이 원작자라면 그는 거기에 더해서 스스로의 죽음을 예상하고 10년쯤 후에 셰익스피어가 죽을 때까지 같은 빈도로 새 희곡들을 내놓을 수 있을 만큼의 작품을 미리 써놓았어야 한다. 그랬다면 그는 이만저만한 천재가 아니다!

셰익스피어를 내세운 것이 음모라면 정말 대단한 음모였을 것이다. 그 음모가 성공하기 위해서는 존슨, 헤밍, 콘델과 셰익스피어가 속했던 극단의 대다수 또는 모든 단원들 그리고 그 수를 알 수 없는 친구들과 가족들의 협력이 필요했을 것이다. 벤 존슨은 그의 사적인 비망록에서조차 그 비밀을 지켰다고 보아야 할 것이다. 그는 자신의 비망록에 이렇게 썼다. "글을 쓰면서(무슨 글을 쓰든 간에) 한 줄도 지워 고치지 않는 것이 셰익스피어의 장점이라고 연기자들이 자주 말하곤 했다. 그 말에 대한 나의 대답은 그는 아마 천 번은 지웠을 것이라는 것이다." 만약 그가 셰익스피어가 그 희곡들을 쓰지 않았다는 사실을 알고 있었다면, 그 장본인이 죽고 10여 년이 지나서 이런 회상의 글을 썼다는 것은 조금 이상한 일이 아닐까? 그는 같은 문절에서 이렇게 썼다. "나는 그 사람을 좋아했고 따라서 그와의 기억을 소중하게 여기고 있다."

셰익스피어가 가짜라고 주장하는 사람들은 오직 셰익스피어를 연구하는 일부 학자들뿐이다. 역사를 아무리 들추어봐도 옥스퍼드 백작이나 말로, 또는 베이컨의 지인들 가운데 그런 말을 흘린 사람은 단 한 사람도 없었다. 그들의 주장이 옳다면, 증거라고 할 만한 것도 전혀 없는 상태에서 역사상 가장 큰 문학 사기 사건을 그 범죄가 저질러지고 400년이 지난 후에 들춰낸 반(反)셰익스피어파 열성분자들의 비상한 재주는 치하해야 마땅할 것이다.

윌리엄 셰익스피어의 작품을 평가해볼 때, 우리는 물론 한 사람이 그렇게 많고 현명하고 다양하고 재미있고 또 언제나 기쁨을 주는 작품들을 생산해냈다는 데에 놀라움을 금할 수 없다. 그 자체가 천재성의 증거임은 말할 것도 없다. 오직 한 사람만이 우리에게 그런 위대한 작품을 남길 수 있는 환경과 재능을 가지고 있었다. 그리고 그 사람은 바로 스트랫퍼드 출신의 윌리엄 셰익스피어였다.

참고 문헌

Baldwin, T. W. *William Shakespeare's Small Latine and Lesse Greek*(two volumes). Urbana, Ill.: University of Illinois Press, 1944.

Bate, Jonathan. *The Genius of Shakespeare*. London: Picador, 1997.

Bate, Jonathan and Jackson Russell(eds.). *Shakespeare: An Illustrated Stage History*. Oxford: Oxford University Press, 1996.

Baugh, Albert C. and Thomas Cable. *A History of the English Language*(fifth edition). Upper Saddle River, N.J.: Prentice Hall, 2002.

Blayney, Peter W. M. *The First Folio of Shakespeare*. Washington, D.C.: Folger Library Publications, 1991.

Chute, Marchette. *Shakespeare of London*. New York: E. P. Dutton and Company, 1949.

Cook, Judith. *Shakespeare's Players*. London: Harrap, 1983.

Crystal, David. *The Stories of English*. London: Allen Lane/Penguin, 2004.

Durning-Lawrence, Sir Edwin. *Bacon Is Shakespeare*. London: Gay & Hancock, 1910.

Greenblatt, Stephen. *Will in the World: How Shakespeare Became Shakespeare*. New York: W. W. Norton and Co., 2004.

Gurr, Andrew. *Playgoing in Shakespeare's London*. Cambridge: Cambridge University Press, 1987.

Habicht, Werner, D. J. Palmer, and Roger Pringle. *Images of Shakespeare: Proceedings of the Third Congress of the International Shakespeare Association*. Newark, Del.: University of Delaware Press, 1986.

Hanson, Neil. *The Confident Hope of a Miracle: The True History of the Spanish Armada*. London: Doubleday, 2003.

Inwood, Stephen. *A History of London*. London: Macmillan, 1998.

Jespersen, Otto. *Growth and Structure of the English Language*(ninth edition). Garden City, N.Y.: 1956.

Kermode, Frank. *Shakespeare's Language*. London: Penguin, 2000.

_____. *The Age of Shakespeare*. New York: Modern Library, 2003.

Kökeritz, Helge. *Shakespeare's Pronunciation*. New Heaven, Conn.: Yale University Press, 1953.

Muir, Kenneth. *Shakespeare's Sources: Comedies and Tragedies*. London: Methuen and Co., 1957.

Mulryne, J. R., and Margaret Shewring(eds.). *Shakespeare's Globe Rebuilt*. Cambridge: Cambridge University Press, 1997.

Picard, Liza. *Shakespeare's London: Everyday Life in Elizabethan London*. London: Orion Books, 2003.

Piper, David. *O Sweet Mr. Shakespeare I'll Have His Picture: The Changing Image of Shakespeare's Person, 1600-1800*. London: National Portrait Gallery, 1964.

Rosenbaum, Ron. *The Shakespeare Wars: Clashing Scholars, Public Fiascos, Palace Coups*. New York: Random House, 2006.

Rowse, A. L. *Shakespeare's Southampton: Patron of Virginia*. London: Macmillan, 1965.

Schoenbaum, S. *William Shakespeare: A Documentary Life*. Oxford: Oxford University Press, 1975.

_____. *Shakespeare's Lives*. Oxford: Oxford University Press, 1993.

Shapiro, James. *1599: A Year in the Life of William Shakespeare*. London: Faber and Faber, 2005.

Spevack, Marvin. *The Harvard Concordance to Shakespeare*. Cambridge, Mass.: Belknap Press/Harvard University Press, 1973.

Spurgeon, Caroline F. E. *Shakespeare's Imagery and What It Tells Us*. Cambridge: Cambridge University Press, 1935.

Starkey, David. *Elizabeth: The Struggle for the Throne*. London: HarperCollins, 2001.

Thomas, David. *Shakespeare in the Public Records*. London: HMSO, 1985.

Thurley, Simon. *Hampton Court: A Social and Architectural History*. New Haven: Yale University Press, 2003.

Vendler, Helen. *The Art of Shakespeare's Sonnets*. Cambridge, Mass.: Belknap Press/Harvard University Press, 1999.

Wells, Stanley. *Shakespeare for All Time*. London: Macmillan, 2002.

_____. *Shakespeare & Co: Christopher Marlowe, Thomas Dekker, Ben Jonson, Thomas Middleton, John Fletcher and the Other Players in His Story*. London. Penguin/Allen Lane, 2006.

Wells, Stanley, and Paul Edmondson. *Shakespeare's Sonnets*. Oxford: Oxford University Press, 2004.

Wells, Stanley, and Gary Taylor(eds.). *The Oxford Shakespeare: The Complete Works*. Oxford: Clarendon Press, 1994.

Wolfe, Heather(ed.). *'The Pen's Excellencie": Treasures from the Manuscript Collection of the Folger Shakespeare Library*. Washington, D.C.: Folger Library Publications, 2002.

Youings, Joyce. *Sixteenth-Century England*. London: Penguin, 1984.

역자 후기

작가는 작품으로 말해야 한다는 말이 있다. 그 점에서 윌리엄 셰익스피어는 아주 철저하다는 생각이 든다. 그는 여러 편의 희곡과 장시 두 편 그리고 여러 편의 소네트들을 남겼지만, 자신의 생각이나 견해를 밝힌 글, 자신의 일생을 서술한 글은 전혀 남기지 않았다. 장시에 붙인 헌사 두 개가 그의 목소리를 담은 글이라고는 하지만 헌사는 귀족의 후원을 얻기 위한 아첨조의 형식적인 글로 그의 목소리라고 하기에는 좀 문제가 있다.

하기야 그도 생전에 많은 이야기를 했겠지만, 그 말들은 400년 전에 허공 속으로 사라져버렸고, 그의 말을 듣고 전한 사람들의 글조차 남아 있는 것이 없다. 작품 외에 그의 흔적을 발견할 수 있는 글은 침례 기록, 재판 기록, 세금을 낸 기록 같은 공문서들뿐이다. 이런 기록도 얼마 안 되고 그 내용 또한 빈약하니 구구한 억측이 끼어들고 심지어 그가 실존인물이 아니라는 설까지 나오는 것이다.

세계 최고의 문호로 추앙받는 사람의 일생이 어쩌면 이렇게 잊혀질 수 있었을까? 몇 가지 이유를 생각해볼 수 있을 것이다.

우선 당시는 신문이 중시되던 시대였고 따라서 귀족이 아닌 평민은 제대로 사람대접을 못 받던 시대였다. 그리고 소설가나 극작가 같은 사람들이 그리 존경받지 못하던 시대였다. 그런 사람들은 장인 (匠人) 취급을 받았던 것 같다. 옛 장인들의 이름이나 일생이 기록되지 않은 것은 동서가 공통인 것 같다. 우리나라 고전문학의 걸작 「춘향전」의 저자가 전해지지 않는 것도 같은 이유가 아니었을까 한다.

셰익스피어에게는 또다른 이유가 있다. 셰익스피어 생전에는 연극이 큰 인기를 누렸고 따라서 인기작가였던 셰익스피어도 어느 정도 명성을 누렸을 것이다. 그러나 그가 죽고 얼마 지나지 않아 청교도혁명이 일어났다. 정권을 장악한 청교도들은 연극을 천박한 오락으로 생각했고 극장을 풍기문란의 온상으로 보았다. 극장은 폐쇄되었고 연극은 한동안 자취를 감추었으므로 셰익스피어도 잊혀질 수밖에 없었다.

셰익스피어의 전기를 써보려는 시도가 처음 나타난 것은 그가 죽고 100년이 지나서였다고 한다. 그 100년 동안에 모든 자료가 사라져버렸다. 게다가 셰익스피어의 혈통마저 끊어지고 말았다. 아들은 결혼도 하지 않고 죽었고, 둘째 딸 주디스가 1남 2녀를 두었지만 모두 자식을 낳지 못하고 어머니보다 일찍 세상을 떠나 혈통이 끊어지고 만 것이다. 주디스가 1662년에 일흔일곱 살로 죽었는데 이때까지 그녀를 만나서 셰익스피어의 이야기를 듣고 기록해놓은 사람이 없었다.

셰익스피어의 작품들이 거의 온전하게 전해질 수 있었던 것도 극단의 동료인 헤밍과 콘델 덕분이었다. 그들이 그의 작품을 모아서 퍼스트 폴리오 판 전집을 펴냈다. 셰익스피어의 작품을 후세에 전해준 그들이야말로 문학적 영웅들이라고 이 책의 저자 브라이슨은 열렬히 찬양하고 있다.

1740년대로 접어들면서 셰익스피어 희곡의 공연이 늘어났고 1760년대에는 셰익스피어에 대한 연구도 본격화되었다. 그후로 그 열기는 점점 높아져 그를 소재로 하는 책과 논문이 수천 편씩 쏟아져나오기에 이르렀다. 생애의 마지막 10년을 영국에 가서 고문서를 검토하면서 셰익스피어에 관한 기록을 찾는 데 바친 사람도 있었고, 자신의 이론을 뒷받침하는 기록이 발견되지 않자 그 기록을 위조한 천재 학자도 있었으며, 셰익스피어가 무슨 단어를 몇 차례 사용했는가를 세는 사람도 있었다.

더욱 흥미로운 사실은 셰익스피어 희곡들의 진짜 작가가 셰익스피어가 아니라는 주장이 끈질기게 제기되었고, 그 주장을 지지하는 사람들도 적지 않았다는 것이다.(마크 트웨인, 헨리 제임스도 그 주장을 지지했다.)

이 반(反)셰익스피어 주장을 처음 제기한 사람은 델리아 베이컨이라는 미국인이었다. 그녀는 자신과 성이 같은 프랜시스 베이컨이 셰익스피어 희곡들의 진짜 작가라고 굳게 믿고 자신의 주장을 담은 방대한 책을 써냈다. 베이컨 이외에도 셰익스피어의 희곡들을 쓴 작가로 물망에 오른 사람들은 옥스퍼드 백작인 에드워드 드 비어, 크리스토퍼 말로, 펨브로크 백작부인 메리 시드니 등이다.

이런 주장이 나오는 근본적인 이유는 적지 않은 사람들이 해박한 지식과 놀라운 지혜가 담긴 그 희곡들을 평민 출신의 일개 배우가 썼을 리가 없다고 생각하는 데 있다. 그런 작품은 귀족이나 직이도 대학을 나온 사람이 썼으리라는 것이 그런 사람들의 생각이다.

저자 빌 브라이슨은 「거의 모든 것의 역사」라는 베스트셀러를 통해서 국내 독자들에게도 널리 이름이 알려진 작가이다. 이 책은 셰익스피어에 대한 전문적인 연구서적은 아니고 일반 독자들의 교양과 문학적 이해를 높이기 위해서 어렵지 않게 쓴 책이다. 브라이슨은 뛰어난 취재 능력과 간명한 표현력 그리고 능수능란한 이야기 솜씨를 십분 발휘하여 셰익스피어와 관련된 여러 사실들을 재미있고 명료하게 전해주고 있다.

끝으로 깊은 감사의 말씀을 역자가 드릴 분은 역자의 영시에 대한 이해 부족으로 인하여 난감한 부분이었던 벤 존슨의 시와 197페이지의 시를 공들여 번역해주신 한림대학교 영문학과의 김재환 교수님이시다. 거듭 감사의 말씀을 드린다.

2009년 6월

역자 씀

인명 색인

245

246